JN315209

講談社文庫

企業戦士

江上 剛

講談社

目次

企業戦士

プロローグ

僕は、ベッドの脇《わき》に立っている。ベッドに半身を起こした佐代子《さよこ》が笑みを浮かべてこちらを見ている。徹《とおる》が、佐代子のベッドの周りをはしゃぎながら走り回っている。

「だめよ。徹、走るの止《や》めなさい」

佐代子が怒った。

「徹、静かにしないと、赤ちゃんが起きちゃうよ」

僕が言う。

徹はしぶしぶ走るのを止めて、佐代子に抱かれた生まれたばかりの赤ん坊に手を伸ばした。柔らかい頰《ほお》に指が当たった。

「僕の妹だね」

徹が佐代子に言う。

「そうよ」

佐代子の顔が輝いている。まるで聖母だ。

「名前は？」

「まだよ」

「僕がつけたい」

「徹には無理でしょう。漢字だって知らないしね」

佐代子が僕を見て、微笑《ほほえ》む。

「僕がつけたい。お願い」

徹が強く言う。

「パパにお願いしたら」

佐代子がからかうように言った。

「パパ！　僕に名前をつけさせてよ」

僕は、カメラのセルフシャッターをセットしていた。

「ちょっと待てよ。今、セットしているから」

僕は徹をたしなめた。

「嫌だ。僕がつける。僕の妹だから」

徹はきかない。

「うるさいな。さあ、セット出来たよ」

僕は、佐代子の傍《かたわら》に駆け寄る。

「みんなカメラを見て」

僕は佐代子の肩に手をかけ、徹の頭に手を置いた。

「パパ、名前」

徹が見上げている。

「徹、カメラを見なさい」

「名前つけさせて」

「ああ、いいよ」

僕は徹の頭を無理やりカメラに向けた。

「みんなが一緒だから、みんながいい。妹の名前はみんなだよ」

徹は大きな声で言った。

「はい、はい」

僕は答えた。

カシャ。シャッター音が響いた。

娘は、「みんな」から「美奈《みな》」となった。徹は、長い間、みなではなくみんなと呼んでいた。

第一章　死

1

僕は、死んでしまったようだ。「ようだ」というのは、死んだという自覚がないからだ。周りの景色は、いつもと変わらずはっきりと見えるし、人々が話している声も聞こえる。なんにも変わらないと自分では思っていたが、黒の喪服を着て沈痛な面持ちの友人を見つけて、おい、久しぶりだなと声をかけたのに、驚いたことに全くの無反応。彼の目の前に立って、声をかけたりしたが、やっぱり駄目だ。どうも彼からは僕が見えないらしいってことにようやく気づいた。僕は、自分の姿が、はっきりと見えるのに、どうして彼は僕が見えないのだろうと不思議に思ってひょいと顔を上げると、そこに僕の顔写真があった。

写真の中の僕は奇妙な顔をしている。僕には違いないが、僕ではない。自分の顔を正面から見たとき、たとえば、ひげを剃《そ》るときや証明写真を撮るとき、その目の前に現れた顔に違和感を覚えるときってないだろうか。俺《おれ》って、こんな顔？　ちょうど僕の顔はそんな感じだ。これが僕の顔かな？　眠そうで、今にもまぶたが落ちてきそうで、唇が分厚くだらしない……。真面目《まじめ》そうなのだが、僕のいいところは何も出ていない。

ああいやだ。もう少しましな写真はなかったのか？

写真は、白い菊や百合《ゆり》の祭壇に飾られ、周りには多くの木札が立てられている。一番大きいのは、当然だが、僕の勤務する大稜《だいりよう》建設の札だ。

祭壇に写真？　これは遺影だ！

僕は慌《あわ》てて建物の外に出てみた。ここは葬祭場で、入り口には「野口哲也《のぐちてつや》通夜会場」と大きな板に黒々と墨汁で書いてあった。

あるていど予測はしていたが、あらためてその板を見せ付けられると軽いショックを受けた。死んだのだと分かったが、こんなに実感がなくていいのだろうか。

妻の佐代子が息子の徹と娘の美奈を抱きかかえるようにして座っている。

佐代子は、あきらかにやつれていた。徹は、佐代子の腕に抱えられてはいるが、目はしっかりと僕の遺影を見据えている。あれはお父さんの顔じゃない、お父さんは、もっといい顔だと思っていることだろう。美奈は、すっかり佐代子の膝《ひざ》に顔を埋《うず》めている。耳を近くに寄せると、洟《はな》をすする音が聞こえる。泣いている。僕まで涙が出てきた。

大丈夫だよ。お父さんはそばにいるよ。いつもそばにいるよ。

僕は、両手を広げ、その手で佐代子を抱きかかえようとした。

するりとなんの抵抗もなく僕の腕は佐代子の体を通過してしまった。僕は、寂しくなった。もう二度と佐代子を、徹を、美奈を抱くことが出来ないんだ。

大声で三人の名前を呼んだ。美奈が、佐代子の膝から顔を上げ、周囲を見渡し始めた。目の周りが赤くはれぼったい。

美奈、美奈、僕の声が聞こえるのか。

僕は、顔を美奈の正面に向けた。必死に呼びかけた。しかし美奈は、とまどった顔を見せながら、あらぬ方向に顔を向けている。何かを探しているのだが、見つからないという顔だ。

ここにいるよ。美奈。

僕は、美奈の体に手を伸ばした。やはりなんの抵抗もない。

「ママ、今ね、パパの声がしたような気がするの……」

美奈が佐代子に言った。

「パパがいるのかもしれないわね」

佐代子が周りに視線を送る。僕と目が合った。おい、佐代子、ここにいるよ。でも無駄だった。

僧侶《そうりょ》の読経《どきょう》が始まった。

参列者が、焼香を始めた。かなりたくさんの人が来ている。少し誇らしい気もするが、自分から礼を言うわけにはいかない。

「バカに暑いですね。夕方なのにまだ三十度以上ありますよ」

このだみ声は課長の高橋《たかはし》だ。嫌な奴《やつ》だ。もうこれ以上偉くなれる実力はないのに、まだ希望を捨てていないのか、上にゴマばかり擂《す》っている。

「本当にそうだな。野口の奴もどうせ死ぬなら、涼しい時期を選んでくれればよかったのになあ」

扇子《せんす》でぱたぱたと扇《あお》いでいるのは、部長の中村《なかむら》だ。彼もやたらと怒鳴るばかりの男だ。今は常務だが、専務、副社長、社長と上り詰めたいという野望を持っている。

それにしても迷惑そうな顔だ。彼らのように、仕方なく参列されたのでは僕としてはちっとも嬉《うれ》しくない。

「北村《きたむら》は来ているのか」

中村が、周りを見渡した。北村は人事部長だ。

「大丈夫だと思いますよ。さっき顔を見ましたから」

高橋が答える。

「焼香を済ませたら、奥さんに挨拶《あいさつ》するから、後はお前と北村でうまくやるんだぞ」

「分かりました。お任せください」

高橋がにやりと笑った。

僕は、北村を探した。かなり後ろの方にいる。

痩《や》せて、暗い男だ。

隣に同期入社の若井《わかい》がいる。一番仲の良かった男だ。

「面倒な奴ですね」

若井がにやにや笑いながら北村に言った。視線は、正面の僕の遺影を見つめている。

「まさか自殺するとはな……」

北村が顔をしかめた。

「部長、そのことはこれですよ」

若井が人差し指を唇《くちびる》に当てて、北村に顔を向けた。

自殺？　僕は自殺したのか？　なぜそうした重要なことを覚えていないのだろう？

痛みもなく、厳しかった上司を見ても、さほど怒りも湧《わ》いてこない。全てが淡々としている。しかし全てが見え、全てが聞こえる。僕は、不思議な世界に来たようだ。

「何も本社から飛び降りなくてもいいのになあ。縁起でもないよ」

北村は話を止《や》めない。もともと暗い顔がさらに暗くなる。

「本当に、何を思いつめていたのか知りませんが、迷惑な奴です」

若井は、冷たく言った。同期で親しくしていた割には、話す言葉に情がない。

徐々に記憶が蘇《よみがえ》ってきた。

僕は、本社の七階の営業部の一室で連日徹夜しながらA市市民体育館入札関係の書類を作っていた。A市の市長が選挙で約束した市民向けの体育館を数億円かけて作ることが議会で承認された。僕は営業部員として中村部長、高橋課長の下で、設計部と相談しながら、案を練っていた。

大稜建設は、市の指定業者なのだが、今回は、初めて一般競争入札になったので社を挙げて取り組んでいた。

今までは、指名競争入札だった。これは市が予《あらかじ》め建設会社を指名して入札させるもので、いわば「談合」だった。

「野口、ちゃんと落札できる数字を出すんだぞ」

高橋は、僕に連日発破《はっぱ》をかけた。

指名競争入札の時は、ある順番で大稜建設は市の仕事を受注出来ていた。それは市の指定業者が集まって相談していたからだ。今回はそういうわけにはいかないということで、中村部長に失敗は許されないと言われた高橋は、僕に発破をかけたというわけだ。

僕は疲れていた。毎日、高橋に発破をかけられていたし、彼が一向に結論を出してくれないからだ。何回、書類を作り直しても「もう一度だ」と言う。もう苛《いじ》めじゃないかと文句を言いたくなったが、我慢していた。

高橋が結論を出さないのは、情報がなかったからだ。いつもの指名競争入札の際は、どこからともなく「落札最低価格」の情報を入手していた。しかし今回は、それが分からないらしい。そこで他社が、どんな入札数字を出すか、心配でたまらないのだ。

僕は、我慢して仕事をしていた。会社に泊まることも何日もあった。佐代子が、心配そうに「顔色が悪いわよ。大丈夫？」と声をかけてくれた。僕は大丈夫と答えながらも体の芯《しん》の方が、じっとりと重い感じがしていて、自分でも疲れているな……と思っていた。

それでも仕事を続けていたのは、初めての一般競争入札に意義を覚えていたからだ。今までと違って、大稜建設、いや、自分自身の実力が試される気がしていたからだ。疲れていたが、気持ちを奮《ふる》い立たせていた。それなのになぜ自殺したのか……。

2

「奥様、お話があるので、ちょっと待たせていただきたいのですが……」

北村が焼香を終えて、佐代子に近づき囁《ささや》いた。

佐代子は、何も言わずに、きっと怒ったような目で北村を睨《にら》んだ。

実際、北村は失礼だ。焼香が終われば、軽くお悔《く》やみを言ってその場を立ち去るのが礼儀だ。それをなんだか意味ありげにお話がありますからとは何事だろう。

「どうですか？　北村部長。奥さんとは話が出来そうですか」

高橋が、例のだみ声で聞いた。お清めのビールで顔を赤く染めていた。

「大丈夫だと思うよ。声をかけておいたから。待たせてもらいますってね」

北村は、ウーロン茶のペットボトルを持って来て、コップに注ぎいれた。

「人事部長の腕のみせどころだな」

高橋の傍にいた中村が言った。寿司《すし》を一貫、摘《つま》んで口に入れた。

「あまり良いネタじゃねえな」

「どうせ通夜に出る寿司ですからね。葬式屋が相当リベート取っててんじゃないですか」

高橋が調子を合わせている。

美味《うま》くないなら、食べるなよと僕は言いたくなった。でも僕はじっと見ているだけしか出来ない。

「人事部長の責任にされたらたまったものじゃありませんよ」

北村が膨《ふく》れた。

「こういうときに人事部が働かなきゃだれが働くのかね」

中村は北村が気分を害しているのを全く無視して、また寿司を摘んだ。

「働かせ過ぎたのは、営業部でしょう？」

北村は、コップのウーロン茶を一息に飲み干した。

「何？　過労自殺だって言うのか」

中村が、血相を変えた。北村は怯《おび》えた様子で身構えた。

「まあまあ、私に任せてください」

若井が、割って入った。

「若井君は、野口の同期ですから。彼の言うことなら耳を傾けますよ」

高橋もなだめ口調だ。中村は、周囲や場所をわきまえず怒鳴ることがあるので、それを知っている高橋や若井が慌てたのだ。

「私は過労からきた自殺だとは言っていませんよ。でも奥さんはそう思っているかもしれないので、説得出来なかったとしても、人事部の責任じゃないと申し上げたかったのです」

「あいつは、絶対、過労自殺なんかじゃない」

高橋が力を込めて言った。声が大きい。まだ残っている数人の参列者が振り向いた。

「そういう問題が起きるって言っているだけだよ」

北村が、声を小さくするように人差し指を唇に当てた。

「余計なことをするからだ……」

中村が漏《も》らした。

僕は、おとといの夜、居残って仕事をしていた。机の傍には、洗濯物を入れた袋があった。三日も家に帰っていなかった。頭が痛かった。僕は、いったい何をしていたのだろうか。市民体育館の入札のために書類を作っていたのは間違いない。

それ以外に何か重要なことをやっていたのだ。中村が言っていた「余計なこと」だと思うのだが、思い出せない。落下して強く頭を打ったときに記憶が飛んだのだろう。焦《あせ》ることはない。時間はたっぷりある……。

お清めの会場に残っていた参列者も中村たちを除いていなくなった。懐かしい顔も多かった。明日は葬式だが、通夜に大勢来てくれたから、ぐっと少なくなるだろう。寂しい限りだ。そしてもっと寂しいのは、彼らの記憶から急速に僕のことが消えてしまうことだ。

彼らの記憶から僕が消えると同時に僕が存在したこと、そのものが消えてしまうような気がする。僕は何のためにこの世に生を受け、何のために三十九歳まで生き、そして突然、この世から去ることになったのか……。

「お待たせしました」

佐代子が北村たちの集まっているところに来た。

佐代子はくたびれているんだ、余計なことを言うなよ。僕は北村の前に立った。

北村は、僕を無視して佐代子に近づいた。若井がそそくさとその後に続いた。

「人事部長の北村です。本当に心からお悔やみ申し上げます」

「ありがとうございます」

「惜しい男を亡くしました。わが社のホープでした。それがどうして……」

北村の顔が悲痛なまでに歪《ゆが》んだ。

中村と高橋がいない。今までここにいたのに佐代子の登場と同時に姿を隠している。どこへ行ったのだろう。

耳を澄ませた。中村の声も、高橋の声も聞こえない。

「その話を切り出す前に、何か言うことがあるんではないですか」

佐代子の尖《とが》った声が聞こえてきた。

「何かって、何ですか？　奥様、こんなにお金が出るのですよ。退職金や保険金で六千万円、弔慰《ちょうい》金などもろもろ合わせて七千万円ですよ」

北村は不機嫌そうに言った。

「どうしてあの人は死んだのですか。あの人の身に何があったのですか」

佐代子は迫った。

「それは……、だから私どもは、これだけ金銭的な用意をさせていただいていると申し上げたくて……」

北村の顔がますます歪んだ。

「あの人は、毎日、疲れた、疲れたと言っていました。休んだら、と申しましても、今、大事な仕事をしているからと会社に行きました。命をなくすほどの大事な仕事ってなんなのですか」

「そんなに疲れたと言っていましたか、会社では明るく働いていましたがね」

北村は、隣に立っている若井に視線を向けた。なんだか助けをもとめているように見えた。

佐代子は、必死の形相だ。僕は申し訳ないと思った。佐代子が、僕の体のことを心配して、休んだらいいと言ってくれていたのに、それを無視して会社に出かけた。すまないと思っている。佐代子の忠告を聞かなかった僕がバカだったよ。

「奥様、僕は同期の若井ですが、彼は本当によく働いていました。だから会社が感謝して、これだけ用意させていただいたと北村部長は言いたかったのですよ。そうですね、部長」

「そう、そうですよ」

「それは分かります。でもその前にやるべきことがあるでしょう？」

「それは？　謝罪ですか？」

若井が訊《き》いた。

佐代子が頷《うなず》いた。

「奥様のおっしゃる通りだ。金銭的な補償を言う前に、謝ることが肝心ですね。部長、謝りましょう、一緒に」

若井が北村を促《うなが》した。

なんて軽薄な男だ。こんな奴が同期で一番親しくて、優秀だと尊敬していたのか。若井や北村に謝ってもらったって、佐代子の気が済むものか。

佐代子は、華奢《きゃしゃ》で、おとなしい顔をしているが、気は強い。負けず嫌いだし、女性特有の物怖《ものお》じしないところもある。

昔、佐代子と付き合っていた頃、約束を破ったことがある。彼女が楽しみにしていた映画を、チケットを用意していなかったために観ることが出来なかったのだ。僕がチケットの手配をすっかり忘れていたのだ。

僕は、ごめんと謝ったけれど、誠意がないと言って許してくれなかった。謝り方が、あまりに簡単でいい加減だったからだ。映画くらい、という気持ちだった。

でも佐代子にとってその映画は、どうしても観たいものだった。後日改めてって言っても、この膨らんだ期待はどうするのよ、と怒りが収まらなかったのだ。

佐代子の顔を見ていると、その時の顔に似ている。本気で怒っているぞ。僕は、様子を眺めることにした。そもそもそれしか出来ない。

「謝るって、何に謝るんだね？」

北村が軽く首を傾《かし》げ、小声でささやいた。

「えっ」

若井が目を見開いた。

「だから、何に謝るのかって、訊いているんだよ」

北村は佐代子に聞かれないように警戒しながら話す。

「野口が死んだのですよ。それに対してですよ」

「野口君の死に当社の責任があるってことか？」

「そりゃ、まあ……」

若井が困った顔をした。

北村は、謝るということは、僕が死んだことの責任が大稜建設にあると認めることになるので、それが嫌なのだろう。

会社というものは、大稜建設に限らず謝らないものだ。なんだかんだと理由をつけて、問題の本質をはぐらかしてしまう。うまく逃げおおせれば「良し」とする体質がある。だからどんな問題も根本的に解決することがない。その体質が原因で何度も同じ間違いをしてしまうのだ。

3

「何をぐずぐずしているんでしょうね」

僕の耳に高橋のだみ声が聞こえてきた。

声の方向を見ると、中村と二人で駐車場の車の傍で煙草《たばこ》を吸っている。

「北村は要領が悪いからな」

中村が、火のついたままの吸殻を捨てた。

「本当にそうですよ。野口の奥さんが騒がないようにすることくらい簡単でしょう。金で解決しますすよ。旦那《だんな》が死んだら、後は現実的に金しかないですからね」

高橋は葬祭場の方に目をやった。

「野口の奥さんが、会社に殺されたって騒いでいると言ったのは、君だったよな」

中村は、新しい煙草に火をつけた。

高橋は困ったような顔をして、「ええ」と答えた。

「遺体を引き取りに来たとき、君が立ち会ったら、何日も家に帰らず、働きづめで何をさせていたのですか、あなたが夫を殺したのも同然ですって怨《うら》んだ目で睨まれた……。そうだな」

中村は、念を押すように言った。

「その通りです」

「過労自殺だと騒がれないようにしようと提案したのも君だったね」

中村の目つきが、陰湿になる。

「その通りです」

高橋は目を伏せた。中村が苛立《いらだ》っているのが分かったからだ。

「君が行って奥さんを納得させてこい」

中村は命令口調で言った。

僕はやっと納得した。北村が保険金のことなどを持ち出したのは、佐代子が騒いだからなのだ。僕は会社に泊まりこんで仕事をしていた。佐代子は働きすぎで死んだのだと高橋に文句を言ったのだ。それで慌てて会社は大きな金額を提示することで佐代子の怒りを収めようとしたのだ。

バカにするな。僕は、中村の顔を平手で叩《たた》いた。しかしすっとなんの抵抗もなく、僕の手は中村の顔をすり抜けてしまう。それでも毎日、中村の怒鳴り声にびくびくしていた僕にとっては、少し気分が晴れた。

「分かりました。様子を見てきます。北村部長が全部うまくやるからとおっしゃったから……」

高橋は恨みがましい顔を中村に向けた。中村は、黙って煙草をふかしている。

高橋は、しぶしぶ足を動かして葬祭場に向かった。

「どいつもこいつも役に立たない」

中村は吐き捨てるように言って、また火のついた吸殻を捨てた。

僕は、その吸殻の火を消そうとしたが、やはりどうしようもなかった。僕は何もかも見え、聞こえるけれど、それに対して何も出来ないのだ。哀《かな》しい気がする。吸殻の火くらい消してみたい。

「野口のお蔭《かげ》で、体育館の工事を取り損なうところだった。余計なことばかりやりやがって……。今から必死で巻き返さないとな」

中村が、僕の名前を書いた葬祭場の木札を睨んだ。

何を言っているんだろう。僕が余計なことをしたから、工事が取れなくなりそうだったのか。僕はいったい何をしようとしていたのか。

いろんな記憶が途切れ途切れに現れる。思い出そうと意識すると記憶は出てこない。関係のないことや懐かしかったことがランダムに出てくる……。死ぬと、いろいろな記憶が一気に現れると聞いたことがある。早く記憶再生をコントロールするコツを身につけよう。身につけようということはおかしいか。身がないのに。

ふっと笑いが漏れた。

でもこの中村が言っていることの記憶を早く呼び起こそうと思う。とても大事なことのようだから。

高橋が北村に近づき、耳もとに口を寄せた。

「時間がかかっていますね」

小さく高橋のだみ声が聞こえる。

「どうしてここに来たんだ」

佐代子から少し離れてから、北村が囁いた。嫌な顔をしている。北村は、営業部を嫌っているようなところがあった。彼は神経が細やかだから、がさつな中村や高橋と合わないのだろう。

「中村さんが、苛立っているんですよ。なかなかお戻りにならないので」

高橋が親指を立てた。中村のことだ。

「奥さんが、お金の話をする前に何か言うことがあるでしょうと言っていて納得されないんだよ」

「何かって？」

「会社としての謝罪だよ」

「そんなもん、謝っちまえばいいでしょう。こうやって」

高橋がぺこりと頭を下げた。

「そんな簡単なものじゃないよ。正式に野口君の自殺は会社の責任ですと認めてご覧よ。後でどんな厄介《やっかい》が待っているかもしれないじゃないか」

「そう言われればそうですね。そういう厄介を避けるために金の話を持ち出したんですものね」

高橋が、納得したという風に頷き、向きなおる。

「奥様」

高橋が、佐代子の前に進み出た。

「あなたは……」

「そうです。遺体引き取りのところでご挨拶した野口君の上司の高橋です。その節は、本当に申し訳ございませんでした」

「いえ、こちらこそ。ご迷惑をおかけいたしまして……」

佐代子は丁寧に頭を下げた。

佐代子、気を許すな。高橋は曲者《くせもの》だから。僕は、精一杯の大きな声で叫んだ。でもまったく佐代子には届かない。無力だ。

「いえいえ、大事なご主人を亡くされて……。私どももまことに残念でなりません。ですが、奥様もお子さんもここは踏ん張って、力強く生きていくことが野口君の希望でしょうから」

高橋は熱っぽく語った。

うまいことを言う。僕は、感心して高橋を見ていた。腹の中では何もそんなことを思っていない。僕のことをさんざん無能呼ばわりしたことなどすっかり忘れている。

「ありがとうございます」

佐代子は頭を下げた。

「つきましては私ども大稜建設は誠意を持って対応させていただきますので、なんなりとお申し付けください」

高橋は言った。口元が薄く開いている。笑っているのだろう。佐代子が素直に耳を傾けているので安心しているのだ。

「お願いがあります」

佐代子が静かに言った。

「はい、なんでしょうか」

高橋の顔がわずかに緊張した。

「あの人は、どういう仕事をしていたのでしょうか。なぜ毎日、あんなに帰りが遅く、また泊まりこみの仕事だったのでしょうか。私は、あの人が亡くなる寸前の顔を知りません。何も告げずに死んでしまったからです。それに三日も会社に行ったきりでした。教えてください。このままでは私はあの人のことをなにも知らないままです。これでは直《す》ぐに顔さえ忘れてしまいます」

佐代子は顔を覆《おお》った。

「さっきからこの調子だよ。私が困ったのも分かるだろう」

北村が、佐代子の耳に注意しながら囁いた。

「ええ、教えてくれって言われてもねえ。困りましたね」

高橋は眉根《まゆね》を寄せた。

佐代子が僕のことを知りたがっている。確かに僕は仕事の話をあまりしなかった。忙しくて遅く帰っても、理由を説明したことはない。それでいいと思っていた。家族を心配させないためだ。でも佐代子は、僕のことを詳しく知らなければ、僕を直ぐに忘れてしまうという。複雑な思いだ。あまり僕のことに囚《とら》われず、生きて欲しいと思う反面、忘れて欲しくもない。

ひょっとしてこうして佐代子の周りにいるのは、彼女の忘れたくないという強い思いが僕を引き寄せたのかもしれない。

「彼は、会社では営業の仕事をしていましたから、実際の業務については私どももそれほど把握していないのですよ」

高橋は、重々しい顔で言った。

よく言うよ、と僕は高橋の薄くなった頭髪を摑《つか》んで、引きちぎりたくなった。箸《はし》の上げ下ろしまで管理していたのはどこのどいつだ。

「どういうことでしょうか」

佐代子の目が厳しくなった。

「いや、言いにくいですが、野口君が亡くなる直前に会社に三日も泊まって仕事をしていたという事実はありません」

高橋は言った。隣にいた北村や若井の顔に緊張が走った。

明らかに嘘《うそ》だ。高橋は何を思ったか嘘をついた。僕は高橋に殴りかかった。やはり僕の拳《こぶし》は高橋の顔を何の抵抗もなくすり抜けた。

「何をおっしゃいますか。あの人は午前一時に本社の七階から、飛び降りたのですよ」

「その日は、間違いなくいたでしょうが、他の日は、分かりません。私より早く帰って行く日もありましたから……。てっきり」

「てっきり……、どうしたとおっしゃるのですか」

「自宅に帰っていたと思いました」

高橋は、佐代子の反応を見ていた。佐代子の顔はみるみる青ざめた。

「あの人は自宅に帰っておりません」

佐代子が震《ふる》え声になった。

「さあ、それは……」

高橋はわざとらしく困った顔をした。

「課長さんは、あの人に自宅以外に立ち寄って、泊まっていく場所があったとおっしゃるのですか」

「そこまでは、どうも……、余計なことを言ったみたいですね。とにかく会社は誠意を尽くしますので、それをお汲《く》み取りいただきたいと思います。野口君は死んだのです。そっと送り出してやってはいかがでしょうか」

高橋は、うなだれる佐代子を眺めていた。薄く笑っている。

「あまり詮索《せんさく》するなとおっしゃるのですね」

佐代子の目にうっすらと涙が浮かんでいた。悔《くや》しそうだ。

「そういうつもりで言ったのではありませんが、もう事を荒だてない方がいいのではないかと思いましたので」

高橋は低頭した。北村や若井も続いた。

「よく考えてみます。いろいろとお気遣いありがとうございました」

佐代子も頭を下げた。

「ただ今、常務の中村を呼びます。中村も奥様にお悔やみを申し上げたいと申しておりまして……」

高橋が携帯電話で中村を呼び出した。

佐代子は、気が動転しているようだ。僕のことを調べようとしたら、まるで僕に愛人がいるかのようなことを高橋から示唆されたからだ。

佐代子、信じちゃいけないよ。僕は佐代子の耳元で囁いた。

一方の高橋は、満足げだ。佐代子が、これで過労自殺だと騒いだりしないだろうという感触を得られたからだ。

「ごくろうさま」

中村が、腹を突き出してさも偉《えら》そうに歩いて来て、高橋に言った。

「常務の中村です」

中村は、佐代子に言った。

「このたびは、本当にご愁傷《しゅうしょう》さまでございます。私ども大稜建設はご遺族の方々のために一生懸命、やらせていただきますから、ご安心ください」

中村は神妙な顔で言った。

「お気遣いありがとうございます」

佐代子は言った。心はここにあらずといった様子だ。何を信じ、何を頼りにしていいか分からないのだろう。

「野口君はわが社のホープでした。会社のために一生懸命でした。よく働く社員でした。いい社員を亡くしました」

中村は、僕の顔を思い浮かべているように目を細めた。

「そんなにいい社員でしたか。今、高橋様から、会社には泊まったことはなく、家庭以外に特別な場所があるのではないかと言われ、落ち込んでおりました。よく働いていたのか、そうでなかったのかどちらだったのでしょう」

佐代子は訊いた。

中村の顔に動揺が走った。高橋をちらちらと見ている。高橋も目でサインを送っている。うまく口裏を合わせてくださいというサインだ。

「よく働きましたよ。プライベートなことは知りませんがね。そんなことより奥様、ここに来る途中にちょっと遠目にご自宅を見ましたが、いいご自宅じゃないですか」

中村が、急に僕の自宅の話を持ちだした。

「はあ……」

佐代子が不思議そうな顔で中村を見た。

「あんないいご自宅を持つことが出来たのも大稜建設で働いていたお蔭ですよ。彼はいつもわが社に感謝していて、愛社精神の高い男でしたよ」

中村は、ハンカチで汗を拭《ぬぐ》った。自宅を誉《ほ》めることで、大稜建設の果たした役割を認識させようと思ったのだろう。

浅はかだと僕は思った。佐代子の反論が楽しみだ。

思った通り佐代子は急に真面目な顔になった。

中村は、佐代子の変化に戸惑った。

「あの家は、大稜建設のお給料だけで建てたものではございません。私の父親の残した財産で建てたものです。もう一つ、あの人は『会社を辞めたいな』と漏らすことがありました。失礼ですが常務様はあの人のことをあまりご存知ないようですね」

佐代子の表情が厳しくなった。

中村は、その場に固まった。高橋は頭を下げたままだ。北村と若井は、高橋の背後に隠れて、沈黙していた。

「やはり、改めてあの人の仕事振りを教えていただきたいと思います」

佐代子はきっぱりと言い切った。

4

「どうしようもない女だな」

中村は言った。

「本当に、少しは感謝したらどうなんでしょうね」

高橋がくたびれた顔を見せた。腹の中ではせっかくうまくいきつつあったのに中村がぶち壊したと怒っていたのだろうが、顔には出さなかった。

「それにしても北村は、会社の体面ばかり気にしていて役に立たん。そろそろお払い箱にしなくてはならないな」

中村は、社用車の中で高橋と二人きりだということで気を許していた。

高橋が、一瞬、頬を緩《ゆる》ませた。

ははん、北村の失脚を喜んでいるようだな。後釜《あとがま》でも狙《ねら》っているのだろう。

僕は、じっと二人の会話に耳を傾けた。

「一生懸命やっておられると思いますが……」

高橋は、中村におもねるような視線を送った。

「本当にそう思っているのか。北村の後任にお前を考えていたが、そういうことなら止《や》めだ」

「そういうつもりでは……」

「どういうつもりだ。あんな暗くて陰気な男を人事部長にしているから、いい人材が育たないんだ。今回だって、野口の奥さんを怒らせたのもあいつの仕切りが悪いからだ」

中村は怒りをたぎらせ始めた。こうなると手がつけられない。ひとしきり怒らせるだけ怒らせなければならない。

僕は、ある日、中村が部屋で怒鳴りまくっているところを見たことがある。

書類を持って来いと言われ、常務室に飛び込んだ時のことだ。

ドアを開けた瞬間に「バカヤロウ」という怒鳴り声が落ちてきた。

僕は、「すみません」とわけも分からず頭を下げた。

室内が静まったので恐る恐る顔を上げると、高橋と営業部の矢作《やはぎ》が床に正座をさせられていた。

僕は自分が怒鳴られたのではないことが分かり、音を立てないように室内に足を踏み入れた。

「書類を持ってまいりました」

僕は、小さな声で言った。

「そこに置いとけ」

中村は自分の執務机を指差した。

僕は、音を立てないように足を運び、書類を置いた。

ちらりと床に座らされている二人を見た。矢作と目が合った。彼の目は、絶望的な光を放っていた。

「俺のところが取れる工事をどうして興棟《こうとう》建設に持って行かれてしまうんだ。あいつらの勝手な動きを阻止出来なかったとはどういうことだ」

市の老人ホーム建設工事の受注が取れなかったことを問い詰められているようだ。

高橋も矢作も何も答えない。中村の怒りを抑えられるような答えを用意していないのだ。

「あの工事は、俺が市会議員に根回しも終えていたんだ。どの業者もうちの順番だってことは分かっていたはずだ。なぜ興棟の動きが分からなかったのだ」

「はあ……」

矢作は今にも倒れそうだ。

「気の抜けた返事をするな。他社の妙な動きを察知出来ないで、工事担当なんかするな」

中村は僕を見た。怒りは僕に飛んできた。

「いつまでここにいるんだ。一緒に怒鳴られたいのか。用が終わったら、さっさと戻れ」

僕は、「はい」と答えて、尻《しり》に火がついたように常務室から飛びだした。

矢作は、これからしばらくして退職を決めた。

「談合なんかあるからだ。みんな自由に競争して仕事を取ればいいじゃないか」

退職が近づいたある日、悔しそうに僕に言った。

中村が調整役をした老人ホームの受注を、突然、興棟建設が横から持って行った。興棟建設が談合破りをしたわけだ。その動きを事前に察知出来なかったというのが中村の怒りだ。

しかし矢作に言わせれば、あれは中村の落ち度だ。興棟建設は、経営者が替わり、以前とは違うことは分かっていた。新しい経営者は、大稜建設の社長に「談合は業界の悪《あ》しき慣習」と話していた。そのことを傍で聞いていたのは、中村本人だ。事前に興棟建設の考えを知っていたのなら、営業の総責任者として自ら興棟建設の説得に動かなくてはならない。

「分かっていますね。業界の秩序は絶対ですよ」

こう興棟建設に言わねばならなかったのだ。

それが分かっていながら、やらなかったのは中村だ。

「俺は、中村の言い訳のために怒鳴られ、会社を辞める羽目になったのさ」

矢作は、ぽつりと言った。

中村が、社長への言い訳のために自分の失敗を部下に押し付けたのだ。許せない、とその時、僕は思った。

「野口がわが社のホープだと。俺は言いながら口がひん曲がりそうだったぞ」

中村は、実際に唇をひょっとこのように曲げた。

なんてひどいことを……。僕が聞いているのを知らないのか。

「そうですね。その通りですね」

高橋が納得したように答えた。

僕は、お荷物社員ではなかったはずだ。一番とは言わないが、営業成績を上げていたではないか。

「まさか、あいつがあんなことをしようとするとはな。もっと社員の管理をしっかりしなくてはならない。やはり北村では無理だな。高橋、お前、人事部長をやれ」

「は、はい」

高橋が複雑な顔をしている。喜んでいいのかどうか分からないのだ。

「うれしくないのか」

「滅相《めっそう》もございません。でも北村部長が……」

「あいつはどうも俺に反感があるようだ。俺の足を引っ張る男に思えてならない。どこかの営業所長に左遷して、俺の目の前から消しておかないと、気分が悪い」

中村の頭の中には、すでに北村を飛ばす先についてイメージがあるのだろう。

「今度の市民体育館はやはり一般競争入札になるんでしょうか」

高橋が話題を変えた。

「なんとか指名にさせようと思っているが、なかなか時代が難しくなってきた。しかし指名でなくてはいい工事が出来ないことを役人や政治家に教えなくてはならないと思っている」

中村は力を込めた。

「実際、一般競争入札になって、わけの分からない業者が工事を請け負っても、責任もちませんからね」

高橋が媚《こ》びた言い方をした。

「その辺りが分かっていない。奴らは、談合だと市民オンブズマンから騒がれるのが嫌だから、一般競争入札にしようとするんだ。それはそれとして野口を担当にしたのは間違いだったな。奥さんが騒いで、過労自殺だなんだということになったら、今回の工事の受注にも響くかもしれない」

中村が、ぐいっと高橋を睨みつけた。

「あいつなら一般競争入札になっても勝てる数字を出してくるだろうと思っていましたが、あんなことを考えていたとは見込み違いです。申し訳ありません」

高橋が頭を下げた。

やはり僕のことを評価していたんじゃないか。

それにしても二人が話している僕がやろうとしていたこととはなんだろうか。頭を思いっきり振ってみた。かすかに何か引っかかるものがある。

「野口の奴は、積算の参考にしますからと過去の工事受注の資料をせっせと書庫から出してきては、写真を撮ったり、記録したり……」

高橋が思い出すように話し始めた。

「みんながいなくなってもその作業を止めることはなかったのだろう。それが過労になったというのか。まさか、あれはスパイだよ」

中村が吐き捨てた。

スパイ？　僕がスパイ？

「そのうち七社会の記録までこっそりと持ち出してきて、記録し始めたんですよ。あいつをその担当にしたものだから、過去の記録をみて勉強しているものと思っていましたが……」

「あいつは大棱建設の談合記録を作成していたんだ。死んでくれてよかったよ。助かった。あんなものを公取《こうとり》に出されたんじゃ、これもんだからな」

中村が手錠をかけられる真似《まね》をした。

「奥さんに騒がれると、いろいろと表に出て、面倒なことになりますから、もう一度頑張ってみますよ」

高橋は言った。

まだまだ記憶を順番に呼び出すことは出来ないが、ぼんやりと思い出してきた。

僕は、大棱建設の談合の記録を作っていたのだ。仕事の合間を縫って、こっそりとだ。なぜ、そんなことをしようと思ったのか？　それは矢作の退職がきっかけだ。それに加えて一般競争入札だと思って、必死に工事計画案を練っているのに、いつまでも結論を出さない高橋に腹を立てたからだ。指名競争入札という名の談合がなくなれば、世の中はどれだけすっきりするか、そう思ったのだ。

でもなぜ、中村に言わせれば、スパイ活動中に僕は自殺したのか。何に疲れ、何に絶望したというのだろうか？

佐代子、僕の死に対して「なぜ？」を会社に突きつけてくれないか。辛《つら》いこともあるだろうが、僕は、いつも、そばにいるよ。

第二章　佐代子

1

僕は、耳を澄ましている。

徹が、玄関で「ママ、行って来ます」と佐代子に叫んでいる。隣の家に住む上級生香山克己《かやまかつみ》が徹を誘いに来てくれたのだ。

隣の香山家とは家族ぐるみの付き合いだ。小学三年生の徹は、六年生の克己を慕《した》っている。毎朝、二人で登校する。学校は、歩いて十分ほどだが、彼らは時には三十分もかけることがある。寄り道をしているらしい。注意をしたことがあるが、彼らの冒険心を遮《さえぎ》ることは出来ない。

美奈は、佐代子が幼稚園に連れて行く。市営幼稚園だ。

徹は、元気に学校に行く。楽しいらしい。しかし美奈は家で絵を描いたり、本を読んだりするのが好きだ。あまり幼稚園に進んで行きたがらない。苛《いじ》められているわけではないようだが、集団で何かをするのが不得手なのかもしれない。

佐代子が、ぐずる美奈の手を引っ張って連れて行くことがある。佐代子から、「あの子が引き籠《こ》もりになったらどうしよう」と相談されたことがある。あの時は、それほど心配することはないと、理由もなく無視してしまったが、僕がいなくなったあとは大丈夫だろうか。

もし美奈が、僕がいなくなったことを悲しんで、幼稚園に行かないなどと言い出したら、佐代子の精神的な負担は、いやが上にも増してしまう。そうならないように祈るばかりだ。

「ママ、ママ」

美奈の声がする。僕は声のするところに行った。

美奈は、幼稚園の水色の制服を着て、黄色い帽子をやや上向きにかぶり、リビングの椅子《いす》に座っていた。

どうしたんだ？　美奈？

「ママ、幼稚園に行かないのかな」

ママが行かない？　おかしいね。

いつもなら美奈がぐずってママを困らせているんじゃなかったの？

「ママ、遅刻しちゃうよ」

美奈の表情が曇っている。

いつもは佐代子の表情が曇っているのに、今朝は逆だ。

おかしいね。ママはどうしたんだろう？

「美奈は、今日、ちゃんと服を着て、ちゃんと朝ごはんを食べて、ちゃんと待っているのよ」

そう、偉いね。

「それなのにママが来ないの」

美奈は、寝室の方を気にしている。

僕は不安になった。佐代子に何かあったのではないか……。

美奈、ちょっと待っててね。ママを見て来るからね。

美奈が小さく頷いた。そんな気がしただけだ。僕は美奈から見えないのだから。

僕は寝室に行った。

佐代子がいた。眠ってはいない。ほっとした。受話器を持って、なにやら深刻な表情をしている。無言で、小さく頷いている。

「申し訳ありません」

佐代子が涙を滲《にじ》ませている。

でも悲しいというわけではなさそうだ。表情には怒りが浮かんでいる。その怒りが噴出するのをじっと耐えているようだ。

いったい誰からの電話なんだろうか？

僕は耳を澄ました。

受話器から、洩《も》れてくる、あの早口の声は……。

「お義母《かあ》さん……」

佐代子が呼びかけた。電話の相手は、お袋だ。

「あなたが傍《そば》にいながら、どうして自殺なんかさせたのよ。兆候に気がつかなかったの。妻として失格ね。こんなこと言いたくないけど。もう悔しくて、悔しくて……」

お袋が泣いている。

「済みません。申し訳ありません」

「何を言っても始まらないですけどね、自殺だから葬式も近所の目を気にしなければならなかったし……。どうせ死ぬなら普通に死んで欲しかった……」

お袋は、相変わらずきついことを言う。

お袋は男勝《まさ》りの性格をしている。親父は、信用金庫に勤めていた真面目《まじめ》一筋の銀行員だったが、今も昔も完全に尻《しり》に敷かれている。絶対にお袋には逆らわない。

佐代子とは気が合っていた。お義母さんは、さっぱりしていて気持ちがいいというのが、佐代子のお袋評だった。

ああ、口うるさいけど、間違ったことは言わないからね。

これは僕のお袋評だ。

しかしどうも様子が違う。どうせ死ぬなら普通に死んで欲しかったとは何事だ。まるで僕が死ぬということが約束事だったような言い方ではないか。

それに佐代子を責めるのもお袋らしくない。責めても何にもならない。

「悔しいのよ。まだ三十九歳よ。これからというときに、会社に殺されたのよ。あの子、真面目だったから。佐代子さん、あなた悔しくないの」

「悔しいです。本当に悔しいです」

佐代子の目から涙が落ちた。

お袋は、どこにもぶつけられない怒りや悔しさを佐代子に向けているのだ。そんなことをしてもお互いが傷つくだけなのに。それがお袋には分からない。とにかく誰でもいい。息子を失った悔しさを分かって欲しいのだ。

お袋、お袋以上に佐代子は辛いんだ。それを分かってやってよ。まるで佐代子の管理不足で僕が死んだなんて、それは言いがかりだよ。僕自身、なぜ自殺したのか、まだよく分かっていないのに。

「ママ、遅れちゃうよ」

いつの間にか寝室にやって来た美奈が、佐代子の袖《そで》を引っ張っている。

佐代子が受話器を押さえて、「すぐ、行くからね。おとなしく待っててね」と美奈に小声で言った。

美奈は、眉根を寄せ、口をへの字に曲げ、今にもぐずり出しそうな表情で立っていた。

「美奈がいるのかい？」

お袋の声だ。

「ええ、幼稚園に送らなければならないものですから」

佐代子が言った。

「そりゃ、忙しいときに電話をしたわね。とにかく悔しいんだよ。なんとかしておくれよ。電話切るよ」

つめている。

受話器を叩きつけるような音が聞こえてきた。佐代子が受話器を遠ざけ、じっと見つめている。

「お電話終わったの？」

美奈の声に、佐代子ははっとしたように目を見開いた。受話器を置いた。手で、涙を拭《ぬぐ》った。

「ママ、どうしたの？　おばあちゃんに苛められたの？　美奈が叱《しか》ってあげようか」

「違うのよ。苛められたわけじゃないからね」

佐代子はしゃがむと、美奈の髪の毛を撫《な》でた。

美奈は、目元が僕にそっくりだ。

「さあ、行こうか」

佐代子は、笑顔を作ると立ち上がって、美奈の手をとった。

「うん」

美奈が嬉《うれ》しそうに佐代子の手を握り締めた。

2

葬式が終わってから、早いもので一週間が過ぎた。

僕が見るかぎり、家の中には、僕がいない秩序が出来つつあるように見える。

徹は、隣の克己君と学校に行き、美奈も佐代子に連れられて幼稚園に行く。佐代子は、幼稚園から帰って来れば、着替えて生協のパートに出かける。

全く僕が生きていたときと同じことが繰り返されている。どんなになろうとも生活のリズムを壊さないという佐代子の強い意思を感じる。

何もやる気がなくなり、掃除や洗濯や食事作りも放棄して、毎日、泣き暮らしている佐代子。幼稚園には行かないとぐずりだす美奈。理由なく苛々《いらいら》して勉強や遊びに身が入らなくなる徹。僕が死んだら、家庭はめちゃくちゃになるのではないかと思っていたが、意外にも以前通りだ。

僕には、それがかえって痛々しい。佐代子が気を張っているに違いないと思えるからだ。無理していないか、それが心配だ。いつかポキリと折れてしまったらと考えると、佐代子に肩の力を抜いていいよと言ってあげたい。

「ただいまっと。あら、そうか。誰もいないのね」

佐代子の声だ。美奈を幼稚園に送って帰って来たのだ。

体をリビングのソファに投げ出した。どうしたのだろうか。じっと動かない。

しばらくすると、肩が小さく動いているのが分かった。すすり泣きが聞こえてきた。

佐代子……。

僕は、佐代子の肩に手を触れてみた。

「悔しい……。悔しいのはこっちよ」

佐代子が泣きながら怒っている。

「お義母さんも、まるで私が自殺を防がなかったかのように言うなんて」

佐代子がうつぶせのままお袋をなじっている。

佐代子、お前の言う通りだよ。お袋は言いすぎだ。

「自殺に追いやったのは私だと言っているみたいじゃないの」

そんなことはないよ。佐代子は全く関係ない。

「でも、何の兆候にも気づかなかった私にも責任があるに違いない。どうして私は、あの人の心の病《やまい》に気づかなかったのだろうか」

佐代子は、体を起こし、ぼんやりと宙を見つめた。

僕は、何か自殺の兆候を佐代子に見せただろうか。死にたいと言ったり、明らかに絶望的な表情をしたり……。

自殺すると口に出して言う人は自殺しないという俗説がある。しかしこれは間違いだ。自殺した人の九割はなんらかの自殺サインを送ると専門家は言っている。そうだとすれば僕はどんなサインを送っていたのだろうか。死にたいなどと口走っていたのだろうか。

僕の自殺サインに気づかなかったからといって佐代子が責任を感じることはない。

「腹が立つけど、お義母さんの言うとおりだわ。もっとあの人と話すべきだったし、三日も会社に泊まりこんでいるなんて、どう考えても異常じゃない？　首根っこ摑まえて、家に連れて帰るべきだったのよ。それが出来るのは私だけ。私が殺したようなものだわ」

今日の佐代子はいつもと違う。わざわざ感情的な言葉を口に出すなんて。お袋の電話のせいだ。

自分を責めたら、家庭の秩序だけではなく佐代子自身も壊れてしまう。もう自分を責めるのは止《や》めろよ。僕は生き返らないのだから。

佐代子が不意に笑った。どうしたのだろうか。頭がおかしくなってしまったのだろうか。

「丸山《まるやま》さんったら、バカなことを言うのよね。今度会ったら、文句言ってやろうかしら」

丸山というのは、佐代子が行っている生協の同僚だ。

佐代子の勤務する生協は、食品や日用品を各家庭に配送するシステムだ。電話などで注文を受け、ドライバーが家庭に運ぶ。安全性の高い食品や少し高いが味はいいものが揃《そろ》っていると評価をうけていると佐代子は言っていた。そこで佐代子は事務をしている。

「まだ、子供が小さいし、佐代子さんは綺麗《きれい》だから、すぐ再婚出来るわよですって？　夫が死んで、すぐに再婚の話なんかしないで。バカにしないで！」

佐代子が立ち上がってテーブルの上に置いてある写真、僕と佐代子がにこやかに笑っている写真を取り上げた。

「あなた、頑張るからね。今日は会社が遺品を取りに来てくれっていうのよ。だから生協を休んじゃった。ひどいのよ。早く取りに来なければ、処分しますだって。届けてくれたっていいのにね。葬式以来、会社の人は、なしの礫《つぶて》。冷たいわよね。辛いな……、本当に辛いな……」

佐代子は写真の僕にキスをした。

佐代子、僕はここだよ。

僕は佐代子の前に立った。佐代子の唇が近づいてくる。僕も唇を佐代子に向けた。

しかし触れ合うことはない。猛烈に悲しくなった。切なくなった。僕は佐代子の体に

腕を回した。無駄なことは分かっている。腕が佐代子の体をすり抜けてもいい。それ

でも僕は佐代子を抱きしめたかった。

3

「高橋課長さんはいらっしゃいますか」

佐代子は、大稜建設の受付に来ていた。

「どちらの高橋でしょうか？」

「営業部です。私は野口といいます」

「野口様……ですね」

受付嬢の顔がわずかに緊張した。自殺した僕の妻だと気づいたのだ。

受付嬢は、受話器を取り上げた。営業部につないでいる。

彼女は知らない顔だ。受付嬢は、派遣社員なのでいつも同じ女性とは限らない。

佐代子は不安そうに天井を見上げていた。一階ロビーの天井は、吹き抜けになっていて、高い。その高さが佐代子を押しつぶしてしまいそうで、気持ちが滅入《めい》っているに違いない。

建設会社のビルというのは、ショールームと同じだ。自分のところがどんな建築物を建てることが出来るのかを客に見せるのだ。だからこの大稜建設の本社ビルもやたらと吹き抜けが高くなっている。事務スペースを狭くしても構わないから、と社長がこだわったらしい。

受付嬢が受話器を置いた。表情が暗い。

「お待たせいたしました。大変、申し訳ないのですが、高橋は席をはずしているようなのですが……」

「おかしいですわ。昨日、高橋さんからこの時間に本社に来るようにと言われたものですから」

「そうですか……。でもちょっとどこへ出かけたのか、分からないのです。ところでご用件はどのようなことでしょうか」

受付嬢の言葉に、佐代子は、答えるべきかどうか迷った。しかし隠さずに言うことにした。

「夫、野口哲也の遺品を取りに来ました」

少し声が尖《とが》っている。

「少々、お待ちください」

受付嬢は、慌てて受話器をもう一度取り上げた。目で佐代子の様子をうかがいながら、誰かと話している。そして受話器を置くと、ほっとした様子で一息ついた。

「営業部の若井というものが、お待ちしております。失礼いたしました。これをお付けになって七階にお願いいたします」

受付嬢は、佐代子に名札を渡した。

七階と言われて、僕はビクリとした。僕は七階から飛び降りたのだ。そのことを思い出した。

佐代子は、胸に名札をつけると、エレベーターに向かった。

大丈夫だよ。何も問題はないからね。

僕は、佐代子に言った。少しでも佐代子の不安がなくなればと思ったからだ。

エレベーターのドアが開いた。佐代子が乗り込み、七階のボタンを押した。

毎日、このエレベーターに乗っていた。辛《つら》いときも楽しいときも。辛いときのエレベーターは早く感じる。職場に行きたくないのに、直《す》ぐに着いてしまう。楽しいときは遅い。早く、いい報告をしたいのにじれったい。

佐代子は、口元を引き締め、じっと階数を示すランプを睨《にら》んでいる。ランプが七階を赤く照らした。ドアが開いた。

佐代子は、外に出て、左右をきょろきょろした。

右だよ、右。営業部は右だよ。

向こうから女子社員が歩いて来る。真由美《まゆみ》ちゃんだ。原田《はらだ》真由美。僕と同じ営業部にいる子だ。元気で明るいところが、唯一の取《と》り柄《え》と自分で言っているが、僕は他にもいいところがあると思う。

「あのう……」

佐代子が、真由美に声をかけた。

「はい、なんでしょうか」

「営業部はどちらでしょうか？」

「営業部ですか」

「ええ、若井さんという方を訪ねて来ました」

「ご案内しましょうか」

真由美が微笑する。やっぱり真由美ちゃんだね。優しい。

「いいんですか。どちらかへ行かれる途中なのでは？」

佐代子は申し訳なさそうな顔をした。

「いいんですよ。急ぎませんから。それに営業部はすぐそこです」

「ありがとうございます」

「野口さんの奥様ですよね」

真由美は、明るい声で言った。

「ええ、野口の妻です」

佐代子は慌てた。

「お葬式でお見かけしました。あの時は、本当におやつれでしたが、幾らかお元気そうになられたようですが……」

真由美は伏し目がちに言った。

「その節はありがとうございました。本当にこのたびはご迷惑をおかけしました」

佐代子は頭を下げた。

「ご迷惑だなんて、そんなに気にしないでください。私も他の社員も野口さんのこと、とても尊敬してましたから、今でも悲しくて仕方がないんです」

「ありがとうございます。野口が聞いたら、どれほど喜ぶことでしょうか」

「今日は、若井に用がおありなのですか」

「いえ、高橋さんから遺品を取りに来るように言われたのですが、いらっしゃらないようなので若井さんが応対してくださるらしいのです」

「うん、もう。高橋課長が電話をしておいて、いないのですか？　いい加減だな」

真由美は頬《ほお》を膨《ふく》らませた。佐代子が楽しそうに笑みを浮かべた。自分に共感してくれたことが嬉しいのだろう。

「きっとご都合がおありだったのでしょう？」

佐代子が言った。

「ありませんよ。また役員の部屋でゴマを擂《す》っているに違いないです」

真由美は、すりこ木ですり鉢を擦《こす》る真似をした。佐代子が口を押さえた。笑いが漏《も》れそうになったのだ。

「行きましょうか」

真由美は、右の方向に歩き出した。

真由美ちゃんの言うとおりだろう。高橋課長は、営業担当の中村部長のところに行っているに違いない。ゴマを擂っているのか、何をしているのか分からないが、お客様のところに行くより中村部長のところに足を運ぶ回数が多い人なのだ。

「まだ一週間でしょう?」

真由美が歩きながら言った。

「ええ、まだと言うべきか、もうと言うべきか分かりませんが……」

佐代子が考えるような表情をした。

「まだ、ですわ。たった一週間で、野口さんの遺品を取りに来いって、冷たいですね。もう少し置いておけばいいのに。いなくなった社員のものなんか、さっさと捨ててしまおうって考えの会社なんですよ」

真由美が不満を洩らした。

あれ? いつもの明るい真由美ちゃんと様子が違う。今日は、少し暗い。僕が死んだせいかな。

「野口さんって、いつも冗談を言って、楽しい人でした。あんなことになるなんて、誰も想像もしていませんでした。いい人だったな」

真由美が、何かを思い出すように顔を上に向けた。

あれ、真由美ちゃん、泣いているじゃないか。驚いた。僕のことそんなに慕《した》ってくれていたんだ。

「冗談をよく言いましたか……。あの人の冗談は下らないでしょう。野口は愚痴を言わない。なぜって、ノー・愚痴だからとか」

佐代子が言った。

僕の最低の駄洒落《だじゃれ》だ。もう少しいいのを思い出してよ。

「そうそう、そんな感じです」

真由美が笑った。鼻をぐずぐず言わせている。ハンカチを取り出して、目を押さえた。

「ごめんなさい。野口さんのこと、思い出しちゃいました」

「ありがとうございます。皆さんに慕われていたと分かって嬉しいです」

佐代子が頭を下げた。

「ここです」

真由美が、勢いよくドアを押し開けた。

「若井さん！　野口さんがいらしたわよ」

真由美は、大きな声で若井を呼んだ。

「申し訳ありません」

佐代子が、恐縮している。

真由美ちゃんはいつもこんな調子だよ。佐代子、あまり気にしないでいいよ。

「奥さん、頑張ってくださいね」

真由美はドアを閉めて、出て行った。

「わざわざすみません」

若井が、笑みを浮かべて佐代子の前にやって来た。態度が何となくぎこちない。

佐代子は軽く頭を下げた。

4

佐代子は応接室に案内された。お茶が運ばれている。佐代子は手をつけていない。

しばらくすると若井が小さな段ボール箱を持って入って来た。

「お待たせしました」

若井が箱をテーブルの上に置いた。

「あの……」

佐代子が戸惑っている。

「これが野口君の私物です」

若井が無理やり笑顔を作っている。

「野口の使っていた机やロッカーなどは？」

「机やロッカーですか。片付けました。それがこれです」

若井の笑顔が消えた。

「でも私物ですから、私が中身を片付けるものと思っておりました」

佐代子が硬い表情で言った。

「お手間だと思いまして、こちらでやらせていただきました。私物といっても、ボールペンなどの筆記用具の類《たぐい》です。それほどたいしたものはありませんでした」

若井が苦笑した。

「お言葉を返すようで申し訳ないのですが、たいしたものかどうかはあなたが判断することではないのではないですか」

佐代子が厳しい目で若井を見つめた。

「すみません。口が滑《すべ》りました。とりあえず中身を確認してくださいませんか」

若井が箱の蓋《ふた》を開けた。

何が入っているのだろうか。変なものを残してはいないと思うけど。僕は自分で死んだのだから、当然、後に変なものを残さないようにきちんとしているはずなのだが、その辺りが自分のことなのによく分からない。死ぬと、自分に対してやたらと第三者的になるのかもしれない。

「靴《くつ》がありますね。これジョギングシューズだわ」

佐代子がナイキのシューズを取り上げた。時々、昼休みや残業のときにランニングをしていたからだ。

「野口君はランニングが好きでした。汗まみれになって帰って来て、会社の地下のシャワー室で汗を流していました」

若井が言った。

他には、本当にたいしたものはなかった。文房具と読みかけの文庫本。日記も何もなかった。佐代子と一緒に写った写真の入った写真立て。

「これ一緒に北海道に行ったときの写真です」

佐代子が写真を食い入るように見つめた。

「いつもこれを机に飾っていました」

「そうですか……」

「いい写真ですね」

「若井さん、野口の机やロッカーなどに案内していただけませんか」

佐代子は急に立ち上がった。

「は、はい」

若井は慌てた様子で返事をした。

僕の机は誰が使っているの？　せめてしばらくは花でも飾って、そのままにしておいて欲しかった。

若井と佐代子は、応接室を出て、営業部の部室に入った。

若井は、佐代子の先を歩いた。

「ここです」

若井は机を指差した。

「これですか」

佐代子は、椅子を引き出すと、それに腰をかけた。

「ここで仕事をしていたのですね」

「ええ……」

「今は、誰の机ですか」

「後任の者が使わせていただいています」

「そうですか……。ねえ、あなた」

佐代子が机に向かって言った。

「はい、何か」

若井が返事をした。

「違いますよ。若井さん。野口に呼びかけたのです」

佐代子が微笑した。

僕は、佐代子が何を言うのか聞き耳を立てた。

「あなた、この机で何をしていたの。家にもまともに帰らないで……。そんなにこの机がよかったの。私のところよりよかったと言うの」

佐代子は机に額《ひたい》をつけた。まるでそこに僕のぬくもりがまだ残っているのかどうかを確かめているようだ。

そんな冷たくて灰色の机が、佐代子と一緒に眠るベッドよりいいわけがないじゃないか。

「あなたがいなくなってもう一週間が過ぎたわ。みんな元気よ。徹も美奈もよく聞き分けてくれる。でもなぜ私たちを置いて逝《い》ってしまったの……」

「奥さん……」

若井が困惑した顔で呼びかけた。

「すみません。私、つい……」

「よく分かります。でもここではちょっと……、職場なものですから」

「失礼しました」

佐代子は立ち上がった。

「ロッカールームに連れて行ってください」

佐代子は、若井を促《うなが》した。

若井は佐代子の前を歩き出した。

「ここには仮眠室はあるのですか」

「仮眠室ですか……。ありませんね」

「ではあの人はどこで横になっていたのですか」

「さあ……。ソファでしょうか？」

若井が窓際の応接スペースを見た。そこにはソファとテーブルがあった。

「あそこで眠るのですか」

佐代子は、目を見張り、悲しみを堪《こら》えるように口元を手で覆《おお》った。

「僕も時々……」

若井は言った。

お前は、ソファに眠ったことがあったかな？　いつも、お先にって右手を上げて、高橋課長とマージャンに行くんじゃなかったっけ。マージャンで遅くなって、ここで寝るのか。

僕は、あのソファで膝《ひざ》を折り曲げながら眠っていた。まるで石窟《せっくつ》に閉じ込められたミイラのようさ。目覚めるとゆっくり膝を伸ばさないといけない。急に伸ばすと、体を痛めてしまう。

変な夢を見たときなどは大変さ。ソファから落ちて、頭を床に打ちつけたことがある。

なぜ、僕はそんなに追い詰められていたのだろうか。お前はよく僕に言ったよね。要領が悪いんじゃないのかって……。

「窮屈《きゅうくつ》だったでしょうね」

「ええ、足が伸ばせませんから寝た気になりませんよ」

若井は口元をゆがめた。

ロッカーは営業部の部屋の隅にあった。

「これですね」

若井はロッカーを指差した。

「あけてもいいですか」

佐代子が訊いた。

「すみません。今は、別の者が使用していますから……」

若井は頭を下げた。

佐代子は、ロッカーを見た。そこには野口の名前はない。全く知らない名前があった。

「素早いのですね」

言葉に怒りがこもっていた。

「どうも……」

若井が卑屈そうな笑みを浮かべた。まるで自分がロッカーを管理する責任者であるかのようだ。

「あちらですね」

佐代子が非常口と表示がある方向を見ている。

あの非常口の先は外階段になっている。僕はそこから飛び降りたのだ。

若井は何も言わない。眉をひそめているだけだ。

「行ってもいいですか」

佐代子は歩き出した。若井の了承を取り付けないままだ。

佐代子はドアに近づくと、ノブを回した。

何度も回した。しかし金属音がするだけでドアは開かない。

「鍵がかかっています」

後ろから、若井が言った。

「開けてくださいませんか。そもそも鍵がかかっていては非常口の役割を果たさないじゃないですか」

佐代子は抗議する口調になった。

「あんなことがあったので、鍵をかけることにしたのです」

「開けてください」

「僕は鍵を持っていません」

若井は拒否した。

「では、鍵を持って来てください。お願いします。あの人が、最後にどんな景色を見たか、知りたいのです」

佐代子の目が潤《うる》み始めた。

「あの事件は、夜でしたから、景色は見えなかったと思います」

若井は鍵を取りに行こうとしない。

「私は遺族です。遺族が、あの人の最後の場所を見たいと言っているのです。それを止める権利はありません」

佐代子は強く言った。

「鍵を取って来ます。ここでしばらくお待ちください」

若井は、踵《きびす》を返した。

5

そのドアを開けると、空気がさっと通路に流れ込んだ。

非常階段の踊り場が、僕にとっては自宅のベランダ代わりだった。仕事に疲れたとき、踊り場に出て、手すりに体を寄せて、外の景色を眺めたものだ。A市を囲む山々がはるか遠くに見えて、とてもすがすがしい気持ちになる。

僕は、そのいい気持ちのまま、手すりを飛び越えてしまったのだろうか。夜空の星を摑もうとでもしたのだろうか。

佐代子が、無言で非常口を見つめている。何かに怒っているのか。いつもと違う険《けわ》しい表情だ。

「お待たせしました」

若井が戻って来た。その後ろに高橋がいた。

「奥さん、申し訳ありません。ちょっと野暮《やぼ》用がありましてね」

高橋が笑うと、素直な印象は受けない。腹に一物《いちもつ》あるように見える。

「いえ、こちらこそお忙しいところを申し訳ありません」

佐代子は、軽く頭を下げた。

「今、若井から聞きましたが、その非常階段をごらんになりたいとか？」

「ええ、あの人がどんなところから飛び降りたのか、見たいのです」

高橋が若井に目をやった。若井は、佐代子の傍を小走りに走り抜けると、非常口のドアの鍵をはずした。カチリと音がした。

「何もないところですよ。殺風景で……」

佐代子は、ゆっくりとした足取りで非常口に向かって歩いて行った。ドアの前に立った。ノブに手をかける。ゆっくりと回す。手前に引いた。ドアが開く。

風が吹き込んできた。佐代子の髪が揺れた。

佐代子は踊り場に立った。僕は佐代子の隣に寄り添った。

「そうですか。私には殺風景に見えますけどね。山と、操業ストップした工場だけですよ。不景気な景色だ」

高橋は愚痴っぽく言った。

A市も他の地方都市と同じで景気が悪い。工作機械の部品を作る工場も去年から、操業を中止したままだ。以前は、音がうるさいと高橋は怒っていたが、今では寂しすぎると文句を言っている。

「あの人は、ここによく立って、この景色を眺めていたのですか」

佐代子は手すりを握りしめた。

「煙草も吸わないのに、ここでぼんやりするのが気に入っていたみたいですね」

高橋が言った。

「あそこに落ちたのですね」

佐代子が下を見た。視線の先にはコンクリートの地面が広がっていた。

「そうです」

高橋は目を背《そむ》けた。

「いい景色……」

「痛かったでしょうね……」

「まあ、そうでしょうね」

「この手すりはかなり高い。私の胸まであります。あの人もそれほど背の高い方ではなかったのでこの辺りだったでしょう」

佐代子は、自分のお腹《なか》の上に手を当てた。

「安全なように作ってあります」

高橋が神妙な表情で言った。

「これを乗り越えたとしたら、大変な勇気が必要だったでしょうね」

佐代子は遠くを見つめたままだ。

「勇気と言うのでしょうかね」

高橋は、遠慮なく顔をしかめた。

「恐怖を乗り越えるという意味で勇気だと思います。でもそこまであの人を動かしたものはなんだったのでしょうか。この高い手すりを乗り越えようとしたのはなぜだったのでしょうか」

佐代子は、まるで自分に問いかけているようだ。

「さあねえ」

高橋は気のない答えを返した。

課長、もっと真剣に答えてくださいよ。僕は、その手すりを乗り越え、宙を舞い、地面に叩きつけられたのですよ。僕自身もよく分からないんです。本当は……。もしかして僕はその手すりに体を預けて、ひょっとしたらうつらうつらしていたのでしょうか。そして何かの拍子でくるりと体が回転して、下に落ちた――そんなバカな。僕は、ちゃんと自分の意思で、飛び降りたんだろう？

死ぬと、恨《うら》みを残さないように死ぬ瞬間のことを忘れてしまうようになっているのかもしれない。そうでなければ世の中、恨みをもった幽霊で埋め尽くされてしまう。前から僕は不思議だった。霊の世界があるというなら、殺された人がどうして恨みを残して出て来ないのか。それは僕みたいにその瞬間のことを覚えていないからではないか。でもこうして佐代子と一緒にいれば、いずれ思い出すに違いない。

佐代子は、くるりと体を反転させ、高橋を睨んだ。

「冷たいですね」

佐代子は、言葉を投げつけるように言った。

「何が、何が冷たいのですか。退職金や弔慰金など、十分な手当はしたはずです。それなのに冷たいとはどういうことでしょう」

高橋は少し気色《けしき》ばんだ。

「あの人がこの会社にいたという痕跡《こんせき》が、たった一週間であの段ボール一箱にされてしまった。さあ、とっとと出て行けと言われているようで、悲しさを通り越して、悔しいという思いです」

佐代子の目が赤い。涙で充血しているのだ。

「それは誤解です。こっちも日々の仕事をしていかねばならない。だから整理したまでです」

高橋は苦笑交じりに言った。言いがかりはよしてくれとでも言いたげだ。

「でも、私に整理させていただいてもよかったのではないですか。さっさとあの人のプライベートをあの箱に詰めてしまうなんて……」

「たいしたものがあったわけじゃありません。基本的に会社に私物を置いてはいけないのですから」

「でも……」

「でもじゃないですよ。奥さん、早く立ち直って、新しい生活を始めてください。いつまでも野口君のことをくよくよ言っていたら、野口君がかわいそうだ。もし仕事の紹介なら、私どもにやらせてください。このA市じゃ大稜建設は力があります。お役に立ちますよ」

高橋は佐代子の肩に手をかけた。佐代子がそれを払いのけた。

「くよくよしてはいません。なぜ死んでしまったのか、それを知りたいのです。どんな仕事をしていて、どんな悩みを持っていたのか。もし過労が原因なら、きっちりと原因を追及しなければ、高橋さん、あなただって自殺することになるかもしれないじゃないですか。そんな不幸を繰り返したくありません」

佐代子は声を高くした。

「奥さん、前を向いて歩き出しましょう。その方がいい。今更、過去を穿《ほじく》り返しても意味がないでしょう」

高橋は、うんざりとした口調で言った。

「前を向いて歩くためにも、あの人の死の原因を突き止めたいと思います」

佐代子は言った。

「どうするおつもりですか」

高橋が心配そうに訊いた。

「どうするかは分かりません。過労死であることを労働基準監督署に認定してもらうために、申請するかもしれません。ご協力していただけますか」

佐代子は、僕の死を過労死として認定してもらおうとするようだ。僕も迷うところだ。高橋課長の言うように、もう僕のことは、去るもの日々に疎《うと》しでいいではないかと思う気持ちと、忘れないで欲しいという気持ちが交錯している。過労死の労災認定はなかなか難しい。その間は、少なくとも佐代子は僕のことを忘れないだろう。しかし何年も揉《も》め事が続くようなら、佐代子の新しい生活は脅《おびや》かされてしまう。無理しないで欲しい。こんな僕のために……。

「過労死認定には、会社の協力がなければ難しいですよ。時間外勤務の状況とかの資料が必要ですからね。それに、協力は出来ません」

高橋の目が鋭く光った。肩の辺りから攻撃的なエネルギーが発散され始めている。

「なぜですか」

佐代子も負けてはいない。

「お分かりになりませんか」

「分かりません」

佐代子、かっかするな。高橋課長は老獪《ろうかい》だから、冷静さを失った方が負けだぞ。

「不名誉なことだからです。野口君は、この職場を愛していました。その彼が死んだ。そっとしておいてやりましょう。それを過労死だと労災認定するなどというのは、死者への冒瀆《ぼうとく》ではないでしょうか」

高橋は、わざとなのか悲しそうな顔をした。

「なぜ労災を申請することが不名誉なのですか」

佐代子は、納得がいかないという顔で訊いた。

「私たちは労災ではないと思っています。そうなると私たちと争うことになるでしょう。野口君は、私たちと争うことなど望んでいないと思うからです。奥さんが私たちと争う姿を見て、野口君は喜ぶでしょうか」

「あの人は死にました。理由は何も告げてくれませんでした。でもどんな仕事振りだったのか、なぜ死を選んだのか、なぜあの手すりを越えたのか……」

佐代子は手すりを指差した。手すりの向こうに山の連なりが見えた。佐代子の指が、一番高い山を突き刺しているようだ。僕が、いつも慰《なぐさ》められていた山だ。

「私には知る権利があると思います」

佐代子は、厳しい視線で高橋を見つめた。

「苦労しますよ……」

高橋は呟《つぶや》いた。鼻が笑っている。やれるものならやってみろという態度だ。

「失礼します」

佐代子は、軽く低頭し、高橋と若井の傍を通り過ぎた。もうこれ以上、話していても埒《らち》が明かない。

「奥さん……、本当にいいんですか。私たちも本気で闘いますよ」

高橋は佐代子の背中に言葉を投げつけた。

佐代子は立ち止まった。そして振り返った。

「あの人が死んで、すぐに遺品を段ボール箱に詰めて取りに来いというような冷たい会社に勤務していたのだと思うと、あの人がかわいそうで……」

佐代子は涙を見せまいと、再び背を向け、歩き始めた。

「あのー、遺品の入った段ボール箱はどういたしましょう」

若井が、心配そうに言った。

「自宅に送ってください」

佐代子は振り返らなかった。

6

「どうしようもない女だな」

僕の耳に高橋のぼやきのような声が聞こえた。僕は高橋の様子を見ていた。

高橋は、踊り場の手すりに寄りかかった。スーツのポケットから、セブンスターを取り出した。箱の中には一本しか残っていなかった。それを抜き出し、煙草を口にくわえると、箱を握りつぶして、ぽいと捨てた。箱は、まっすぐに地面に落ちていった。

高橋は、ライターで煙草に火をつけ、深く息を吸った。煙草を通じて空気を吸っている状態で、煙は一切、外に出ない。しばらく口の中をもぐもぐとさせ、まるで煙を嚙《か》んでいるのかと思わせる仕草だったが、一気に吐き出した。

煙は、正面にいる若井の体にぶつかって広がり、そして消えた。

「本気でしょうか？」

若井が訊いた。

「だろう。だが無駄なことだ。あいつの勤務記録などはみんな捨てておけ。分かったな」

「はい」

「それに遺品の中には、何も変なものはなかっただろうな」

「変なものって？」

「まあ、いい。何もなければいいが、よく点検して送ってくれ」

高橋は若井の質問にまともに答えず、煙草をくゆらせた。

「何も変わったものはなかったですが、もう一度よく点検します」

若井が答えた。

高橋は、手すりに体を預けて、遠くを眺めながら、煙草を吸っている。煙が風に流されている。

「何を思って、こんなところから落ちやがったのかな。しかしなあ、若井、あの女が労災の申請でもしてみろ。うちの評判は悪化して、入札にも響きかねないぞ。なんとか出来ないか、もう一度考えてみてくれ」

高橋が言った。

「分かりました。考えてみます」

若井は答えた。

労災認定を申請することは、僕の不名誉だから止めろと高橋課長は、佐代子に忠告した。でもそれは僕の不名誉ではなくて大稜建設の不名誉だと思っているのだ。今、市の体育館建設を巡って、一般競争入札が行われる予定だ。僕はその書類を作るのに苦労していたのだが、そんなときに労災だと騒がれては市から何か注意を受けるかもしれない。そうなると入札に参加出来ないと心配しているのだろう。ただでさえ公共事業は減り、大稜建設の業績は芳《かんば》しくない。そんなときに僕の自殺が原因で入札に参加出来ないことになれば、さらに業績が悪化してしまうと怖《おそ》れているのだ。

会社ってそんなものか。僕の死を悲しみ、悼《いた》むより、業績の悪化の方が気になるのか。

労働基準法で、会社は従業員に必要最低限の災害補償をすることを義務付けられている。法律に基づいて出来たのが労働者災害補償保険、いわゆる労災保険だ。申請すれば、会社に代わって国が最低限度の補償をしてくれる。雇用者は保険料を負担しているが、直接的に会社の懐《ふところ》が痛むものではない。

だったらさっさと協力して労災申請が認められるようにすればいいではないか。そう思うのだけれども実際はそうならない。

会社が、労働者の働く環境に対して全く配慮していなかったなどの結論が出て、労災が認定されると、労基署から改善命令が出て、サービス残業もさせられなくなってしまう。

それにもし佐代子が労災認定に加えて損害賠償を請求して、それも認められたら、大稜建設のイメージは悪化し、遺族に対する賠償金支払いで多額の支出を覚悟しなければならない事態となる。

　こうして考えると、勤務中の自殺などという事件の場合、遺族がおとなしく引き下がってくれることが、会社にとっては一番なのだ。

「許せない奴だ。夫婦そろって」

　高橋が、煙を思いっきり吐いた。

「本当にその通りですね」

　若井が媚《こび》を売るように答えた。

　僕は佐代子が心配になった。こんな連中と戦えば、サンドバッグのようにぼこぼこに打ちのめされるのではないだろうか。

　何とかしなければ……。

　佐代子は僕の名誉を守ろうとし、高橋は会社の利益を守ろうとする。金で許れない名誉と、金そのものでは、水と油だ。全く相容《あいい》れない。佐代子が精神的に参ってしまうことになりやしないかと心配になってくる。

　会社ビルから外に出てみると、佐代子が足早に歩いている。どこに向かっているのだろうか。

　タクシーを止めた。駅はすぐ近くなのにどこに行くのだろう。今日のことを誰かに相談するのだろうか。

佐代子を乗せたタクシーは市の中心地へ向かっている。大稜建設の本社はやや郊外にある。

タクシーが止まった。

警察署の前だ。佐代子は何をするつもりなのだろうか。警察になんの相談があるのだろう。

佐代子が警察署の石段を登って行く。しっかりした足取りだ。何か不安を感じている様子ではない。

受付係にまっすぐ歩いて行く。

「山野辺《やまのべ》刑事をお願いします」

「どちらさまですか」

「野口佐代子と申します」

「お約束はございますか？」

「ございません」

「では少々お待ちください」

佐代子は刑事を訪ねたのだ。刑事に知り合いがいたとは意外だった。山野辺？　いったい何者だろうか。

受付係が、受話器を取り、山野辺に連絡を取っている。

佐代子は立ったままだ。受付係の手の辺りをじっと見つめている。

受付係が受話器を置いた。

「すぐこちらへ参るとのことです。そちらでお待ちください」

受付係が、佐代子の後ろにあるソファを勧めた。

佐代子は「ありがとうございます」と頭を下げた。ほっとした表情になっている。

佐代子は、勧められた通り、ソファに座った。

「野口さん、お待たせしました」

明るい声が聞こえてきた。

佐代子がソファから立ち上がった。笑顔だ。

「山野辺さん、申し訳ありません」

佐代子が深く頭を下げた。

「どうされましたか。何かありましたか」

山野辺は訊いた。

警官らしくたくましい体。屈託のない笑顔。ひと目で頼りがいがあるという精悍《せいかん》な印象だ。年齢は四十歳を過ぎているだろうが、若く見える。

「ちょっとご相談が……」

佐代子は上目遣いに言った。

「落ち着かれましたか」

「まだなんとも……」

「そうでしょうね。まだ一週間でしたね」

「こちらをお訪ねするのは、主人の事件の際に事情を聞かれて以来ですわ」

「ここはめったに来るところじゃありませんよ」

山野辺は声に出して笑った。

僕の自殺事件の際の担当刑事が山野辺なのだろう。

「こちらにどうぞ」

山野辺はロビーにある応接室に佐代子を招じ入れた。

佐代子、何を相談するつもりなのだろう？

第三章　弁護士

1

「殺されたんだと思うのです」

佐代子は必死の表情で山野辺に迫った。

山野辺は、口をひん曲げ、眉根を寄せ、さも困ったという顔をしている。出会いがしらに予想もしていない事態に遭遇したという顔だ。

「絶対に、そうです」

佐代子は、山野辺に摑みかからんばかりだ。

「奥さん、お気持ちは分かります。しかしですね……。自殺を否定する明確な証拠はありませんでした」

山野辺の答えには淀《よど》みがない。

「どう気持ちが分かるというのですか。私の気持ちなんか、分かるものですか。突然、夫に死なれたんですよ」

「私は警察官として、日々多くの人の死に直面しております。ご遺族の本当のお気持ちまでは確かに分かりません。しかしその悲しみを一緒に味わっているつもりで仕事をしております。ですからその死が非業なものであればあるほど、怒りが大きいものであればあるほど、私の悲しみや怒りも大きなものになります」

「では、今回の夫の死は、どの程度の悲しみや怒りなのですか」

佐代子の目から山野辺の小さな感情の変化も見のがさないという意思が溢《あふ》れている。

「怒りは強いものでした。真夜中に一人でビルから飛び降りるなどという行為を想像し、それがなぜ起きたかを考えると……」

「夫は間違いなく殺されたのです。会社という組織に殺されたのです」

佐代子が涙ぐんでいる。

僕は、いたたまれない気持ちになった。

山野辺が佐代子の気持ちに同情して、一緒に悲しみ、怒ってくれるのはいいが、それが却《かえ》って佐代子の気持ちを高揚させているのだ。警察官なら警察官らしく、無愛想でいて欲しい。

ひょっとしてこの男、佐代子に気があるのか？　ああ、バカな考えをしてしまう。これではいつまで経《た》っても成仏《じょうぶつ》できない。

「私もそう思います。ご主人は、会社、仕事に殺されたのでしょう」

山野辺は深刻そうな表情になった。

おいおい、あまり同情をしないでくれないか。佐代子がさらに悲しむじゃないか。

「それって殺人ではないのですか」

佐代子の質問に山野辺が答えに窮している。

「あの人をビルの七階から突き落としたのです。鉄柵《てつさく》を越えて、体を宙に放り投げたのです」

佐代子は、腹部の上に手を当てた。鉄柵が、その高さまであったことを示している。

「しかし、それは殺人罪には問えません。過労死などの労災と損害賠償という民事で会社と争うことになりますね」

「やはりそうですか……。殺人罪では追及出来ないのですか」

佐代子は残念そうだ。

「出来ませんね。もう自殺で処理されていますからね。新たに何か殺人であるという証拠が出てくれば、再捜査することになりますが」

ああ、またこの男は余計なことを佐代子に言う。佐代子が考え込んでしまうじゃないか。

「新たな証拠ですか……。でもね、山野辺さん、私にはどうしてもあの人が私たちを残して自殺したとは思えないのです。過労から精神的に追い詰められたものか、それとも誰かに突き落とされたものか、どちらだろうと考えていると、あの人、突き落とされたのではないかと思えてくるのです……」

佐代子は暗い表情になっている。

僕も、もう少しあのときのことを思い出したいと思う。僕は確かに非常階段の鉄柵を越えて、宙に舞った。それは仕事の疲れを取ろうと、踊り場ですがすがしい気持ちになり、星でも取ろうとして失敗して墜落したのか、後ろから誰かに抱きすくめられて落とされたのか……。僕自身もはっきり覚えていない。ただ僕は死ぬ気はなかったことだけは確かなのだ。だからこうして佐代子の周りをふらふらしているのだろう。本気で死ぬ気じゃなかったから神様が、いや仏様かな、黄泉《よみ》の国に呼んでくれないのだ。

「分かります、分かります。ご遺族はそんなものです。そう簡単にご主人の死を受け入れられないものです」

山野辺は、佐代子に同情を寄せた。

「どなたかいい弁護士さんを紹介していただけませんか。労災申請をして、さらに損害賠償請求の民事訴訟を起こしたいと思います」

「弁護士は知らないこともないですが、そうした紹介は職務外ですので……」

山野辺は苦しそうに言った。

「分かりました。自分で探してみます」

佐代子は、立ち上がった。

山野辺は、テーブルにあったメモになにやらペンを走らせている。

「この電話番号に電話してください。知り合いの弁護士です。相手には僕の名前を伝えてもらってもいいですが、警察の他の者には内緒ですよ」

山野辺は佐代子にメモを渡した。佐代子は、礼を言い、それをハンドバッグにしまいこんだ。

佐代子……。あまり苦労を背負い込まないでくれよ。僕は、佐代子の目の周りにうつすらと隈《くま》が出来ているのにショックを受けた。

2

「ただいま」

佐代子が玄関の戸を開ける。

「おかえり、ママ」

美奈が駆けてきた。

「そんなに走ったら、怪我《けが》するよ」

佐代子の母親の和代《かずよ》が美奈を追いかけて来た。佐代子の母親は夫を亡くしてから近くで一人暮らしをしているので、美奈の幼稚園からの迎えを頼んでいたのだ。

和代は、喜んでその仕事を引き受けたようだ。孫と遊ぶことが出来るからだ。それに少しでも佐代子の力になってやることが出来る。

「疲れているようだね」

「まあね……」

佐代子が、靴を脱ごうとして、目を止めた。

「お客さん？」

玄関に男性用の黒い革靴が二足並んでいる。

「そうよ。ついさっき来たのよ」

奥の和室を指した。なんとなく顔が曇っている。楽しい客ではなさそうだ。

僕は、和室を覗《のぞ》いてみた。

人事部長の北村と、僕と同期の若井じゃないか。さっきは会社で佐代子に冷たい扱いをしたくせに、何しに来たのだろう。

「奥さん、帰って来たようですよ」

若井が、玄関の方に首を伸ばした。

「お前から切り出すか」

北村の顔が暗い。いつも通りだと言えば言えるのだが、それにしても気分が浮かないようだ。

「しょうがないですね。部長の頼みとあれば、一肌脱ぎます」

若井は気取って、腕まくりをする格好をしてみせた。

「頼んだよ」

北村が苦笑している。何を頼んだのだろうか。また佐代子を苦しめることでなければいいが……。

「だれ？　だれが来ているの？」

「哲也さんの会社の人よ。段ボール箱を運んで来たのよ。遺品が入っているって言っていたわ」

「送ってくれればいいと言ったのに……。それにどうして上に上げたのよ」

佐代子は顔をしかめた。今、大稜建設の人間に会う気分のはずはない。

「そんなこと言ったって、お前に話があるって言うんだもの」

和代は、美奈の頭を撫《な》でながら不満そうな顔を佐代子に向けた。叱《しか》られたのが面白くないのだ。

「ママ、お菓子ないの？」

美奈が、和代の腕の中で退屈そうにしている。

「冷蔵庫にプリンが入っているわよ」

「食べていいの？」

「いいわよ」

佐代子の了解を得て、美奈が台所に走って行った。

「これこれ」

和代が、その後を追いかけようとして、思い直したように振り向いた。

「ねえ……」

「なあに、母さん」

「お前、会社と揉《も》めているんじゃないよね」

和代が探るような目つきになった。

「何を、揉めるのよ」

佐代子が突っかかる。苛《いら》ついている。

「何をって、そんなこと知らないわよ。でもこうして会社の人が来たってことは、何かあるのかなと思ったの」

お義母《かあ》さん、心配かけてすみません。なんだか僕が死んで、みんなの生活や精神のリズムがおかしくなってしまったようですね。申し訳ないです。

「何もないわよ。心配しないで」

「そう、ならいいけどね」

和代は台所の方に足を進めた。

佐代子は、奥の和室に向かった。足取りは重い。

北村の暗い顔と、若井の変に明るい顔を見れば、憂鬱《ゆううつ》が深くなるに違いない。僕も佐代子と一緒に歩いた。寄り添ってもなんにもならないのだが、気持ちではしっかり支えているつもりだ。

3

「わざわざ申し訳ありません」

佐代子は、頭を畳に擦り付けるほど丁寧《ていねい》にお辞儀をした。

「先ほどは失礼しました。いやー、宅配便でお送りするのも失礼だと思いまして、勝手に持参いたしました」

若井が、頭を掻《か》いた。

佐代子の視線の先に、段ボール箱がある。

「勝手に上がりこんでお帰りを待っておりました。申し訳ありません」

北村が頭を下げた。

「奥さん」

若井が笑顔を振りまいている。

こいつこんなに笑う男だったかな。何をたくらんでいるんだろう。

「はい」

佐代子が若井を見つめた。

若井が、一瞬、目を伏せた。

「労災の件ですが、本当に申請されるのですか」

ああ、やっぱりだ。佐代子が労災を申請すると言ったから心配になって、わざわざ出向いて来たのだ。

「そのことですか……。まだ迷っております」

佐代子が視線をそらした。

「そうですか」

若井が北村と顔を合わせた。晴れやかに笑みを浮かべている。

北村が、膝《ひざ》を擦って、佐代子ににじり寄った。

「奥様、わが社は、ご遺族の方のご面倒を真面目に見させていただきます。かつて仕事中の不幸な事故で亡くなった社員のご子息様も、今、わが社で社員として働いていただいております。一時的なものではございません。長く、末長く面倒を見させていただきます。何とぞ労災の件だけは、何とぞよろしくお願いいたします」

北村は一気に話した。淀みない話しぶりだ。

事故で亡くなった社員の息子が働いているのだろうか？　そんな話は聞いたことがない。

「そうですか。要するにどうしろとおっしゃるのですか」

佐代子が関心のない様子で答えた。

「労災を申請しないでくださいということです」

北村は再度頭を下げた。

「だから、迷っていますと申し上げました」

佐代子の顔が少し引きつったように見えた。抑えていた怒りが表に出そうになっている。耐えろよ。

「奥さん、迷わずに申請しないと言ってくださいよ。そんなことをしても野口君は喜びませんよ」

若井がにやにやした顔で言った。なれなれしい言い方だ。佐代子の一番嫌いなタイプだ。

「どうしてそんなに労災を嫌うのですか。高橋課長も、そんな不名誉なことをするなとおっしゃいました。私には、どうしてもあの人の死が納得できません。殺されたのだと思い、警察にも行ってまいりました」

「警察に！」

若井が叫んだ。

「なぜ、警察に？　自殺という答えが出たではないですか」

北村が訊いた。

「納得出来ないからです。死ぬ理由がありません。あの鉄柵を自ら越える理由が、私には分からないのです。誰かが後ろから、抱えて落としたのなら、納得します」

「殺人だとおっしゃるのですか」

北村の目が異様に厳しくなった。

「その通りです」

佐代子は北村を睨んで言った。

「警察は？」

「警察は取り合ってくれませんでした」

佐代子の返事に、北村はほっとした顔で肩の力を抜いた。

「奥さんも殺人だなんて物騒なことを考えているんですね」

「でも自殺というのは、殺されたということと同じでしょう？」

「はあ、自殺というのは、自分で死ぬことですよ。誰に責任があるかっていえば、自分にあるんじゃないですかね。ねえ、奥さん」

若井がなれなれしく言った。

「若井君、ちょっと言いすぎだよ」

北村が叱った。

「すみません」

若井が頭を下げた。ぺろりと舌を出している。

「その通りですね。自分で死んだのですね。でも誰かに押されたのではないかと思ったのです」

佐代子は言った。

「誰にですか？」

北村が訊いた。

「もし特定の個人でなければ、会社という組織にです。あるいは無理な仕事にです」

佐代子は俯《うつむ》き気味に言った。

迷っているというのは本当だろう。大稜建設を敵に回すことなど出来るだろうか、夫の勤務した会社と戦うことを僕が喜ぶだろうかと。

「でも奥さん、労災を申請するのは、よくないんじゃありませんか。あいつも喜ばないと思いますよ」

若井は、まだ飾り花が新しい祭壇にちらりと目を遣《や》った。そこには僕の、あのなんとも茫洋《ぼうよう》とした顔の写真が飾られている。あの写真、もっとましなものに取り替えて欲しい。

「どうして喜ばないと分かるのですか」

「そりゃあ、ねえ、部長」

若井は北村に佐代子の質問を投げた。答えにくいと思ったのだろうか。北村は、突然、若井が自分の方に振り向いたので、一瞬、のけぞった。

「会社と揉めることになりますからね……。正直に申し上げますと、過労死、あるいは過労自殺だと労災申請されますと、会社と勤務実態について争いになります。私どもは当然、適切な労働環境を提供していたと主張いたします。まさか過労死させるまで働かせていたという奥様の主張に与《くみ》するわけにもいかないからです」

「部長！」

若井が突然、言葉を挟んだ。

「何か？」

北村が不愉快そうに若井を見た。

「そんな言い方をしたら、まるで本当は過労死するような労働環境にあったことを隠しているみたいじゃないですか。彼以外誰も死んではいないんですからね。同じような環境なら、もっと死んでいてもおかしくないでしょう」

若井には、労働環境が悪かったにもかかわらず、公《おおやけ》にはよかったと主張せざるを得ないと北村が説明しているように聞こえたのだ。

「若井君、ちょっと黙っていてくれよ。私はあくまで例えばという話をしているんだよ。会社の立場を奥様に理解していただくためにね」

北村が若井を制した。

若井は、不満そうに唇をかんだ。

「若井さんのおっしゃることはよく分かります」

あれ？　佐代子は何を言おうとしているのだろうか。お調子ものの若井に話を合わせたりしたら、もっとお調子ものになってしまう。見てご覧、若井の小鼻が得意そうに膨《ふく》らんでいる。

「どういうことでしょうか？」

北村が怪訝《けげん》そうな顔をした。

「あの人だけが亡くなってしまったことです。会社というところは、皆さん、ハードなお仕事をされていると思います。過労死ということになれば、皆さん、平等に亡くなる機会が、とても失礼な言い方ですが、あるのではないかと思うのです。そこであの人だけが亡くなったというのはなぜだろうか？　そう考えると、私の健康管理などの責任もあるのかと思ってしまうのです」

佐代子は、自分に言い聞かせるように話した。

佐代子、自分を責めてはいけないよ。君が悪いんじゃないんだからね。

若井がにやりとした。佐代子が、自分の責任を認める発言をしたからだ。盛んに、北村に目で合図を送っている。ここで一気呵成《かせい》に佐代子を説得しろということだろう。

「奥様、野口君の死は、奥様やご家族ばかりではなく会社にとっても大変な不幸でした。この不幸を教訓にして、わが社は社員の労務管理に一層、努力するつもりです。野口君の死を無駄にはしません。だからこそ何とぞ、労災申請は思いとどまっていただきたいと、平《ひら》に、お願いいたします」

北村は畳に頭を擦り付けるほど、深く頭を下げた。若井も、お願いしますと頭を下げた。

佐代子は黙った……。

「佐代子、会社と揉めるのは、およしなさい。哲也さんも決して喜ばないから」

佐代子が驚いた顔で見上げた。和代が立っていた。

「ありがとうございます」

北村と若井が和代に頭を下げた。二人とも畳に頭をつけている。ようやく顔を上げた。明るい表情だ。

「母さん……」

佐代子は隣に座ろうとしている和代に呟《つぶや》いた。

「もう、終わったことだよ。会社さんには、退職金などもいろいろご配慮いただいたことだし、お前も徹や美奈のために生きなくてはならないからね」

和代は諭《さと》すように言った。

「ええ、分かっているわ」

佐代子は、思案げな顔で、口を歪《ゆが》めた。

「哲也さんは、かわいそうなことをしたけれど、運命だったのよ。今更生き返るわけじゃなし、辛いことは忘れる努力が大事だよ」

僕は、自分の体が薄く、透明になっていくような気がした。僕は慌《あわ》てた。消えてしまうと怖れた。ひょっとしたら僕は佐代子の思いの強さのせいで、ここにいるのかもしれない。佐代子が、和代に言われて僕を忘れようと無意識に努力したために消えてしまいそうになったのだろう。

「母さん、もうそれ以上言わないで……。なぜあの人が死んでしまったのか、もう一度考えてみるから」

佐代子は上目遣いに北村と若井を見た。

「我々は失礼しようか」

北村が若井に言った。

「ええ、遺品も確かにお届けすることが出来ましたからね」

若井が腰を上げた。

「なんのお構いもせずに失礼いたしました」

和代が詫《わ》びを言った。

「いえいえ、こちらが押しかけただけですから。ご迷惑おかけしました」

北村が立ち上がった。足が痺《しび》れたのか、体が揺れている。

若井も立ち上がった。

「それではよろしくお願いします。私たちはいつでも奥様のよき相談相手になりたいと思います。もし奥様がわが社で何か仕事を得たいとおっしゃるのであれば、最大の尽力をいたしますから」

北村は、暗い顔を精一杯明るく見せようと、口角を左右に引き上げ、ぎこちない笑みを浮かべた。

「奥さん、いつでも相談に来てください。なにせ同期で一番、仲がよかったのですから」

若井は顔中を笑いで一杯にした。佐代子が自分の考えに賛成して、労災申請を諦《あきら》める方向に動いたと思っているからだ。これで高橋や中村に喜ばれるとほくそ笑んでいるのだろう。

一番、仲がよかった？　よく言うよ。僕は若井の前に立って、このいい加減野郎と文句を言った。

若井は、僕の認識では「パクリ屋」だった。他人の成果を自分のものにするのが得意だった。僕も何度かパクられたことがある。

若井と一緒に取引先との難しい交渉をまとめた際、必ず若井が先に報告を済ませていた。もう、報告済ませたよと僕に告げるのが口癖のようだった。僕としては、自分の努力を正当に上司に認めてもらいたいから、僕自身で報告しようとしたこともある。ところが上司は、あっ、それ？　若井から聞いているよ、ご苦労さん、で終わりだった。

またパクられたと悔しい思いもしたが、だからといって僕は若井をないがしろにして抜け駆けするようなことはしなかった。そういうのは好きじゃなかったからだ。これは性分としか言いようがない。

北村と若井が帰った。

玄関の戸が閉まると、佐代子がその場に泣き崩れた。和代が心配そうに背中を撫でている。美奈が佐代子の泣く姿に、驚いたのか一緒に泣き始めた。

佐代子が、美奈の手を握った。

「ごめんね。泣いたりして」

「苛《いじ》められたの」

美奈が鼻声になりながら訊いた。

「そうじゃないわよ」

佐代子が首を振った。

僕は美奈の髪を撫でた。触《さわ》ることは出来ない。でもなんとなくその感触は伝わってくる。ママを助けるんだぞ。僕は言った。美奈が僕を見て、うんと頷《うなず》いた。

「ねえ、ママ、泣いていると、パパが心配してこちらを見ているよ、ほら」

美奈が僕を指差した。微笑んでいる。美奈、パパが見えるのかい？　僕は嬉しくなって、おどけた表情まで作って見せた。でも美奈は反応しない。はっきりと見えているのではない。美奈は少しだけ僕の存在を感じるのだろう。

佐代子と和代が美奈の指の方向に視線を合わせた。僕は、微笑んだ。

「泣いていたら、パパに叱られるわね」

佐代子は美奈の髪を撫でた。僕の手と重なった。温かさを感じた。

「そうよ、ママは元気、出さなくっちゃね」

和代が自らを鼓舞するように言い、ぽんと胸を叩いた。

4

「うまくいきましたね」

若井の声だ。駅の改札を抜けるところだ。北村の表情は相変わらず渋い。

「さあ、どうかな。私は全面的に安心しているわけではない」

北村が言った。さすがに慎重居士《こじ》だけのことはある。それに引き換え、若井は相変わらずだ。

僕は二人に寄り添って電車に乗り込むことにした。

「コーヒー要りますか」

ホームの飲料水の自動販売機を若井が指差している。

「いいよ、私は要らない」

北村が手を振った。若井は、面白くない奴だという表情を、一瞬浮かべた。もし飲みたいと言えば、北村が自分の分まで払ってくれると計算したに違いない。

若井は、自動販売機に近づき、缶コーヒーを買った。飲みながら、北村のそばに戻った。

「心配しすぎでしょう。母親が会社と争うなと言っているわけだし、うまくいきましたって中村部長に報告しましょうよ」

コーヒーが喉を通過するたびに、大きな音が聞こえる。

「電車が来たぞ」

北村が言う。

「はい」

若井は、喉を鳴らして一気にコーヒーを飲み干した。しかし缶を捨てる時間がなくて、手に持ったまま電車に乗っていく。

「おい、そんなもの、持って入るな」

北村が眉をひそめた。

「大丈夫ッス。空っぽですから」

若井が、缶を逆さにした。数滴、床に垂れた。

「ばかぁ。気をつけろ」

北村の顔には、同じ会社の人間だと見られたくないという思いが顕《あらわ》になっていた。

「奥さん、どうするんですかね。子供が二人とも小さいから大変ですね」

「どこかで働くだろうさ」

「うちで雇わないのですか」

「希望してくれれば、考えるけど、さあどうかな？」

「申し込んでくればいいですけどね。そうなればうちとは争わないわけですから」

「でもあの奥さん、プライド高そうだったからな。夫を殺したと思っている会社に頭は下げないだろう」

「野口って幸せな奴ですね」

若井がぽつりと洩《も》らした。僕は耳をそばだてた。若井にしては妙な言い草だからだ。

「なぜ、そう思う？」

北村も若井に答えを求めた。

「うちのカミさんなんて、僕が死んでも、せいせいしたくらいに思うだけであんなに悩んでくれませんよ。うらやましいくらいです」

若井は、窓の外を流れる景色をぼんやりと眺めている。

「そんなことないだろう。君の奥さんだって悩んでくれるさ」

北村が無理に笑みを作った。

「絶対に無理ですね」

むきになっている。

「えらく自信があるね」

不思議そうに首を傾《かし》げている。

「仕事か、家庭かってカミさんに選択を迫られているんですよ。毎日、遅く帰って来る、土曜、日曜も接待ゴルフに出かける、家にいないわけですよ。ある日、子供が熱、出しましてね。病院へ行かなくてはならないっていうのに、僕はゴルフに行かねばならない。キャンセルなんて出来ないわけですよ。大事な施主さんだったから。カミさんにお前だけで病院に行ってくれって頼んだんです。そうしたらもうキレちゃって……。ゴルフから帰って来たって、私、もう家にいないからね、ですよ」

若井は情けなさそうに頭をかいた。

「私も、営業のとき、似たような目にあったなあ」

「ゴルフやっていても気が気じゃなく、ようやく終わって家に帰ると、本当に誰もいやしません。僕は女房の実家に電話しました。いましたよ、そこに。実家に帰ったんです。もうその日から、謝り倒して、ようやく帰って来てもらったってわけです。そのときのカミさんの言い草は、過労死でもなんでも働きすぎで死んでしまえばいいのよ。暖簾《のれん》わけをしてもらえるわけでもないのに、バカみたいに働いて、死んで初めて、バカさ加減が分かるわよ。そのときは手遅れよ、って……。殴ってやろうかと思いました。僕は、お前や子供のために働いているんだぞってね」

若井が寂しそうな目で北村を見た。

「どうして日本のサラリーマンは働きすぎてしまうのかな。欧米ばかりじゃないよ。アジアのサラリーマンだって、家族第一だものね」

北村は同情するように言った。

「なぜカミさんは、家族のために長時間働き、嫌なことにも耐えているっていうのを分かってくれないんでしょうね」

「私のところでも、女房がそんなことを分かっているとは思えないね。自分のために働いているんでしょうと言われるだけだな」

北村がため息をついた。

「人事部長に言うのもなんですが、我々って無駄に働いていませんか。時間外手当もろくすっぽ付くわけじゃなし……」

「確かに問題は多いよな。今回の野口の自殺で考えなければならないことも多いが、それが社内の声にならないのが、現実だな……。若井君、君が、労働条件の改善に向けて建設的な提案をしてみるかい？」

北村が真面目な顔で言った。

「冗談はよしてくださいよ。そんなことを言おうものなら、僕は、これでしょう。人事部長が後ろ盾《だて》になってくれますか？」

若井は、首に手を当て皮肉な笑みを浮かべた。

「後ろ盾にはなれないな。君のそばで、黙ってみているのが落ちだろうな……」

北村は窓外に視線を向けた。

大稜建設は、A市では大手建設会社だ。知らないものはいない。この市でこの会社に逆らうことには、相当な覚悟が必要だ。警察、市役所などありとあらゆる公的機関にもよく食い込んでいる。

その大稜建設でさえ、公共事業予算の大幅削減による業績不振は看過できない状況なのだ。

会社の業況が悪化すれば、間違いなく悪化するのが労働条件だ。働いても、働いても目に見えた成果が上がらないのは、分かっているのだが、働かざるを得ない。その空気に逆らえない。成果が上がらない中で、長時間働くことは苦痛だ。成果さえ上がれば、案外、苦痛でもないのだが……。

若井も北村も、決して今の労働環境がいいとは思っていない。しかしどうしようもないと諦めている。その環境でもがくしか、しかたがないのだ。

僕が死んで、若井が死ななかったのは、単なる偶然なのか。若井だって、僕と同じような労働環境にいるわけだから、いつ死んでもいいはずだ。だが、若井は死なないだろう。それは若井が精神的、肉体的に強くて、僕が弱いということなのだろうか。働きすぎで死ぬというのが、難しい問題をはらんでいるのは、その個人差ということだ。同じ労働環境でもある人は死に、ある人は死なない。

もし佐代子が会社と労災で争うことになった場合、死因は僕の責任で、会社の責任ではないと反論される根拠は、その個人の特殊性をどのように見るかにある。

ある人材サービス業の女性経営者が、「仕事が辛ければ、辛いと声を上げればいいのよ。それを我慢しているからだめなのよ」と語っているのを新聞で読んだことがある。この人は、人の痛みが分からないのだと僕は思った。こんな強い人だけが、どんなに悪い労働環境でも生き抜いて、経営者になるのだろう。

若井や北村は、佐代子が労災を申請した場合、力になることはない。彼らがどんなに矛盾を感じていても組織に属しているかぎりしかたがない……。

5

「私は、どうすればいいの？」

佐代子が、仏壇に飾られた僕の写真に向かって話しかけた。

僕は黙って佐代子の前に座った。

「あなたが死んでしまったことをこのままにしておくことは、私が責められることなの。私がきちんと健康管理をしていれば、あるいはあなたの変調に気づいていれば、あなたは死ななくて済んだ……。そう周りが私を責めているような気がするの。そのためにもあなたが死んだのは、私のせいじゃなくて会社のせいだと責任を会社に押し付けなければ、私は耐えられない。そんな気持ちなの。でも母は反対。会社と揉めたりしてもあなたは喜ばないというのよ。あなたが死んだのは、私のせいなの？……」

佐代子が段ボール箱の中身を畳の上に広げた。いろいろなものがある。ほとんどはガラクタだ。家族写真、筆記用具、数冊のノート、電卓、建設関係の本……。

「いや違うわ」

佐代子が激しくかぶりを振った。

「私は、あなたが死んだ責任から逃れて、それを会社に押し付けようとしているのではない。あなたが死んだ意味を知りたいだけなの。どうして死んだのか？　なぜ私たちに何も言わずに死んだのか？　あなたの声を探す作業をすることであなたが生きた証《あかし》を得たい。そう思っているのよ。おかしいかしら？」

佐代子は、遺品の中にあった家族の写真を見ていた。そこには僕と、佐代子と、徹と美奈が笑いながら写っていた。

おかしくないよ。僕は佐代子に言った。僕がなぜ死んだのかを探ることは、僕がどう生きたのかを探ることだ。きちんとその証を立ててくれなければ、僕はこの世に生を受けた意味がない。

「でも、この町で大稜建設に挑戦すると考えただけで息が詰まってしまうような気がするわ」

佐代子の心配は当たっている。大稜建設と喧嘩《けんか》するということは、ひょっとしたらこの町に住めなくなることさえあるかもしれない。

佐代子はまだ写真を眺めている。その上に涙が落ちては、流れている。

「ママ、どうしたの」

徹が小学校から戻って来たようだ。元気そうだ。よかった。子供なんてものは、親の僕がいなくても、友達がいれば明るいものなのだ。

「徹……。帰って来たの？　おやつがあるわよ。おばあちゃんに訊いてごらん」

「食べたよ。でも美奈がたくさん食べていたよ。叱っておいた」

徹が唇を突き出した。この癖は僕と一緒だ。何かを我慢したり、悔しかったりする際に、つい唇を突き出してしまう。徹もおやつを美奈に取られて悔しかったのだろう。

「そうなの。美奈は欲張りね」

佐代子が苦笑した。

「それ写真？　見せて」

徹が、佐代子の傍に座って、写真立てを覗き込んだ。

「パパが会社の机の上に飾っていたのよ」

写真立ては徹に渡った。

「毎日、僕たちの顔を見て、仕事をしていたんだね」

徹が佐代子を見上げた。

「そうよ」

佐代子が微笑んだ。

「これは美奈が生まれたときの写真だよね。美奈は小さいな」

佐代子が美奈を抱き、徹が赤ん坊の美奈の傍で笑い、僕がみんなを後ろで両手を広げて抱いている。

佐代子の病室でのセルフポートレートだ。

「美奈の名前は僕が付けたんだよね」

徹は写真立てを開けて、中の写真を取り出した。

「徹が、どうしても名前を付けるって聞かなかったのよね」

「ママ、ここに何か書いてあるよ」

徹が写真の裏を佐代子に見せた。

「なにが書いてあるの？」

佐代子が写真を受け取った。

「読んで……」

徹が言った。

佐代子が真剣な表情をした。

「家族が増えた。徹がみんな一緒だと言っている。赤ん坊の名前はみんなに通じる美奈がいい。僕はなにがあってもこの家族を守る。かけがえのない家族だ。この家族の成長が僕の成長だ。僕がこの世に生まれてきたのはこの家族を守るためなのだ……」

涙が溢れている。声が途切れ途切れになっている。佐代子は徹を抱きしめた。

「パパはどうして死んじゃったのかな。どうして僕たちを守ってくれなかったのかな……」

徹は、また唇を尖らせた。

僕は、いきなり頭を後ろから殴られたようなショックを受けた。徹が怒っている。あの唇を尖らせているのは、悲しみではない。怒りだ。腹立たしさだ。僕が、家族を守らずに死んでしまったことに対する怒りなのだ。

「パパは、私たちを守ってくれているわよ。今も……」

佐代子が徹の頭を撫でた。視線が合った。僕は佐代子に深く頷いた。徹に僕がいつでもそばにいて、守っていることを伝えてくれ。

「その写真に僕たちを守るって書いたのは嘘《うそ》だよ。だって勝手にいなくなったじゃん。僕たちをほったらかしにしてさ。どうしてだよ。どうして僕たちを捨てたんだよ」

徹が、急に激しく泣き始めた。

パパは、決して徹を捨てたりはしていない。僕は必死で叫んだ。でも声は届かない。

「信じて。パパは徹を捨てたりはしない」

「じゃあなぜ死んだの。なぜいなくなったの。ママが、パパは会社に殺されたって言っていたのを、僕は聞いたよ。それホント？　パパは、自分で死んだんじゃなくて、殺されたの？　僕たちを守るために戦って死んだの？　どうなの？　弱虫じゃなくて、強かったの？」

徹の目が真っ赤だ。

「パパは弱虫じゃないわよ。とても強かった。徹やママたちを守るために戦ったの。名誉の戦死なのよ」

佐代子が使った言葉は難しすぎて徹には分からない。

「名誉の戦死？」

「そう、決して自分で何かから逃げたんじゃないの。戦って死んだのよ。戦って、戦って……」

佐代子がまた涙声になった。

「パパは、悪い奴を全部やっつけたの？　まだ悪い奴は生きているの？」

徹が佐代子を食い入るように見つめている。

「まだ生きているわ」

佐代子が口を一文字に固く結んだ。

「悪い奴が生きているの？」

徹が怒った。

佐代子の表情が変わった。目に力が戻ってきた。先ほどまでの泣いている顔ではない。

「ねえ、徹」

佐代子が徹の目を見つめた。徹は何も言わずに見つめ返している。

「パパに代わって、ママが悪い奴をやっつけてもいいかな？」

徹は、「うん」と力強く頷き、「僕も一緒にやっつけてやるから」とはっきりとした声で宣言した。

佐代子はすっきりと決意した顔になった。やっと吹っ切れたようだ。佐代子の顔に生気がみなぎってきた。労災を申請する決意をしたようだ。

僕もその方がいいと思いなおした。このままでは佐代子はダメになる。ぐずぐずと過去に引っ張られ、僕が死んだことで自分を責め、会社と争わなかったことをいつまでも後悔するに違いない。

生きていくには戦いが必要だ。涙よりも戦いだ。涙は気持ちを慰め、癒《いや》してくれるが、くじけさせることもある。しかし戦いは、勝とうと思うことで生きる力を与えてくれる。

佐代子に必要なのは、戦いだ。生きるための戦いだ。大稜建設は相手にとって不足はない。

しかし、僕は佐代子を励ましながらもこれからの苦労を思うと暗澹《あんたん》とした気持ちになった。僕自身の中で、早く僕のことなんか忘れて新しい人生を歩めと思っている僕と、そうではないという僕とに分裂している。まだまだ気持ちが心にストンと落ちたわけではない。

人間というものは、おのずと自分に最適な選択をするものだと誰かが言ったような気がする。こんな自分に都合のいい文句を残した偉人はいないかもしれないが、一面の真実は捉《とら》えている。

今、自分がこのような立場に立っているのは、子供のときからAとBという選択肢があった場合、自然にAを選んだからだ。もしBを選んでいたら全く違う人生になっていたことだろう。

これがおのずと自分に最適な選択をするという意味だ。これが因果律、いわゆる因果応報のことなのかもしれない。全《すべ》てに原因と結果を求める考え方だ。

しかし世の中のことに完全に原因と結果が備わっているのだろうか。もっと混沌《こんとん》としたものではないだろうか。佐代子が今、選択しようとする道もおのずと最適な道であると思うけれども、それは僕の死が原因となった結果であると単純には言い切れない。もっと複雑でどろどろに溶け合った思いとでも言うべきものから出た選択なのだ。そうであれば佐代子がこれから歩む道は、その思いが冷えて固まり、整理される過程なのだろう。僕は、その歩みに寄り添うしかない。そして全てが終わるとき、この世から消えてしまうだろう。

「母さん」

佐代子が台所に向かって声をかけた。

「何だい?」と和代の返事が聞こえた。

しばらくすると和代が美奈を連れて佐代子の傍にやって来た。

「どうしたの? 大きな声で呼んだりして……」

美奈が和代から離れて佐代子に飛びついた。徹が、ぴったりと傍にいるのに嫉妬したのかもしれない。佐代子は美奈の頭に手をやって、撫でた。

「母さん、私、大稜建設と戦うわ」

佐代子が明るく言った。

一瞬、和代の顔が曇った。

「それしかないの。あの人がどんな思いで仕事をしてきて、そして死ぬことになったのか、それを調べないと、私、前に一歩を踏み出せない」

「いつまでもこだわっていると、お前が不幸になる気がするけど」

和代の顔が蔭《かげ》った。

「こだわっているんじゃないの。私のためにも、この子達のためにも、そしてあの人が生きていた証を打ち立てるためにも、戦わないといけないと思ったの」

佐代子は明るい。

「お前がそこまで言うなら、私は反対しない。応援するよ」

和代は苦しそうに笑みを作った。

お義母さん、すみません。僕のせいで佐代子が辛い道を選択したようです。僕に出来ることは、これが後悔しない道であるように見守ることだけです。ずっとずっと見守りますから、お許しください。僕は、和代に頭を下げた。

「ありがとう」

佐代子は、仏壇の方に歩みを進めた。手には写真立てを持っている。

「パパ、見守っていてね」

佐代子は、その写真立てを僕の遺影の隣に置いた。

見守るからね。僕は佐代子に言った。この写真立てのお蔭で僕の遺影がいくらかましになったような気がする。出来ればこの遺影も取り替えて欲しい。僕が普段着で笑っているものに。

6

佐代子は、メモと照合しながら弁護士事務所の看板を見上げていた。

「藤堂剛《とうどうたけし》弁護士事務所……、ここだわ」

メモは、山野辺刑事に書いてもらったものだ。

エレベーターに乗り、六階に行く。下りると案内表示があり、事務所は六〇七号室だ。

「六〇七号、六〇七号……」

佐代子は呪文《じゅもん》のように部屋番号を唱えている。

緊張するなよ。弁護士事務所に行くなんて佐代子にとっては初めての経験だし、緊張するなと言う方が無理かな。

佐代子は、大きく深呼吸すると、ドアノブをしっかりと握った。

「ごめんください！」

佐代子は、精一杯の大きな声を上げた。

「生命保険なら入らないよ。大体だな、勧誘するときは、いいことばかりを話しておいて、時には気もないくせににっこりなんぞしてさ、こっちがついその気になって加入しようものなら、もう釣った魚には餌《えさ》はやらないとばかりに、景品をもって来ることもない。挙句《あげく》の果ては、事故が起きても知らん振りだ」

室内から、機関銃のようなだみ声が飛んできた。

佐代子は驚いてその場に突っ立ってしまった。

部屋の一番奥に大柄な男が座っている。佐代子に目を向けないで書類を眺めている。その男からの声だ。髪の毛は黒々と豊富だが、年齢は相応にいっている。八十歳に近いようだ。

「先生」

困ったような目で佐代子を見ている女性が男に声をかけた。和代と同じ五十歳代だろう。小柄で優しい顔立ちだ。

「なんだ？」

「保険の勧誘じゃありませんよ。お客さんみたいです」

「えっ」

やっと男が顔を上げた。大きな目、太い眉。叱られて、睨まれているようで佐代子は後ずさりした。

「ご相談が……」

佐代子がか細い声で言った。

男が、女性に顎《あご》を上げて指図した。女性が、よっこいしょと掛け声をかけ、腰を上げた。

佐代子の前に立った。

「なにか？」

あまり愛想のない態度だ。

「過労死のことで……」

佐代子は、まだ落ち着いていないようだ。いきなり保険の勧誘レディに間違えられたのだから無理もない。ものすごく後悔している表情だ。

「先生は慌て者で、さっき保険の勧誘の方が見えたものだから、同じだと思ったんですね。すみません」

笑みを浮かべた。佐代子も肩の力が抜けた。

「こちらこそ。お電話を差し上げればよかったのですが、突然、お訪ねして失礼しました」

「こちらへどうぞ。私は吉良峰子《きらみねこ》と申します。この事務所の事務全般を担当しています。秘書兼お手伝いさんってところですね」

峰子は、佐代子を応接室に案内した。

「お茶がいいですか、それともコーヒー？」

「お茶で結構です」

佐代子は硬い顔でソファに座った。

「助かります。ちょうどコーヒーを切らしていたところでして。すぐに先生が来られますからね」

峰子はにっこり笑みを浮かべた。

大丈夫？　流行《はや》っている弁護士事務所ではなさそうだが……。山野辺刑事と親しいようだから有能なのだろうか。この男の雰囲気だと、山野辺の単なる飲み友達のように見えるのだが。

佐代子も落ち着くために応接室の中で盛んに目を走らせている。名もない画家が描いた風景画が一枚飾られているだけだ。

「お待たせしました。藤堂です」

地底から響いてくるような声だ。佐代子が立ち上がろうとすると、「いい、いい、そのままでいい」と制止した。そして佐代子の前に、腰を落とした。ソファのスプリングがぎゅうとなる音が聞こえた。

名刺を佐代子に渡しながら、「過労死だって？　労災の申請かい？」と訊いた。

大きな目が佐代子を捉えた。

「はい！」

佐代子ははっきりと言った。

「さっきもこんな声だったから、保険の勧誘かと思ったんだよ。悪かったね。ところでなにがあったの?」

笑顔になった。しかし視線は厳しく佐代子を捉えたままだ。

「夫が死にました」

「病死? 事故死? 自殺?」

「自殺です。過労自殺です」

佐代子は言った。

藤堂は、ぐいっと大きな目を見開き、「止めたほうがいいな」と佐代子を見つめた。

佐代子は、えっと言葉を失った。みるみる不安が佐代子の顔に広がっていく。

いったいこの男は、本当に弱者を助ける弁護士なのか。

僕は、佐代子の顔を正視出来なかった。

第四章　過労自殺

1

佐代子は藤堂の顔を凝視していた。最初は、不安そうに見えたが、今は怒りの表情に変わっている。

「なぜ止《や》めた方がいいのですか」

佐代子は身を乗り出した。

藤堂は、パイプに火をつけて、二、三度吸って、おもむろに煙を吐き出した。

なんともゆとりのある風情だ。佐代子の必死さと対極にある。

「ちょっと過労死関係の資料を持って来てくれ」

応接室は事務所内を仕切っただけだ。上部が開いたままになっている。藤堂は、そこに向かってだみ声を発した。

「はぁい！」

吉良の声だ。意外と弾んだ声だ。見かけより若いのかもしれない。

藤堂は、足を組み、じっとパイプをくゆらしている。質問もしない。佐代子は手持ち無沙汰《ぶさた》でハンドバッグから僕の遺品の手帳を取り出してページをめくっていた。

「先生、こちら」

吉良が入って来て一冊のファイルをテーブルの上に置いた。

「お茶のお代わりはいかがですか？」

吉良が佐代子に訊いた。

「ああ、いいよ」

佐代子が答える前に藤堂が答えた。ファイルに目を落としたままだ。

「お名前は？」

藤堂が、上目遣いに訊いた。

「野口佐代子です」

佐代子、しっかりしろよ。弁護士にやり込められるな。

「旦那さんが、亡くなったということだが」

藤堂は、指先を舐《な》めながらファイルを繰《く》っている。なんだかやる気を感じさせない男だ。佐代子を助けないと化けて出てやるぞ。

僕は藤堂の正面に立って、睨みつけた。

「そうです。大稜建設に勤めていたのですが、自殺しました……」

「自殺か……。過労自殺だということだね」

藤堂が、ジロリと佐代子を見た。

「そうです。夫は、何日も家に帰らず仕事をしていました。それでとうとう……」

「職場から飛び降りたんだ。七階の外階段の踊り場だな」

藤堂は、ファイルから記事を取り出し、「これだな」と佐代子に示した。

「そうです」

佐代子は記事を手に取った。

あれ？　この弁護士じいさん、関心がないのかと思ったら、僕の事件の記事をちゃんとスクラップしているじゃないか。どういうことだろう。関心があるんじゃないのかな？

「職場から飛び降り自殺。原因は仕事上の悩みと記事には書いてある。なんだか気になってね。切り取っておいたんだよ」

「夫がなぜ死を選ばなければならなかったのか、それを知りたいと思って相談に来ました」

藤堂は、佐代子をじっと見つめていた。佐代子の手から記事を受け取ると、またファイルに挟《はさ》み込んだ。

「出会いがしらに止めた方がいいよと失礼なことを言ったお詫《わ》びに過労死について少しお話ししようか。よく知っているというわけではないだろう？」

藤堂の口調が優しく穏やかになった。

佐代子が頷いた。

「過労死というのはね。厚生労働省の認定基準によれば、日常業務に比較して特に過重な業務に就労したことによる明らかな過重負荷を発症前に受けたことによって発症した、脳、心臓疾患ってことになる。過労自殺は、客観的に当該精神障害を発病させるおそれのある業務による強い心理的負荷により精神障害を発病しての自殺ってことだ」

藤堂は、ファイルを見ながら資料を棒読みした。

「要するに働きすぎで死んだり、自殺したり……ですよね」

佐代子が上目遣いに訊いた。

「まあ、そういうことだ。英語でもKAROSHIって通用するくらいに有名になっている」

藤堂さん、もう少し優しい言葉で説明してやってよ。佐代子は素人《しろうと》なんだからね。やっぱりこの男は協力者になろうという気持ちはないのだ。難しいことを言って、佐代子を諦《あきら》めさせようとしているに違いない。僕は、バカヤロウと小声で言ったが、聞こえるはずもない。

「毎年、どれくらいの人が亡くなっているんですか？」

「自殺者は、警察庁のデータによると一九九八年以来、連続して三万人を超えている。そのうち勤務問題を動機とするのは二〇〇七年で六・六パーセントの二千二百七人だな。同年、過労自殺と労災認定されたのは八十一人だよ」

藤堂は数字を言った後、佐代子を見つめた。反応を確かめているようだ。

「意外と少ないって感じがします」

佐代子はつぶやいた。

「労災認定がかね？」

藤堂は、消えていたパイプに再度火を点《つ》けた。

「ええ」

「近年、過労死、過労自殺について労災として認定されるケースが増えてきたが、まだその壁は高いと言っていいだろうね。運がよければ、早く認められるが……。大手広告代理店の若手社員が自殺した事件で、自殺を労働災害だと認めさせた有名な裁判でも、七年も裁判を闘っていたんだ」

藤堂は、パイプをくゆらしながら、資料を繰った。

僕もその裁判は知っている。大手広告代理店に勤務していた若手社員が自殺したことで争われた裁判だ。会社に一億六千万円を超える過労死への損害賠償を認めた裁判で大きな話題となったものだ。

「七年もかかるんですか？」

「全て七年かかるってわけじゃない。それに労災認定と損害賠償を請求するケースとではまた違う。いずれにしても困難を伴うことは覚悟した方がいい。だから訴訟を起こすなんて、弁護士を儲《もう》けさすようなことを考えずに、別の人生を歩んだ方がいいって意味で、止めなさいと言ったんだよ」

藤堂の口から、白い煙が吐き出された。

「手続きが難しいのでしょうか」

「労働基準監督署に申請を行なうだけだが、役所に任せっぱなしではなく自分で独自に調査しなければならないことが多い。これにざっと半年以上かかって、もし認められなかったら審査請求をするんだが、それには数年かかることがある。この後ももし裁判が続くとなるとね……。それに同時に会社に対して損害賠償を請求することが多いが、その裁判も長くかかることになる。その間、遺族の負担は計り知れないものがあるよ。何せ会社が協力してくれないからね」

「どうしてですか。私にも、そんな不名誉なことをするなってプレッシャーをかけてきましたが」

高橋たちが佐代子に労災申請を諦めさせようとしていたことだ。

「労災ってのは、労働者保護のために政府が主管している保険制度だから、給付金は国の支払いだよ。会社には経済的負担はない。まあ、保険料ぐらいは上がるかもしれないがね」

「それじゃあ、会社は遺族に労災が認められるように協力すればいいじゃないですか」

佐代子の目に怒りの火が点《とも》った。

「事は、そう簡単じゃないさ。会社にとっては大変なことなんだよ。あなたが労災申請して御覧なさい。労基署の調査が入って、労働時間の実態などが白日の下に晒《さら》されるだろう。それに過労自殺などの事件が報じられたら、会社のイメージを損なうことになる。もう一つ、労災に並行して損害賠償も請求されると思うけれども、これは大きな金銭的損害になる」

「会社って卑怯《ひきょう》ですね」

「ああ、卑怯なものだよ。自分が損をすると思ったら、舌も出さんからな。だから旦那さんがどんな仕事ぶりだったかという情報は絶対に出さない」

藤堂は、赤い舌をぺろりと出した。

「会社の協力を得られなければ労災も損害賠償も難しいってことですね」

佐代子が肩を落とした。

「それに大稜建設といえば、この町の大手企業だ。そこを相手に喧嘩しようというのは並大抵のことじゃない」

藤堂の顔が曇った。

言う通りだった。大稜建設は、この町の中心的企業だ。僕も勤務しているとき、プライドが持てたものだ。佐代子との結婚だって、大稜建設に勤務していたから、自信を持ってプロポーズできたと言えるだろう。

「私みたいな一般市民が喧嘩するには相手が大きすぎるとおっしゃるのですか」

「大稜建設は、市議会、警察、官庁などにも強い影響力を持っているからね」

「分かりました」

佐代子が立ち上がった。

「困難の大きさに諦めたかい？」

「よく考えてみます」

佐代子はテーブルの上に置いた手帳を取り上げた。

「それは？」

藤堂が手帳を見せて欲しいそぶりをした。

「夫の手帳です」

佐代子が渡した。藤堂がページを繰った。それは僕の日々のスケジュールが細かく書いてあった。

「大事にしておくといいね」

藤堂は手帳を閉じると、丁寧に両手で差し出した。

佐代子は、応接室を出た。後ろに藤堂が立っている。

「お帰りですか」

吉良が立ち上がった。

その側《そば》に女性がいた。弁護士だろうか？

「さゆり、帰って来たのか」

藤堂はその女性に呼びかけた。

「もう、大稜建設って最悪ね。大企業だって顔をして、人を撥《は》ねといて、相手が悪いって言い張るんだもの」

女性は勢いよく喋《しゃべ》った。

大稜建設という名前を聞いて、佐代子が立ち止まった。

藤堂の顔を見ている。

「孫のさゆりです。うちの事務所の弁護士なのです。さゆり、職務上の秘密を大声で話すんじゃない」

藤堂が笑みを浮かべた。

「藤堂さゆりです」

さゆりは佐代子に向かって、頭を下げた。

年齢は、二十四、五くらいだろうか。すらりとした美人だ。藤堂の孫としての面影は、そのはっきりした眉《まゆ》にあった。

「お孫さんですか」

佐代子はまぶしいものでも見るように目を細めた。

おじいさんと孫が同じ弁護士事務所にいることがとてもほほえましく思えたのだ。

「私の子供は誰も法律家にならなかったのですが、孫が弁護士になってくれましてね。うちで修業中ですよ」

「おじいちゃん、修業中はないでしょう。もう一人前なんだから」

さゆりがむくれた。

「おじいちゃんと言うな。先生と呼びなさい」

今度は藤堂が怒った。

「はい、はい。藤堂先生」

さゆりが頭をかいた。

佐代子は、微笑していたが、どこか寂しそうだ。僕が死んだことで、僕と孫娘が、こんな軽妙なやり取りを出来なくなったことを悲しんでいるのだろうか。

「また参ります」

佐代子は藤堂に深く低頭して、事務所を出て行った。

2

「ずいぶん、深刻そうだったわねあの人」

さゆりの声が僕の耳に聞こえてきた。僕はそのままじっとしていた。

彼女は、藤堂のしかめっ面とは違って、温かな顔立ちと声をしている。どこか包み込むような雰囲気を感じる。年齢以上に大人びているのかもしれない。

「旦那さんが、過労死したっていうんだよ」

藤堂はパイプをくゆらせている。

「過労死？」

「ああ、過労自殺さ。まだなんとも言えないがね」

「どこの会社なの？」

「大稜建設さ」

「大稜建設！　最悪じゃない」

さゆりは声を上げた。

「お前の交通事故案件と違って過労自殺となると……、もっとやっかいだ」

藤堂は自分の机に座り、パイプを置いた。

「先生は、引き受けたの？」

さゆりが訊いた。

「いいや、なんともね……」

藤堂は、ぼんやりとした返事をした。

「引き受けないの？」

ちょっとさゆりの言葉にとげがある。

「考え中ってとこかな？　あまり気乗りはしない」

「大稜建設だから？」

「それもあるかもしれない。しかし過労死や過労自殺は時間がかかる。その間、遺族が前向きの人生を送ることが出来ないと思うと、躊躇《ちゅうちょ》してしまう。それに大稜建設はこの町の有力企業だ。それを相手に戦うとなると、相当本気モードでないとな」

藤堂は、窓の外を眺めた。

この狭い町で大稜建設を訴えたら、ひょっとしたら佐代子の生活そのものが有形無形に邪魔されることがないとも限らない。

「でも過労死や過労自殺は認定基準が新しくなって労働災害として認めていこうって

いう流れになっているんじゃないの。この際、大稜建設の鼻をへし折るのもいいんじゃないかな」

「過労自殺を認定するには、判断要件として対象疾病に該当する精神障害を発病していること、発病前おおむね六ヵ月の間に客観的に当該精神障害を発病させるおそれのある業務による強い心理的負荷が認められること、業務以外の心理的負荷及び個体側要因により当該精神障害を発病したとは認められないこと……」

藤堂は窓を眺めながら過労自殺の判断要件をそらんじた。

「今、世の中、格差社会って言われているでしょう。お金持ちはよりお金持ちになって、貧しい人はより貧しくなっている。それに貧しさから抜け出せないのよ。大企業はたくさん利益を上げているわ。今まで企業は従業員に利益を還元していたけど、もうそれは昔の話よ。従業員は安い給料で、長時間労働を強《し》いられているわけよね」

さゆりは、なかなか問題意識が高いようだ。僕は、思わず納得して、ふむふむと頷いて聴いていた。

「古いデータだがね」

藤堂が、机の上に書類を広げた。

「厚労省が出している毎月勤労統計というのがある。これは企業が支払った給与、労働時間および雇用の変動を明らかにする統計だ。それと総務省が出している労働力調査というのがある。毎月勤労統計では、時短の推進で労働時間は短縮傾向にあることがわかる。しかし労働力調査では、週六十時間も働いている男性が、一九七五年には三百二十三万人だったものが、九五年には四百八十三万人に増えている。今ならもっと増えているだろうと思うがね」

「厚労省の調査は給与を払っているデータで、総務省のデータはサービス残業も入っているわけでしょう？」

「そうだ。それだけ無給の残業、いわゆるサービス残業が増えているってわけだ。週六十時間以上働くってのは、年間五十二週として一年に三千百二十時間以上の労働だ。一般的に言われる過労死ライン三千時間を突破している。これを一日で考えてみると、週五日として一日十二時間労働だ。休憩一時間とすれば、拘束時間は十三時間。通勤に二時間半かけると、残りは八時間半。これで睡眠、食事、風呂、家族との団欒《だんらん》を全てこなすことになる」

　藤堂は、厳しい表情になった。

　こうやって数字を挙げられると、リアルに自分の生活を思い出す。こんなにきちんと計算されるような生活ではなかった。あるときは二十四時間以上働いていて、気がつくと早朝にやって来る掃除のおばさんに「朝だよ」って声をかけられたこともあった。

家族の団欒は、僕なりに必死に確保しようと努力していた。

徹や美奈を連れて遊園地に遊びに行ってレストランで居眠りをしてしまったことがあった。気がつくと回りに誰もいない。驚いて立ち上がったら、ウエイトレスが近づいて来てメモをくれた。それを見たら、ウエイトレスも僕と一緒に笑っていた。「徹と美奈を連れて遊んでいますから、あなたはここでゆっくり眠っていてください」というのは佐代子からのメモだった。

僕は恥ずかしかった。悪いからもう一杯、コーヒーを頼んだ。徹や美奈が見えるかなと窓の外を見たら、向こうの空が夕焼けに染まり始めていた。僕は、ものすごく寂しい気持ちになった。そして罪悪感も押し寄せてきた。あの時、会社を辞めようかなと真剣に考えたものだった。

藤堂の言うように、きっちりと一日が配分出来るわけではない。毎日、毎日しわ寄せされて、休日になってやっと帳尻《ちょうじり》を合わせているというのが実態だ。もし休日での帳尻が合わなくなったら、もうおしまい……。

「どうしてそんなに働くのかな」

「働かされているといっていいだろうね。企業業績を上げるのに、最も足かせになるのが人件費だ。それを減らすために非正規雇用者が増え、正社員も二倍、三倍と働かされるわけだ」

「父さんもそれで死んだのかな」

さゆりが、ふと悲しそうな顔をした。

「隆《たかし》は、過労死したわけじゃないさ。大稜建設が初の海外受注をした仕事に夢をかけていたんだ。幸せな死だった」

藤堂がぽつりと言った。

隆？　藤堂隆？　さゆりの父で、藤堂の息子？　大稜建設社員？

僕は一生懸命記憶を探った。今は海外の仕事をやってはいないが、八〇年代に中近東で大きなビルを建設する事業があったと、社内の記録で読んだことがある。もう二十年ほど前の話だ。

「幸せな死……。お父さんは、法律家より建築の仕事を選んで、そして海外で亡くなった。私が三歳の頃だった。お父さんの思い出は、少ししかない。私から思い出を奪った大稜建設は大嫌いよ」

さゆりは怒った。

「隆は、過労死ではないさ。工事中の事故だ。あいつは自分の夢にかけて、そして命を落とした。あいつが作ったビルは今も現地の人に大事に使われているはずだ。決して人生が無駄だったわけではない。それにあのとき大稜建設は、よく補償してくれた。真面目な会社だった。おかげでお前も大学まで心配なく行くことが出来た」

藤堂が、さゆりを諭《さと》した。

藤堂隆は、海外工事の事故でなくなったのか……。僕は複雑な思いで藤堂とさゆりの二人を見つめた。

「おじいちゃんはお父さんのいた会社だから争うのが嫌なの？」

さゆりが小首を傾げた。

「そんなことはないさ」

藤堂が苦く笑った。

佐代子が、相談に来たとき、あまり気乗りをしなかったのは、自分の息子が勤務していたからなのか。

「昔の大稜建設はいい会社だったかもしれないけど、今は良くないわよ。自動車事故の対応でもなんとなく分かったけれど、儲け主義に走りすぎの気がするわ。もっと温かい会社だと思っていたのに、ショックを受けたくらいよ」

「そうだろうね。この失われた十五年といわれるバブル崩壊後の時期に日本企業のモラルは壊れてしまったと思うよ。消費者に高品質のものを提供しようとするより、耐震偽装や欠陥商品など目先の黒字を追うようになってしまった。大稜建設だって、同じだと思う。隆が勤務していた頃は、夢を追っていた会社だったがね」

藤堂は、何かを思い出すように目を細めた。

「だったら先ほどの女性を応援してあげたらいいじゃないの。どうして乗り気じゃないの」

「自分の夫の死が納得いかないと遺族が怒る気持ちは分かる。しかしその怒りを晴らす道のりは険しい。そんなことにこだわるより前向きな人生に歩み出す方がいいような気がしたからだよ」

藤堂は、またパイプをくゆらせ始めた。

「それはおじいちゃんが考えることではなくて、遺族の人が考えることじゃないかな？」

今度はさゆりが藤堂を諭すように言った。

「生意気言うんじゃないよ。それにおじいちゃんと言うのはよしてくれないか。職場なんだからな」

藤堂は、勢いよく煙を吐き出した。

「はいはい、でも良く考えてあげてね」

さゆりは笑みを浮かべた。

「分かったよ。もしよければお前が中心でやるか?」

藤堂が言った。さゆりの目が強い光を放った。

藤堂は否定していたが、息子が勤務していた会社と争うのはいい気持ちがしないのは事実だろう。また過労自殺の労災認定や損害賠償訴訟が、佐代子の生活を縛り付けていくことも確実だ。苦労するのが目に見えている。そんなことにこだわって生きるよりも違う人生を歩めという藤堂の考えも分からないではない。

しかし佐代子は、もう大稜建設と争うことを決めているはずだ。もしよければさゆりが佐代子の協力者になってくれればいいのに。

3

外に出ると、ファミリーレストランから出てくる佐代子が見えた。一人でコーヒーでも飲んでいたのだろうか。もう夜が迫っている。

佐代子は駅前のロータリーでタクシーを止めた。僕も乗り込んだ。

佐代子は、運転手に自宅の住所を告げた以外は、一言も言葉を発しない。じっと一点を見つめて考えている様子だ。

裁判や労災申請などは、簡単に出来るものだと考えていたのが、藤堂から高いハードルを示されて、ショックを受けているのだろう。

信号待ちをしていると、別のタクシーが並んで停まった。そのとき高橋のだみ声が聞こえてきた。僕は、走り去っていくタクシーの後ろ姿を見ていた。

「どこへ行くのだろう。中村も一緒に乗っているようだ」

僕は彼らのタクシーを追いかけることにした。男の勘だ。追いかけた先になんとなく面白いことが待っているような気がしたのだ。

タクシーが止まった。

「へえ、いいところに来るんだな」

僕は驚いた。ここは市内でも有名な高級料亭だ。玄関のところに年代ものの松の木があり、その枝振りが見事だ。千年松といわれるほど勇壮な姿で、確か市の保存樹になっているはずだ。

やはり高橋と中村がタクシーから降りて来た。

料亭で何をするのだろうか？

和服姿の女将《おかみ》が入り口で迎えている。相当、馴染《なじ》みなのだろう。

「もう、来てる？」

中村が女将に親指を立てた。

「ええ、お待ちになっておられます」

女将が丁寧に答えた。

「急ぎましょう。参りましたね。待たせてしまいましたよ」

高橋が小走りに駆けた。

中村も、おうおうと妙な掛け声をかけながら高橋に続いた。

誰かと一緒に食事をするのか。あの急ぎ具合だと重要な人物に違いない。

一体誰なんだろう？　ここで料理を食べ、呑《の》んだりすれば一人五万円は下らないだろうといわれている。こんな高い店で誰と食事をするのだろうか。

勿論《もちろん》、僕は来たことはない。高橋の奴、こんな高級料亭が馴染みだなんて、ちょっと許せない。

僕は二人の背中を睨みつけながら、後をつけた。

「お待たせしました。申し訳ありません」

仲居が障子を開けると同時に、廊下で高橋が正座した。すぐに中村もそれに倣《なら》った。

こうした場所では高橋の方が、まるで立場が上であるかのように終始リードしている。

「いやあ、今、来たところです。さあさ、上がってください」

座敷の中の男が手招きしている。上座《かみざ》に座っているところからみると、今日の客のようだ。

丸い顔に丸い体。下がり眉に気をつけろというが、まさにその典型のようだ。一見すると、穏やかそうだ。どこかで会ったことがあるような気がする。でも思い出せない。

「それでは遠慮なく」

高橋が、中村に目配せして、畳の上に膝《ひざ》を滑《すべ》らすようににじりながら進んだ。

この男が上座に座っているということは、ホストは、大稜建設だと思うのだけれどもそれにしても随分、へりくだっているものだと僕は感心した。それだけ重要な客なのだろう。

高橋と中村が男の前に座った。

「お忙しいところを申し訳ございません」

高橋が頭を下げた。

「こちらこそ松乃屋になんぞご招待をされて、恐縮していますよ。こんないい料亭は、大稜建設さんの口ぞえがなければ来れませんからな」

男が言った。

「何を冗談ばかり。こんなところならいつでも先生の顔一つで使ってください」

中村が笑った。

「じゃあ、始めましょうか」

高橋が仲居の顔を見た。仲居が後ろに下がり、障子を開けると芸者が三人現れた。みんな若くてきれいだ。この街に本物の芸者はいないから、いわゆる酒の相手をするコンパニオンだ。

「おお、来た来た」

男が手を叩いた。

料理が運ばれて来た。彼らの手に持ったグラスにビールが注《つ》がれた。

「天童《てんどう》先生のご健康に」

中村がグラスを高く上げた。

「大稜建設の発展に」

男がにんまりとした笑みを浮かべた。

「乾杯！」

高橋のだみ声が部屋中に響いた。

この男は天童というのだ。何者だろうか。

刺身や焼き物など、高級な食材を使った料理が続々と運ばれ、酒もビールからいつの間にか日本酒と焼酎《しょうちゅう》に変わった。

彼らの笑い声に、コンパニオンたちの甲高《かんだか》い声が錯綜する。騒々しく、けたたましい。

僕も宴席に出たことは、何度もある。でも面白いと思ったり、料理が美味《おい》しいと感じたりしたことは一度もない。

佐代子が、僕のことをからかったことがよくあった。

宴席から酔っ払って帰って来たときだ。

「美味しいものばかり食べられていいわね。私たちは残り物ばかり。飢え死にしちゃうわ」

僕は、いつも無理に笑いながら、

「佐代子が作る料理が一番美味しいよ」

と言った。

「また嘘ばっかり」

佐代子は、まんざらでもないような顔で笑ったものだった。

この気持ちは本当だった。どんな高級料亭だろうが、佐代子の料理にかなうものが出たことはない。佐代子は、僕が料亭で美味しいものを食べていると思っているが、食べたものを何一つ覚えていないのだ。仕事で食べる料理ほどまずいものはない。

僕は高橋や中村が料理を美味しそうに平らげていくのを眺めていた。彼らは本当に美味しいと思って食べているのだろうか？

話は、たわいもない。ゴルフや野球の話ばかりだ。こんなくだらない話をするために、こんな高い料亭を使っているのか。

バカヤロウ！　僕は怒鳴りつけた。しかしいくら大声を出しても誰にも聞こえない。ちょっと虚《むな》しい。

「そろそろ」

高橋が、中村に目配せをした。

中村が、小さく頷いた。

「芸者衆のみなさん、ちょっとお引取りを願えませんか。天童さん、これをみなさんに……」

高橋が天童に膝を使ってにじり寄った。そして何やら手渡した。

天童がにやりとした。

「さあ、みんなご祝儀だよ」

天童が高く手を上げた先には、祝儀袋が握られていた。芸者たちが歓声を上げた。天童を押し倒さんばかりに芸者が寄って来た。天童の手から、一袋ずつ祝儀袋が渡された。

「ありがとうございます。また呼んでください」

芸者たちは口々に礼を言って座敷を出て行った。

女性がいなくなった座敷は、なんだか急にストーブが消えてしまった教室のように寒々しい。

「出て行ったか？」

中村が芸者の後を追うような視線でつぶやいた。

「ようやく静かになりました。これからは大人の時間です」

高橋が、銚子《ちょうし》を手にして天童の杯に酒を注いだ。

「大人の時間は来ない方がよかったね。いつまでも子供の時間でいて欲しかった」

天童が杯を空けた。また高橋が酒を注いだ。

「何をおっしゃいますか？　大人には大人の楽しみ方がございます」

中村が、手酌《てじゃく》で自分の杯に酒を注いだ。さすがに大稜建設でも酒豪で鳴らした男だ。顔に少しも赤みが差していない。

それにしても隠語ばかりでなんの話をしているのか分からない。大人だ、子供だといったいどうしたのだろうか？

「例の市民体育館の件ですが」

高橋が話し始めた。

僕は、どきりとした。心臓の音が耳に聞こえた。僕の心臓は、もうとっくに止まったはずなのに、おかしいと思われるだろうけれど実際、聞こえたのだ。死んでもあらゆる記憶が残っているって聞いたことがある。だから音も聞こえるし、味も分かる。心臓の音も聞こえてくる。

市民体育館というのは、僕が入札のための準備をしていた建築案件ではないか。そんな話をなぜ天童相手に持ち出したのだろうか。彼はいったい何者？

「一般競争入札の方針は変わらないのでしょうか？」

高橋は、天童の側に寄り添うように座って酌をしている。まるで芸者になったようだが、こんな芸者は僕なら願い下げだ。しかし天童はまんざらでもないのか、美味しそうに注がれる酒を呑み干している。

「甘粕《あまかす》市長は頑固だからね」

この街の市長である甘粕成之《なりゆき》の名前が出た。

「私どもにしますと、一般競争入札ほど不公平な仕組みはないんでございます」

中村が言った。その目は真剣に天童を見据《す》えている。もはや酒は口にしていない。

「ほほう、最も公平な仕組みが最も不公平ですか」

「その通りです」

「はて？　その理由はいかなるものでございましょう？」

天童は、とろりとした目で中村を眺めている。丸顔の中の細い目は、いつも笑っているように見える。

「私たち大稜建設は、市の建築物、公共物の全てにかかわってきたと言っても過言ではないでしょう。今回の体育館にしましても、事前プラン、周辺の地上げ、環境アセスメント、トラブル解決などありとあらゆるものに人材や資金などをつぎ込んできました。市の公共施設担当者であると言ってもいいくらいです」

「食い込んでいますな……」

「食い込んでいるというより、やむを得ずそうなっているのです。市の職員不足、能力不足を私たちが補っているわけです」

中村がこんなに生真面目に説明しているところを見たことがない。

僕は、天童の横に座った。こうするとまるで中村が僕に説明しているように感じる。高橋と一緒になって僕を苛《いじ》めたり、バカにしたりしていた中村が目の前で真面目な顔をして説明しているのを見るのは、なんとも心地《ここち》いい。

「なるほどね……」

天童は、右手に持った杯を高橋に差し出した。高橋は、間髪入れずに酒を注いだ。

「本当に献身的に市のために尽くしている企業が、私たち大稜建設です。それなのに談合の一言で、その他大勢の企業と同列にされてしまう。そして結果は安い方が勝ちだ。これはどう考えてもおかしいでしょう。そう思われませんか、天童さん」

中村が身を乗り出した。

「常務の申す通りなのです。私たちは、事前に多くの投資をしています。その苦労は、どこで報《むく》われるのでしょうか。もし私たちが市に協力をしないとなりますと、確実に市の業務が停滞します。そうした重要性を市長はご認識されているはずなのに、どこの馬の骨とも分からない連中と一般競争入札するなどとおっしゃる。これは理不尽だと思われませんか」

高橋も天童の耳元でがなりたてた。天童は高橋のだみ声が苦手なのか、耳の穴に指を突っ込んで、ぐるぐると回し始めた。

「大稜建設さんのお立場には同情しますよ。しかしね、甘粕市長には、選挙が迫っているという事情があるからね。市民にむかって談合廃止、全て透明な一般競争入札にしますって言う方が、受けがいいから」

天童の目は、最早《もはや》閉じられている。眠っているわけではないようだが、傍目《はため》には夢の世界に入っているように見える。杯は膳の上に置いてしまった。もう酒はいらないというのだろう。

「私たちは、市長がお考えを変えられなければ選挙の協力もいたしませんよ」

中村が強く言った。

天童の目が、かっと開いた。細い目が、一瞬、大きくなった。でもまた直《す》ぐに閉じられた。

「本気ですか？」

天童がつぶやいた。

「本気ですよ。だから市長の右腕である天童さんにこうしてご相談をしているのです」

中村が頭を下げた。

天童が市長の右腕？　どういう立場なのだろうか。彼の雰囲気から言って市の幹部ではないだろう。

「右腕だなんて、買い被《かぶ》りです。ただの素浪人ですから」

「何をおっしゃいますか。市長の選挙全般を陰で仕切っておられるのは天童さんじゃないですか」

「私は甘粕市長に何の影響力も持ちませんから」

天童が膳から杯を取り上げた。高橋が酒を注いだ。

「以前は市長の秘書として辣腕《らつわん》を振るっておられた。しかし今はどういう理由か深く詮索《せんさく》することはしませんが、コンサルティング事務所を立ち上げられ、秘書をおやめになった……」

高橋は舐《な》めるような目で天童を見つめている。

「秘書時代は本当にお世話になりました」

天童が頭を下げた。

「天童さんには申し訳ないが、秘書をおやめになった理由を勝手に解釈しております」

中村の目が光った。

「ほほう？　どのように解釈されていますかな？」

天童がにやりとした。

「秘書という公《おおやけ》の立場を離れて自由に市長の応援をしようということでしょう。その方が警察にもにらまれなくていい。そうお考えになったのでは？」

中村が言った。

「そんなだいそれたことは考えておりません」

天童は、気持ち良さそうに笑った。

「天童さん、ぜひそのお力をお貸しください。体育館建設を随意契約に変更するか、たとえ一般競争入札になっても私たちが勝てるようにご配慮いただきたい」

中村は、市内にあるデパートの紙袋を天童の前に出した。のぞいてみた。何かが紙に包んである。

天童が、袋に手を入れ、無造作に紙を破った。

あっ、僕は声を上げそうになったので、慌てて口に手を当てた。

金だ。一万円札の束だ。

「事務所の開設祝いです」

中村が言った。

「美味しそうですな。ありがたく食べさせていただきますが、ご要請に応えられるかどうかは期待しないでくださいよ」

どれくらいあるのだろう。三つくらいの束はあったように見えたから三百万円だろうか。

思わずヒエーって声を上げたくなる。

「天童さんにお渡しする分には賄賂《わいろ》にはならんでしょう。たんなる事務所開きのお祝いですからね」

中村が、手酌で酒を呑んだ。少し興奮しているようだ。現金を渡したとなれば、興奮もするだろう。

「単なる祝いですからね」

天童は笑った。

中村と高橋が釣られるようにして笑った。

「しかしくれぐれも言っておきますが、私が役に立つかどうかはわかりませんよ」

天童は、すっかり酔いが醒《さ》めたのか、細い目に光が戻っていた。

僕は、見たくないものを見てしまったようだ。

天童は、かつて市長の秘書として腕を振るっていたという。僕はその時、一、二度会ったことがあるのだろう。だから記憶の底にこの丸顔がうっすらと残っていたのだ。そのときから彼は大稜建設とは付き合いがあった。いまや一介のコンサルタントだ。市長に対する影響力はない。表向きは……。

しかし議会でも承認された市民体育館の一般競争入札をひっくり返すことなど出来るのだろうか。中村や高橋が望んでいるのは、今まで通り指名競争入札になることだろう。どうみても彼らの希望通りにする力が、この眠ったような男にあるとは思えない。しかし三百万円もの金を事務所の開設祝いに渡すということは、かなりの期待をしているということだ。

こんな場面を見たら、僕がやっていた仕事は何の意味があったのだろうと思ってしまう。一生懸命、命をすり減らして一般競争入札に勝てるようなプランを作ろうとしていたのだが、それは意味のない仕事だったのだろうか。

汚された……。僕は腹が立った。もうここには長居は無用だ。

「大稜建設で社員が自殺したそうじゃないですか」

天童が言った。

僕のことだ。姿を消すのをちょっと待つことにした。

「ええ」

高橋が、表情を歪《ゆが》めて、中村を見た。

「お耳に入っているのですか」

中村が言った。

「そりゃあ、狭い町です。直ぐに入ります」

天童が微笑した。

「参りましたよ。でも自殺の原因は市長です」

中村が真面目な表情で言った。

「市長が原因で自殺？　それは聞き捨てなりませんね」

天童だけじゃない。当事者の僕だって聞き捨てならない。

「今回の体育館の入札資料を作らせていた男なのです、自殺したのは……。なかなかいい数字、絶対に勝てるという数字が出て来ないわけですよ。それに悩んで死んだんですよ。だから市長の責任です」

中村は、両手を胸の前にだらりと下げ、幽霊の真似《まね》をした。

幽霊はそんな姿をしていないですよ、と言いたいが、どうせ聞こえないから止めた。

「今回の一般競争入札の犠牲者というわけですか。それはいけませんね」

「もしこのまま一般競争入札が続きますと、次々と犠牲者が出ます」

高橋が、だみ声で横から口を挟んだ。

「あなたも自殺するのですか」

天童は、高橋を睨み眉根を寄せた。

高橋は言葉に詰まった。しかし意を決したように「はい」と言った。

「少し動いてみますか。あなた方に自殺されたんじゃ、寝覚めが悪いですからね」

天童は大きな声で笑った。

中村と高橋は深く頭を下げていた。僕は、彼の笑い声に耳をふさぎながら、その場を立ち去った。佐代子がどうしているか、心配になったのだ。

4

佐代子は家に居た。リビングで誰かと話しているようだ。

ちょっとリビングを覗《のぞ》き込んでみた。佐代子と話しているのは藤堂さゆりだ。あの藤堂弁護士の孫だ。

「この間、厚労省が平成十九年度の脳・心臓疾患及び精神障害等に係る労災補償状況というのを発表しました。それによりますと精神障害で労災が認められたのは、前年度に比べ三〇・七パーセント増、二百六十八人です。そのうち過労自殺は八十一人で、やはり前年度比で二二・七パーセント増えています」

「事務所でお話をうかがった時には少ないと思いましたが、徐々に認められる数が増えているのですね」

佐代子が訊いた。

「ええ、厚労省も労働環境が厳しいと認識していますからね。精神障害等の請求件数も平成十八年度は八百十九件で前年度に比べて一・二倍になっています。うち自殺については百七十六件でやはり一・二倍です。過労自殺を労災申請することはもう一般的になったと言えるでしょう」

さゆりの声ははつらつとしていて、聴くものを元気にする。

佐代子の表情も明るい。

「先生は、私に労災の申請をしろというご意見なのですか」

「その通りです。このままではご主人も浮かばれないでしょう」

「でもあなたのお祖父《じい》様である藤堂先生は、止めなさいとおっしゃったではないですか」

「藤堂は、訴訟などの負担を考えたのでしょう。大変な労力がいることは事実ですからね。でもやってみる価値があるというのが、私の考えです。だからこうして直《す》ぐに足を運ばせていただきました」

「藤堂先生は賛成されているのですか」

佐代子は訊いた。事務所内で対立してもらっては困るからだ。

「藤堂ははっきり言って全面賛成ではありません。でも佐代子さんを助けるなら、応援するといってくれています」

さゆりは微笑《ほほえ》んだ。

「やはり負担が大きいからですか」

「それもありますが、私の父、すなわち藤堂剛の息子が大稜建設の社員だったのです」

さゆりの表情が一瞬、引き締まった。

「えっ」

佐代子が驚きの声を上げた。

「過去形です」

「お辞めになったのですか」

「いいえ、亡くなりました。私の幼い頃です。大稜建設が初の海外プロジェクトを受けまして、中近東の地で事故にあいました」

先ほど事務所で、藤堂とさゆりが話していたことだ。

「それは……」

佐代子は唇に手を当てた。言葉が見つからないのだろう。

「優しい父だったようです。というのも写真程度でしか思い出がないからです。父は事故死です。大稜建設は、祖父、いえ藤堂の話では大変よく面倒を見てくれたそうです。そのお陰で私は大学に進学出来たと言っていました」

さゆりが佐代子を見つめた。

「藤堂先生は、大稜建設に恩を感じていらっしゃるのですね」

佐代子が言った。

「そういう面はあると思います。またそれ以上に息子である父が誇りを持って働いた会社を相手に戦いたくないという気持ちなのかもしれません」

さゆりは微笑んだ。

「あなたは？　さゆり先生はお父様の勤めておられた会社に弓を引くことが出来るのですか？」

佐代子は厳しい表情を見せた。

「私は大稜建設が、父がいたときのような会社ではなくなっているのではないかと思っています。それは大稜建設絡《がら》みで起きるトラブルを処理していて感じることです。従業員を大切にし、客を大切にしていた、父が誇りを持って働いていた会社が、今では従業員を使い捨て、客はまるで金蔓《かねづる》としか思っていないような会社になってしまったのです」

「そんなにひどいのですか」

「例えば大稜建設の車に撥《は》ねられた人がいました。その人に過失はないのにまったく嘘の証言などを集めてきて、訴訟を有利に運ぼうとしました。またある人が、建物の欠陥を指摘したら、金で口封じをしようとしてきました。なんだか不況のこの十数年を生き残るためになりふり構わぬようになってしまったのではないかと思います。そんな中でご主人の自殺も起きたのではないかと思います」

さゆりは一気に話した。

「それではさゆり先生は、私に労災の申請をしろとおっしゃるのですね」

佐代子が念を押すように訊いた。

「労災だけではなく、損害賠償もです。この訴訟は父が誇りを持って働いた会社をもう一度誠実な会社にすることが出来るのではないかと思います。私のための戦いでもあるのです」

さゆりは強く言った。目がきれいだ。輝いている。

佐代子はじっとその目を見つめていた。そしておもむろにさゆりの両手を摑んだ。

「よろしくお願いします」

佐代子はさゆりに頭を下げた。

「こちらこそ。よろしくお願いします」

さゆりも頭を下げた。

よかった。いい協力者が見つかった。さゆりは亡くなった父のために戦うという。さゆりにも大稜建設と戦う動機があることは、良い事だ。僕は、二人が握手する姿を見て、ほっとした。これから佐代子にどんな苦労が待っているか分からないが、戦いは命を懸ければ、懸けるほど、協力者が多く現れてくるものだ。二人の手に、僕は手を重ねた。熱いエネルギーが僕に伝わって来るのを感じた。

ふと天童の細い目が浮かんできた。彼は中村や高橋の協力者になる。あの細い目の奥にどんな欲望や野心が隠れているのかと思うと、不吉な予感がしてきた。佐代子とさゆりの敵対者にだけはなって欲しくない。

がんばろうな。僕は佐代子の頬にキスをした。佐代子が偶然にも僕の方をちらりと見て、微笑んだ。

第五章　闘い

1

「お茶をどうぞ」

吉良が佐代子の前に麦茶の入ったグラスを置いた。

「ありがとうございます」

佐代子は礼を言い、頭を下げた。

「さゆり先生はもうすぐお帰りになりますから。少しお待ちくださいとのことです」

「分かりました」

佐代子は、事務所の中を眺《なが》めた。今日は、あの藤堂のだみ声が聞こえないのでとても静かだ。

「藤堂先生もお出かけなのですね」

「ええ、静かでしょう。今日は裁判があるのです」

吉良がわずかに笑みを浮かべた。

「でもお元気そうですね。お孫さんと一緒にお仕事が出来るなんて幸せですよね」

佐代子は、グラスを抱えるようにして麦茶を飲んだ。

「でも息子さんを亡くされていますからね。一時は、本当に力を無《な》くされたとうかがっています。今は、さゆり先生と二人暮らしですから」

「奥様やさゆり先生のお母様はどうされたのですか？」

佐代子は吉良の方を振り向いた。

「さゆり先生とお母様とは行き来はあるようですが、お母様はずっと前に再婚されましたからね。さゆり先生は藤堂剛先生ご夫婦に引き取られてお育ちになったのです。藤堂先生はいわばおじいちゃんであり、お父さんでもあるってところじゃないですか？　だからさゆり先生が、司法試験に合格して、弁護士になるって言ったときには、もう大喜びで、大変でした」

吉良が大げさに両手を万歳のように高く挙げた。佐代子がそれを見て微笑んでいる。

それぞれの人の人生はそれぞれ違うとはよく言ったものだ。藤堂とさゆりの人生も結構、陰影に富んでいる。たいした変化のない、つるりとした人生を歩んだ弁護士よりもいい。彼女は、佐代子のベスト・パートナーになってくれるだろう。

「さゆり先生は、若いのにご苦労されているのですね」

「傍目《はため》にはそうですが、あまり苦労だとは感じておられないようですよ。とにかく明るい方ですから」

吉良がドアの方向に視線を遣《や》った。靴音が聞こえてきた。さゆりが帰って来たようだ。

ドアが開き、さゆりが入って来た。

「お帰りなさい」

吉良が言った。佐代子が立ち上がった。

「すみません。お待たせしてしまって」

さゆりが元気溢《あふ》れる笑顔で言った。

この顔で謝られたらたいていのことは許してしまうだろう。

「戦果はどうでしたか」

吉良が訊いた。

「上々よ。大稜建設からたっぷり和解金をせしめてやったわ」

さゆりは力瘤《こぶ》を見せるかのように腕を曲げた。吉良が笑った。

「大稜建設から？」

佐代子が驚きの声を発した。

「そうです。今日の公判はこの前お話ししていた交通事故のトラブルに絡《から》んでなんです。裁判に持っていけばよかったのだけれども、双方が和解を選択したんですよ。悪いのは大稜建設なんだけど、いろいろ難癖つけて来ましてね。だったら裁判にしましょうと強気に出たら、すみませんってなったんですよ」

さゆりは佐代子にソファに座るように勧めた。

「先日、お会いした時もおっしゃっていましたが、大稜建設というのは、あまり誠実に対応しない会社なのですね」

「どこの会社も五十歩百歩ですね。出来るだけ損をしたくない、多く損害金を払いたくない、そう思っています。ところがそれだけに目が行くと、かえって大きく損をすることになるわけですね。そこを気づかせて、有利な和解に持ち込むのも弁護士の力ってわけなんです」

さゆりは、いかにも楽しそうに話す。佐代子に対してもまるで友人に対して話しているみたいだ。佐代子もくつろいだ様子で、この妹のような弁護士の自慢話に付き合っている。

「敏腕弁護士の方にご支援いただくなんて、とても心強く思っています」

佐代子は微笑んだ。

「任せてください。一緒に頑張りましょう。本格的に大稜建設と向き合いますからね。なにせ父が働いていた会社ですから」

さゆりが拳《こぶし》を握り締めた。

「よろしくお願いします」

佐代子が頭を下げた。

「それでは労災申請について説明しますね。ちょっと書類を取って来ます」

さゆりは席を外した。

佐代子が待っていると、さゆりが書類を持って戻って来た。

佐代子の顔が幾らか緊張している。いよいよ大稜建設に対する闘いが始まるのだと思っているのだろう。

さゆりがテーブルに資料を広げた。

「労災保険金の支給を受けるには、ご遺族、つまり佐代子さんが、所定の書類に必要事項を記入して所轄の労働基準監督署に申請しなければなりません」

　さゆりは書類の見本を示しながら説明した。

「それには大稜建設の協力が絶対に必要なんでしょうか」

　佐代子が心配そうな顔でさゆりを見た。

「協力してくれればいいけど、今回は難しいでしょうね。それでも大丈夫です。申請出来ますから」

「遺族を早く苦しみから解放してやろうという気持ちがないのでしょうか？」

　佐代子が顔を曇らせた。

「そんな気持ちはないと考えて対処した方がいいのでしょうね」

　さゆりが厳しい顔で言った。

「もし認められなかったら、どうなるのですか」

「残念にも認められなかった場合、都道府県労働局の労働者災害補償保険審査官に審査請求をすることになります。もしそれも却下されたら厚生労働省にある労働保険審査会に再審査請求をします。それらと同時に行政訴訟を起こすことも出来ます。こんなことを全《すべ》てやっているととても時間がかかるので、何とか労災認定を勝ち取るように努力したいですね」

「何度も請求すると、随分、時間がかかりそうですね」

佐代子が憂鬱《ゆううつ》そうに言った。

審査請求や再審査請求には、それぞれ二年ほどかかると言われている。佐代子にそんなに長い間苦労をかけるわけにはいかない。

佐代子の気持ちを考えると僕も気分が滅入《めい》ってくる。

「最初から弱気は駄目ですよ。過労自殺は最も認定が厳しいんですから」

さゆりは強い口調で言った。佐代子を励《はげ》ましているつもりなのだろう。

さゆりによると、過労自殺の認定基準があるという。「心理的負荷による精神障害等に係る業務上外の判断指針」という平成十一年の労働省（当時）の都道府県労働基準局長あて通達だ。

「精神障害によって、自殺を思いとどまることが出来なかったことを証明していくのだけれども、そのために業務による心理的負荷、業務以外の心理的負荷、個体側要因などを分析するわけです」

「つまり他の要因ではなく過重な仕事で正常な判断が出来なくなり自殺したことを証明するわけですね」

佐代子が訊いた。

「その通り。損害賠償を提起した場合など、会社側は他の要因で自殺したと反論するから、証明がないと裁判は困難なものになりますよ」

　さゆりがわずかに顔をしかめた。

　僕は精神障害という言葉にショックを受けた。

　野口哲也は、精神を病んでいた。だから自殺を思いとどまることが出来なかった。そういう結論が出れば、労災は認定され、同時に申し立てた損害賠償請求も勝ち取ることが出来る可能性が高くなる。

　自殺というのは、精神を病んでいなければ出来ることではない。そう考えると、僕はいつごろから病んでいたのだろうか。今、こうして冷静に物事を見つめられるということは、死んで精神は正常になったということなのだろうか。まさか今も病んだまま？　それはないだろう。

　自殺は鬱病などが原因で起きる。僕は以前からそうした徴候を佐代子に見せていたのだろうか？　僕にはどうも分からない。精神を病むことなく自殺したなんてことはないだろうと思うのだけれども、もしそうであれば労災の認定は受けられないだろう。

「まずは、どこから始めますか」

佐代子が真剣な顔で訊いた。

「労基署に書類を出しても、待ちの姿勢では駄目なんです。だからご主人が精神的に追い込まれたことを証明するために事前の調査を開始しましょう」

さゆりの言葉に、佐代子は深く頷いた。

2

「原田真由美さん……」

佐代子が呟《つぶや》いた。

「どなたです？」

さゆりが訊いた。

「夫の職場の女性です。一度、大稜建設を訪ねた際、とても親切に応対してくださり、夫とも仲がよかったように見受けました。名札に『原田真由美』と書いてあったのを覚えています。とっても明るい方のようで何か話してくださると思います」

「それじゃその真由美さんとやらに早速コンタクトを取りましょう。ご主人の自殺に至るおおむね六ヵ月間のストレスの様子を調査しなくてはならないんですよ」

「それにこだわりすぎることもないけれど、おおむね六ヵ月と言われていますね。ご主人は精神科に通われていたってことはないですね」

さゆりの言葉に佐代子は首を振った。

「眠れないとか、死にたいとか、何か自殺を予感させるようなことは？」

また佐代子は首を振った。

僕は、死ぬ直前の三日間、会社に泊まりこんでいた。その間、佐代子に会っていないから、辛い顔を見せていないはずだ。僕はいつだって元気な顔を見せるように努力していたんだからね。

「大稜建設が協力してくれない中にあって、ご主人の仕事が自殺するほど厳しいものだったということを調べなければならないんです。まずは協力者を見つけましょうか。とりあえずその原田さんに連絡をしてみてください。私の方も早速、会社の人事部との面談を取り付けます」

「分かりました。電話では失礼なので、会社に出向いてみます」

佐代子は立ち上がった。

「成果を期待しています。私の方も調査を進めますからね。またご連絡します」

「六ヵ月間ですか？」

さゆりは明るい声で言った。

「藤堂先生は、ご協力していただけるのでしょうか」

佐代子は訊いた。訴訟には前向きではないものの、あの藤堂の重厚な雰囲気は頼りがいがある。

「どうでしょうか？　でも相談します」

さゆりは首を傾《かし》げた。

「よろしくお願いします」

佐代子は軽く低頭して藤堂剛弁護士事務所を出た。

「さあ、やるか」

佐代子は空を見上げた。僕と目が合った。

苦労かけるね。僕が呼びかけると、佐代子の心の声が聞こえてきた。そんな気がしただけなのだが、僕の一人芝居。

苦労じゃないわ。徹や美奈も頑張って悪い人をやっつけてねって言うから。あなたを死に追いやった悪い奴を見つけ出さなきゃね。

佐代子はバス停に向かった。

タクシーで大稜建設まで行かないの？

これから費用がかかるのにタクシーなんて、いちいち乗っていたら大変でしょう、という気合いが伝わってくる。

バスがやって来た。佐代子は乗り込んだ。硬い表情だ。当然だろうと思う。これから大稜建設に行かねばならないのだから。

佐代子は窓の外をじっと見つめている。何を考えているのだろう。

佐代子、真由美ちゃんは協力してくれると思うよ。明るくていい子だからね。

バスのアナウンスが停留所名を告げた。大稜建設本社に行かれる方は、こちらでお降りくださいと案内している。

バスが止まると、佐代子が降りた。僕は、佐代子にぴったりと寄り添っている。しかしそれしか出来ないことがとてももどかしい。

佐代子が受付に向かった。

「野口といいますが、営業部の原田真由美さんはおられますか」

佐代子は、受付嬢に言った。

「どういうご用件でしょうか」

受付嬢が訊いた。

「ご挨拶です。ちょっとお話もございまして……」

佐代子は丁寧《ていねい》に言った。

「少々、お待ちください」

受付嬢は受話器を取った。真由美の席に連絡をしているのだ。

「すぐこちらへ参ります」

受付嬢が受話器を置いた。

佐代子の顔が明るくなった。緊張が少しばかり緩《ゆる》んだ。面談を拒否されたらどうしようかなどと思い悩んでいたに違いない。

佐代子は、真由美をロビーで待っていた。

「野口君の奥さん」

佐代子は驚いた顔で、声のする方向に振り向いた。

「若井さん……」

佐代子は顔を強張《こわば》らせた。真由美を呼び出したことが、なにかまずいことのように思えたのだ。

「今日は、何か用事ですか」

若井はにこやかな笑みを浮かべながら近づいて来た。

「ええ、まあ」

佐代子は、あいまいに言った。

「この間、お願いしました労災申請の件のことはぜひよろしくご検討ください」

若井は頭を下げた。

「は、はい」

佐代子は戸惑った。労災申請することなどをいずれは話すつもりだが、それはさゆりと協議した上だ。今、ここで答えるわけにはいかないだろう。

「とにかく僕にお任せください。悪いようにしませんから」

若井は言った。

若井、早く消えろ。もし真由美ちゃんと鉢合わせしたらまずいだろう？　なぜ真由美ちゃんと佐代子が会っているのかとかんぐるに違いない。

「あっ、原田さん」

佐代子がエレベーターホールの方を見て言った。

「お待たせしました。あら？　若井さん……」

真由美は佐代子の前にいる若井を見て、驚いた顔をした。

「原田さん、なに？」

若井が怪訝《けげん》そうな顔で真由美と佐代子を見比べている。

「原田さん、お呼びたてしてすみません。行きましょうか」

佐代子は、真由美の手を摑んだ。

「は、はい」

真由美は佐代子にひっぱられるように体を泳がせた。

「どこへ行くのですか」

若井が佐代子に訊いた。

「ちょっと外へ、今度またゆっくりとお話に参りますから。失礼します」

佐代子は、急ぎ足で真由美の腕を摑んだまま歩き出した。

「じゃあ、そんなわけで、ちょっと出かけます」

真由美は若井に片手を上げた。

若井は、その場に立ち尽くしたまま、佐代子と真由美が出て行くのをじっと見つめていた。

3

佐代子と真由美は大稜建設から歩いて数分のところにあるファミリーレストランで

向かい合っていた。

「驚いたわ。若井さんに会うなんて」

佐代子はアイスコーヒーにミルクを注いだ。

「私はてっきり若井さんも一緒なのかなって思いました。野口さんに腕を引っ張られたので、ここは余計なことを言わない方がいいと考えを変えたのです」

真由美はアイスレモンティーを頼んでいた。透明な茜《あかね》色の液体にレモンの黄色が鮮やかだ。

「すみませんでした。きちんとした説明もせずにお呼びたてしてしまって……」

「気になさらないでください。お電話があったとき、きっと大事な用件に違いないという予感がしましたので、お会いしなくてはいけないと思いましたから。なんでもご相談ください」

真由美は、佐代子を励ますように言った。

「実は、悩んでいたのですが、労災申請と、そして出来れば損害賠償の提訴を行ないたいと思っているのです」

佐代子はまっすぐに真由美を見つめた。

「そうではないかと思いました。野口さんの死を無駄には出来ませんものね」

真由美は唇を固く結んで、真剣な表情になった。

「ご理解いただけますか？」

「ええ」

「よかった……」

佐代子の表情が緩んだ。

「弁護士の先生から夫の生前の様子を証言してもらえる人を探しなさいと言われているのです。もちろん大稜建設には弁護士先生の方から正式に勤務時間などの資料を出してもらうつもりです。ご協力お願いします」

佐代子は、テーブルに頭がつくのではと思うほど深く低頭した。

「そんなに頭を下げないでください。私も野口さんの自殺にはとても心を痛めていたのですから。できるだけご協力をしたいと思います」

真由美は微笑みを浮かべた。

ありがとう、真由美ちゃん。君が協力してくれれば、千人力だよ。佐代子の力になってくれよ。

「また正式に弁護士先生の質問にお答えいただくことになりそうですが、夫はなぜ自殺したのだと思いますか。過労自殺だと申請するつもりなのですが……」

佐代子の質問に真由美は小首を傾げ、遠くを見つめた。何かを考えているような気配だ。

「野口さんのお仕事は、営業です。でも建設会社の営業は、物を右から左に売りさばくというものではありません。施主の声を良く聞いて、会社の設計部門などと綿密に打ち合わせしていかねばならないのです」

真由美は姿勢を正すかのように背筋を伸ばした。それは仕事の途上で命を落としてしまった僕に対する尊敬の気持ちからの態度に思えて、僕は少し感動した。

真由美が僕の仕事について詳しく説明をしている。佐代子は一語たりとも聞き漏《も》らさないという意欲が顔に表れていた。

「いらっしゃいませ」

ウエイターの声が聞こえた。客が入って来た。僕は入り口を見た。若井だ。あいつ何しに来たんだろう？

若井は店内をきょろきょろ見渡している。

「お待ち合わせですか」

ウエイターが訊いた。

若井は、「いいや」と右手を振って否定した。

真由美を探しているのに違いない。いったい何のために？　それは佐代子と会っていることを問題にしているからだ。余計なことをするなと言いに来たのかもしれない。

僕は佐代子の隣に座って、「見つからないようにしろ」と大声で言った。佐代子も真由美も少し背中をかがめてくれれば、テーブルを仕切っている植物に隠れることが出来る。

ああ、何も気づいてくれない。僕の声が聞こえないのだ。僕はなんの役にも立たない。

「ご主人は、一生懸命に仕事をされていました。しかし残念ながら中村部長や高橋課長とはどうも折り合いが悪いようで、よく怒鳴られていらっしゃいました」

真由美は淡々と話していた。あまり感情を交えないようにしている。事実を曲げないで伝えたいと思っているのだろう。

佐代子は、時折、拳を握り締めたり、瞼《まぶた》をハンカチで押さえたりしている。

若井が真由美ちゃんを探しているぞ。気をつけて。

僕はもう一度、大きな声を出した。無駄だと分かっていても、今そこにある危機を伝えたかったのだ。

「あら」

真由美が首を伸ばして、入り口付近を見た。

「どうされました？」

佐代子も同じように入り口付近を見ようと首を伸ばした。

テーブルを囲んだ植物の上に二人の顔が出た。

「若井さんが来ていますね」

真由美が首をすくめた。佐代子も背中をかがめた。僕の声が二人に届いたのかもしれない。

「何しに来たのかな」

「原田さんを探しているのかもしれませんね。きょろきょろとしていらっしゃるし……」

「嫌ね、こんなところにまで来るなんて……」

「どうしますか？」

佐代子が心配そうに訊いた。

「ちょっと身を潜めて、ここにいましょう。この植物が目隠しになっていて、私たちのことは見えないと思いますから」

真由美が愉快そうににんまりとした。

若井は、入り口付近をうろうろとしている。ウエイターが困惑気味にその様子を眺めている。

「店内放送での呼び出しは出来るのか」

若井がウエイターに訊いた。

「申し訳ありませんが、やっておりません」

ウエイターが答えた。

「ちっ」

若井は舌打ちをした。

「原田真由美という客がいるはずだ。女性と二人だ。急いで会社に連絡するようにと書いたこのメモを渡してくれないか。それくらいは出来るだろう」

「原田真由美さまですね。このメモをお渡しすればいいのですね。承《うけたまわ》りました」

「頼んだよ」

若井は不機嫌そうな顔を残して店を出た。

ウエイターは、型どおり低頭して若井を送り出した。

「帰ったようね」

真由美が、恐る恐る頭を上げて言った。

「なんだかイライラされているようでしたね」

佐代子が言った。

真由美は携帯電話を取り出して「これの電源を切っておいたから」と嬉《うれ》しそうにテーブルに置いた。

佐代子は浮かない表情だ。

「原田さん、大丈夫ですか？」

「何がですか？」

「だって若井さんは、私と会っているから探しに来たんじゃありませんか？　会うなって言うために……」

佐代子の顔には憂鬱《ゆううつ》の文字が貼《は》り付いていた。

「気にしすぎですよ。若井さんって下らないことでも私に用事を言い付けるのですよ。でも急いでいるようでしたから、何気《なにげ》ない顔をして会社に戻ります」

真由美は、表向きは平静だが、落ち着かない様子が表れていた。佐代子が心配していることが、脳裏をかすめたに違いない。

ウエイターが近づいてきた。

「こちらに原田真由美さまはいらっしゃいますか」

ウエイターが訊いた。

「はい」

真由美が答えた。

「このメモをお預かりいたしました」

ウエイターが真由美にメモを渡した。

真由美がメモを広げた。

佐代子が覗き見た。

「何が書いてあるのですか」

「油売ってないで早く帰って来いですって。下らないわ」

真由美は、メモを握りつぶして、ポケットにしまいこんだ。

「申し訳ありません」

佐代子が頭を下げた。

「こちらこそ。余計な横槍が入ったので話が中途になりまして、申し訳ありません」

真由美が立ち上がった。

「また後日、弁護士先生と一緒に参ります。お話をお聞かせください」

佐代子は見上げて言った。

「了解です」

真由美は、おどけた様子で敬礼をした。

4

僕は、若井のことが気になった。彼は、僕の同期であり、自称だが最も親しい友人と言っている割には、会社の言うままに動いている。決して佐代子の味方になってくれない。そのことは大いに不満だ。今も真由美ちゃんと佐代子との話を壊しにやって来たとしか思えないではないか。

若井は大稜建設に戻って来た。顔中にイライラが噴き出している。急ぎ足でエレベーターに乗った。

「原田の奴、余計なことを始めたんじゃないのか」

ぶつぶつと独り言を口にしている。やはり真由美ちゃんの行動が気分を苛《いら》つかせているようだ。

七階に着いた。

　ドアが開くと、若井は勢いよく外に飛び出した。

「危ないじゃないか」

　突然、大きな声が聞こえた。このだみ声は高橋だ。

「課長、びっくりしました」

「ばかやろう。びっくりしたのはこっちだ。いきなり飛び出して来やがって。ぶつかるところじゃないか」

　高橋が本気で怒っている。

「すみません。気がつきませんでした」

　若井は何度も頭を下げた。背後でエレベーターのドアが閉まった。

「どうした？　何を急いでいるんだ」

「今、お時間はありますか？　課長に報告するために急いでいたのです」

　若井が、さも訳ありげな顔つきで言った。

「いいよ。食堂でコーヒーを飲もうか。出かけるまでまだ少し時間があるから。一緒に五階に行くか？」

　高橋がエレベーターのボタンを押した。

「お供します」

若井は腰から体を曲げた。

本当に若井は調子がいい。だが真由美と佐代子の話し合いを邪魔したのは高橋に指示されてのことではないようだ。

こういう奴が会社には必ずいる。上司の意向を忖度《そんたく》する奴だ。つまり上司の考えを先読みして、彼らの機嫌を取り結ぼうとする。豊臣秀吉が若い頃、織田信長の草履《ぞうり》を懐に入れて温めたという逸話《いつわ》があった。あのような行為のことだ。これをやられると上司はくらくらとして、その部下を可愛《かわい》い奴、愛《う》い奴と思うのだろう。僕にはそれが出来なかった……。

食堂の脇《わき》に喫茶コーナーがあり、自分で自動販売機からコーヒーや紅茶などを淹《い》れて休憩するようになっていた。

もう昼のピークが過ぎたのか、誰もいない。

高橋がテーブルについた。

「コーヒーでよろしいですね」

若井が訊いた。

「ホットで砂糖、ミルクなしだ」

高橋が言った。

「ハイ。了解です」

若井は、百円玉を自動販売機に入れた。

紙コップに入った、自分の分と高橋の分のコーヒーを若井がテーブルに運んで来た。

「悪かったな」

高橋は、百円玉をテーブルに置いた。

「すみません。頂戴します」

若井がそれをポケットに入れた。

高橋が自分のコーヒー代を出しただけなのに、「頂戴します」とはよく言うよ。おごってもらったら礼を言うものだろう。僕は背筋がゾクゾクとした。

若井は、こんなにゴマ擂《す》り上手だったのだ。僕と一緒に働いていた頃は、居酒屋で高橋のことをさんざんこき下ろしていたこともあった。しかし今、ここにいるのは卑屈なほど高橋に尻尾《しっぽ》を振る人間だ。

「話って、なんだ？」

高橋が、コーヒーを口に運んだ。

「野口の奥さんが動き出したんですよ」

若井は周りをきょろきょろと見渡した。さも秘密めいた態度だ。

「詳しく話せ」

急に高橋が顔を大きく歪《ゆが》めた。不愉快ここに極まれり、という感じだ。

「偶然、奥さんと原田が待ち合わせているところを見つけたんですよ」

「原田って、営業部の原田真由美か？」

「そうです。本社で待ち合わせをして、二人で出かけたんですよ。私は、妙に気になりましてね。打っちゃっておこうかと思ったのですが、思い直して二人をつけたんです」

若井は、こっそり後をつける身振りまでしてみせた。

「それで？」

高橋の顔がますます歪んだ。前置きが長いと怒り出しそうだ。

「ファミレスまでは突き止めたのですが、何を話しているかは聞けなかったのです。原田を呼び出そうとしたのですが店に断られまして……。あいつが帰って来たら、何を相談していたのか追及します」

若井は拳を握り締めた。

「野口のかみさん、労災申請をするそうだ」

高橋が吐き捨てるように言った。

「えっ」

若井の表情が固まった。

「今日、代理人の弁護士が人事部の北村部長のところに来たよ」

「本当ですか」

「こんなこと嘘つくか。ばかやろう」

高橋が眉根を寄せて、若井を睨《にら》んだ。

「すみません」

若井が、頭をかいた。

「原田も協力を求められたのかもしれないな」

高橋がコーヒーに息を吹きかけ、冷ましている。

「協力といいますと、労災申請のですか」

おずおずとした物言いだ。高橋の顔がいかにも機嫌が悪いので若井とすれば、質問しにくいのだ。何を言っても叱られてしまいそうだからだ。

「それ以外ないだろう。野口の勤務の様子などを聞いたんじゃないかな」

「原田は余計なことを言わなかったでしょうか」

「そんなこと俺に聞いても分かるわけがないだろう。あいつ、野口とは仲がよかったから、いろいろ話したんじゃないか」

高橋がコーヒーを飲み込んだ。喉仏《のどぼとけ》が大きく上下した。

「どんなことを調べるんですか」

若井の質問に高橋が、目を大きく動かした。

「初歩的な質問をするな。時間外勤務の実態とか、ノルマのプレッシャーだとか、野口が自殺したのは過労が原因だと調べるんだよ」

高橋は、コーヒーカップを乱暴にテーブルに置いた。

「うちの会社は、タイムカードだってないし、調べようがないじゃないですか。それに野口は死にましたが、私は死んでませんよ。同じくらい仕事をしていたと思いますけどね」

若井の口調には、高橋に媚《こ》びるいやらしさが滲《にじ》んでいた。

「お前は、殺したって死なないだろう。だが野口はそうじゃなかったってわけだ。それを証明したいんだよ。敵さんはね」

高橋が『敵』という言葉を使った。

僕は二人のやり取りを聞いていて、正直、参ったと思った。佐代子の苦労が目に見えるからだ。高橋は佐代子やさゆりのことを『敵』と言った。それは反撃するということを意味している。高橋が本気で反撃したら、佐代子らはひとたまりもないかもしれない。

僕に出来ることは何かないのだろうか。しかしどう考えても何も出来ない。僕は見ているだけだ。高橋の耳元で、佐代子を苛《いじ》めるなと叫んでみたが、高橋は太い指を耳につっこんで、耳垢《みみあか》をほじくりだした。

「どうしますかね」

「原田に余計なことを言うんじゃないと口封じをしておけ。俺から言うと問題になるから、若井、お前から言え」

「分かりました。きちんと言い含めます」

「ところで野口の遺品には本当に余計なものがなかっただろうな。お前、きちんと調べたか」

僕の遺品を今ごろになって気にしている。何か心配事があるのだろうか。

「ええ、ガラクタばかりでしたよ。みんな奥さんに渡しました」

若井が、心配無用だと強調するように手を左右に振った。

「だったらいいが……」

高橋の顔が曇った。コーヒーカップを片手で潰《つぶ》した。

「何か気になることがあるんですか」

若井の首が高橋に向かって異様に伸びているかのようだ。

「いいや、なんでもない。しかし労災申請するだけじゃなくて、損害賠償ということにもなるだろうな、やっぱり」

「金が欲しいのでしょうか」

「そりゃあそうだろう。いくらあっても金は気にならないからな。俺だって、もし死ねば、女房に会社からふんだくれるだけふんだくれって遺言するね。俺にはそれだけの価値があるからとな」

高橋は強気の口調で言った。しかし浮かない顔だ。

それにしても佐代子が金の亡者のように言われているのには憤慨する。金のために労災申請や損害賠償請求を起こそうとしているのではない。

僕が働いた証《あかし》を求めているのだ。それにこのことで職場が改善されればいいと願ってもいる。決して金のためじゃない。世の中の人が誰もかれも金で動くと思ってはいけない。そうじゃない『義』のようなもので動くこともあるのだということを高橋も若井も知るべきだ。

それにしてもちょっと気になるのは高橋が意外と浮かない顔をしているということだ。僕の遺品に何か気になるものがあるのだろうか。僕も気になってきた。調べられるものなら調べてみよう。

「じゃあ、私は早速、原田をとっちめてやります」

若井が立ち上がった。

「あまり手荒なことはするな。俺は北村部長と話してくるから。その後、出かけて今日はこのまま戻らない」

「どこへ行かれるのですか」

「いちいち訊くな」

高橋は不機嫌そうに言って背を向けた。若井は、首を縮め押し黙りながら、その後ろ姿が消えていくのを眺めていた。

「いちいち訊くな、か。偉そうにしてるよ、全く……。しかし、高橋課長の命令じゃしょうがない。原田の奴をちょっと懲《こ》らしめてやるか」

何を思ったか若井は、立ち上がってコーヒーカップをゴミ箱に向かって投げた。カップはくるくると回転しながら、ゴミ箱に向かって飛んだ。しかし案の定、ゴミ箱には入らなかった。コーヒーカップがカラカラと音を立てて床に転がった。

「ったく、しょうがねえな」

若井はふてくされたように転がったコーヒーカップを見つめていた。

5

「ここまで来たら誠実に対応しないといけないな」

北村は言った。

「じゃあ弁護士に時間外が月百時間以上もありましたっていうのですか？」

高橋の口調は激しさを増している。

さゆりに対する対応方針で北村と高橋は対立していた。

「野口君の奥さんが正式に労災を申請し、同時にうちに対して損害賠償請求も行なうらしい。結局、説得が失敗した以上は、なんらかの妥協点を見つけて歩み寄るべきではないかと思う。その方が企業イメージの点でもいい」

北村はいつもの固い顔だ。にこりともしない。

「随分、部長は弱気になったものですね。労災申請させないように一生懸命動いていたのは、どこのどなたですか？　責任を取らねばならないのは人事部長のあなたですよ」

こんな事態になったのは、北村の責任だといわんばかりの勢いだ。

「責任の一端はある。でも全部じゃない。私はどうも野口君の奥さんに労災申請を諦《あきら》めろと言うのは気が進まなかった。あれは従業員の権利みたいなもので、我々経営側がどうにかするものではないだろう。それに今や過労死を認める流れになっている。大手広告代理店の若い社員が自殺したときも最高裁は過労自殺を認めた。長い裁判を闘って、その大手広告代理店の企業イメージが傷ついただけだよ」

北村は表情を変えない。もう態度を決めているようだ。

「だったら北村部長は、損害賠償も認めるっていうのですか？」

高橋の顔が歪んだ。

「うん、ある程度認めて、和解に持っていった方が企業イメージを壊さないで済むだろう。こういう労働裁判においてはマスコミは弱者である野口君の奥さんの味方だよ。だから無理に闘うことは得策ではない」

「野口は過労自殺なんかじゃない」

高橋が大きな声を上げた。唾《つば》が飛び、北村にかかった。嫌な顔をして北村はポケットからハンカチを取り出し、それを拭《ぬぐ》った。

「大きな声を出すのは止《や》めたらどうかな。パワーハラスメントで君が訴えられるよ」

「すみません。でも野口は絶対に過労自殺じゃない」

高橋は北村を睨むように見つめた。

「それを判断するのは、私ではない。労基署であり、裁判所だ。私たちは堂々としていればいいのだ。ちゃんと野口君の奥さんに協力して、整々とした態度をとっていればいい」

北村はハンカチをたたんだ。

「調査されることが良くない。もう野口の問題は終わりにしたいんですよ」

高橋は強い口調で言った。

「あのね。直属の上司だったから裁判などになったら面倒だなと思うのは分かる。でもね、相手が調査したいと決めたことを、もう今更止められないだろう。おかしいことを言うね。それとも野口君が過労ではなく、自分で覚悟の自殺だったという証拠でもあるのかね」

北村は高橋の上司を上司とも思わない傲慢《ごうまん》な態度に怒りを覚えているようだ。

「その覚悟の自殺とはなんですか？」

高橋が訊いた。

「今、君が野口君は過労ではないと言い張るからだよ。過労から精神をわずらって自殺したのでなければ、自分自身のトラブルから逃れるために自殺を選択したことになるだろう？　それ以外に何があるのかね」

北村は再び冷静な顔に戻った。

高橋が立ち上がった。どことなく落ち着きがない。

「何もないですよ。でも、野口側には勝手に協力しないでください。中村常務に面倒がかかるかもしれないですからね」

高橋が釘《くぎ》を刺した。

「中村常務個人の問題ではないと思う。私は、この際、野口君の奥さんの労災申請を梃子《てこ》にしてわが社の労働環境を改善出来たらと思っているくらいだ」

「北村部長が何を考えようと自由ですが、勝手に動かない方がいいですよ」

高橋は、どことなく覚束《おぼつか》ない様子で北村との話し合いを打ち切った。

どこに行くのだろう。なんだか心ここにあらずの様子だ。

「野口は過労なんかじゃない……」

高橋の呟《つぶや》きが聞こえてきた。取りつかれたような声だ。

僕は過労から精神をわずらって自殺したのではないのか。高橋はなぜそんなことを言っているのか。僕には、その瞬間の記憶がないから、なんとも言いようがない。今は、佐代子が過労自殺で訴えようとしていることを見守るだけだ。

高橋が言っているのは、僕を苛めたことを後悔しているという意味なのだろうか。過労自殺のなかには、「過大なノルマ」や「過度な精神的緊張」などから精神障害が起こるケースもあるという。そうなれば高橋が僕を苛めていた、いわゆるパワーハラスメントに当たる行為も僕の死の理由になるだろう。そのことを怖れているのだろうか？

高橋に苛められていたことは覚えている。いつも叱られていた記憶がある。特に死ぬ数日前は、何時間も問い詰められて、責められていた。それは僕が談合の記録を集めていたからだ。僕は大稜建設が談合をしていることが許せなかった。その記録をこっそりと集めていた。それが高橋の知るところになった。だから僕は仕事以外でもそのことに関して高橋に怒鳴られていた。

そういえば僕が集めた入札の記録など談合の資料になるデータはどうしたのだろうか。高橋に全て渡してしまっただろうか。ああ、思い出せない。

僕は、高橋から「何をしているんだ」と問い詰められ、「入札金額の参考にするためにこのデータを集めています」と答えた。本当は、それらの過去の入札データが談合の実態を表しているからだったのだが、そんなことを答えるわけにはいかない。だから僕はあくまで仕事の参考ですと言い張った。すると高橋は、僕をいきなり殴った。本当に殴ったのだ。僕は、吹っ飛んでしまった。左の頬骨《ほお》が砕けたのではないかと思ったほどだ。「何をするんですか」と僕は頬をさすりながら、声を張り上げた。すると高橋は、「嘘を言うな。お前何か企《たくら》んでいるのだろう。俺には分かっているぞ」と怒鳴り声を上げ始めたのだ。僕は必死で「嘘じゃありません」……。僕は高橋との言い争いに疲れ果てていた。もう何もかもどうでも良くなっていたことは事実だ。それで自殺したのではなかったのだろうか。徐々に思い出してきそうだが、まだ十分ではない。頭を地面で打ったときに、前頭葉など記憶をつかさどる部位が壊れてしまって、肝心なところの記憶がなくなったのだろう。

高橋は地下駐車場に降りて行った。誰かと車で出かけるらしい。しばらく待っていると、白いベンツが駐車場の中に入って来て、高橋の前に止まった。窓がするすると開く。

「高橋さん、乗りなさいよ」

ベンツの中から男が呼びかけた。あの天童だ。甘粕市長の元右腕だ。

「ご一緒させていただきます」

高橋が答えた。ベンツのドアが開いた。高橋が乗り込んだ。どこへ行くのだろうか？　僕は後をつけて行くことにした。

第六章　談合

1

前方に高い松の木が見えてきた。やっぱりと思ったが、「松乃屋」だ。

高橋と天童を乗せた白いベンツが玄関の前に横付けになった。

「ついたよ」

天童が言った。

「誰と会うのですか」

高橋の顔に警戒感が浮かんでいる。

「いいじゃないですか。来て見れば分かりますよ」

天童は余裕だ。

車のドアを女将《おかみ》が自ら開けた。

「先生、いらっしゃいませ。まあ。高橋さんもご一緒で」

「もう来ているか？」

「ええ、お座敷でお待ちです」

女将が笑みを浮かべた。

天童は、まっすぐ前を向き、女将の先導で歩き始めた。高橋はその後をいそいそとついていく。

高橋は、散歩につれ出された子犬のようだ。いつも威張っていたのに天童の前ではあまりにも卑屈な様子に驚くというか、少しがっかりもする。

「先生、先生」

高橋が天童の前に回りこむようにして言った。

「どうしましたか？」

天童が面倒くさそうに訊《き》いた。

「誰に会うのか、ちょっと教えてください。心配ですよ」

高橋の顔が情けなく歪《ゆが》んだ。

全く知らされていないようだ。きっと突然の呼び出しだったのだろう。鬼が出るのか、蛇《じゃ》が出るのか心配なのだ。

「さあ、着きましたよ。この部屋です」

女将が腰を落とし、襖《ふすま》を開けた。

「お待たせしましたね」

天童が大またで部屋の中に入る。

「いや、いま来たところですよ」

部屋の中から声が聞こえる。高橋はまだ中に入らない。首を伸ばして様子を探ろうとしている。

「高橋さん、そんなところにいないで入ってください」

天童が言った。

「失礼いたします。大稜建設の高橋と申します」

高橋は、部屋に入るなり膝をつき、正座をして、畳に頭を擦《こす》り付けた。

「伊吹《いぶき》です」

上座に座った男が、幾分かしゃがれた声を出した。

「伊吹先生……」

高橋は驚いたように目を丸くし、言葉を続けられなかった。

「高橋さんも伊吹先生の名前は知っていますよね」

天童の問いに、高橋は大きく頷《うなず》いた。

「お噂《うわさ》はかねがね。お名刺を頂戴してもよろしいでしょうか」

高橋は膝をついたまま、伊吹ににじり寄った。

伊吹はスーツのポケットから名刺入れを取り出し、一枚を抜いた。高橋は伊吹が差し出した名刺をうやうやしく頂くようにして、手に取った。

「私と天童さんとは高校の先輩後輩です。古い友人なんですよ」

伊吹は言った。

「でも驚きました。ここに伊吹先生がおられるとは、予想もしておりませんでした」

僕も高橋と同じ気持ちだ。伊吹がここにいることに本当に驚いた。

A市市議会議員の伊吹善一《ぜんいち》は、年齢的には四十五歳くらいだろう。精悍《せいかん》な顔立ちで女性有権者に抜群の人気があり、次期市長という呼び声も高い。もともと市政の無駄遣いを許さないと言う市民運動から政治の世界に入って来た。だから無駄遣いの象徴と思われている建設談合には最も厳しい目を注いでいる人物だ。

なぜ驚いたか。それは甘粕市長に公共事業の一般競争入札を迫った張本人だからだ。どちらかというと指名競争入札の方がいいと思っていた甘粕市長を厳しく批判していた。その結果、市民体育館は一般競争入札になったのだ。その点からすれば、甘粕市長の秘書だった天童とは敵同士といっていい。同様に大稜建設にとっても敵なのだ。

敵同士が一つの部屋にいる。

「伊吹先生に大稜建設の要請を聞いてもらおうと思いましてね、今日、無理やりお呼びしたのです」

天童が言った。

「それは恐縮です」

高橋は神妙な顔をした。

「さて弁当でも食べながらにいたしましょう」

天童は目の前の折り詰め弁当の蓋《ふた》を取った。豪華な食材がきれいに盛り付けられている。

「これは美味《うま》そうだ。さすがは松乃屋ですね」

伊吹が頬を緩《ゆる》めた。

「ねえ、伊吹先生、ここにいる高橋さんは大稜建設で最もやり手の社員ですよ。彼には僕はひとかたならぬお世話になっています」

天童が刺身を口に入れながら言った。

「よく分かっています。甘粕市長の選挙では大稜建設さんが一生懸命活躍されておられますからね」

伊吹が煮物に箸《はし》をつけた。

「ところが甘粕は不義理をしてしまったってわけです」

「一般競争入札にしたことですね。あの市民体育館を……」

「伊吹先生のご活躍でね。これで大稜建設に仕事が入ってくる確実な保証がなくなりました。また建設費が必要以上に安く抑えられてしまうので採算も悪化してしまう可能性があるようなのです」

「今までは談合していたのですから、高い工事を取り放題だったわけでしょう？」

伊吹が鮪《まぐろ》の赤身を大葉にくるんで食べた。口元がわずかに歪んだのは、自分の言葉に皮肉を込めたつもりだからだ。

「伊吹先生は、すぐに私たち建設業者を談合屋と悪口を言われますが、私どもは市のお仕事にどこよりも誠意をもって対処しております」

高橋は箸を置いて、抗議口調で言った。

箸を置いたのは、物を食べながらでは失礼に当たると思ったのだろう。

「まあまあまあ」

天童がとりなした。

「今日は、喧嘩《けんか》をしてもらうためにお引き合わせしたのではありませんよ。大稜建設さんに伊吹先生が頼みたいことがあるそうです」

「頼みたいことですか？」

高橋は訊き返した。

「そうです。君のところの会社に頼みたい事があるらしいのです」

天童は、伊吹に顔を向けた。

「大稜建設さんとは対立していると世間では思われていますが、この辺りで和解したいと思いましてね……。選挙などに費用が嵩《かさ》みすぎたものですから」

伊吹は弁当を食べながら言った。高橋の顔を見なかった。

「私、耳が悪くなったのでしょうか？　伊吹先生が私どもと和解？　あれほど一般競争入札がいいと市長に迫っておきながらですか？」

高橋は耳に指を突っ込んで、露骨に嫌な顔をした。

高橋が怒るのも無理はない。伊吹は議会で甘粕市長に、市の公共事業の入札に対して疑問をぶつけ、その際に大稜建設と癒着《ゆちゃく》しているのではないかと迫ったのだ。市長は、伊吹の追及から逃れたい一心で入札方法の変更に流れを切った。そのため指名競争入札から一般競争入札に変更となってしまった。

「高橋さん、あなたのお怒りは分かります。しかし、伊吹先生の話も聞いてあげてくださいよ」

天童はもう弁当をすっかり食べ終え、茶を飲んでいた。

「選挙で随分と金を使いましてね。その後、女房と離婚などもあり慰謝料やらがなにかと嵩んでしまいました。支持者に応援を頼んだのですが、結局大して集まらなかった。そのはずです。あまり僕が市政の透明性を迫ったものだから、民間企業も、建設、飲食、贈答などそれまで景気のよかったところが軒並み厳しくなって、節約し始めたんですよ」

伊吹が、小さくため息をついた。

「当たり前です。全てとは言いませんが、市の職員さんは宴会さえしなくなりましたからね。不景気になるしかないじゃないですか」

高橋は、食べ終わってはいないが、とっくに箸を置いている。

「建設なども公平性、透明性を言い出したものですから市民体育館ばかりではなく、他の公共事業も市外の業者、たいていは大手ゼネコンですが、そうしたところが受注するようになってしまった……」

伊吹は言った。

「小さな修理にまで大手ゼネコンが来ていますから……」

高橋が言った。

「地元業者もジョイント・ベンチャーで事業に参加することもありますが、少ない予算の仕事なら、上前《うわまえ》を大手にはねられるだけ。以前の方が、利益が上がったと地元業者は困っているのです。それは僕の支持者も同じなわけです」

「伊吹先生の主張した市政の透明性の流れは変わらない。しかし多少、過激にやりすぎたのですね」

天童がにこやかな笑みを浮かべた。

僕は伊吹善一の顔を一生懸命見つめたことがあるのを思い出した。

実は、最初にこの部屋で伊吹を見たとき、なぜかその顔にひっかかるものがあったのだ。だが少しも具体的なことを記憶していない。しかしようやく思い出した。選挙ポスターだ。伊吹が満面の笑みを浮かべて拳《こぶし》を突き出している威勢のいい姿が写っていた。それを僕はじっと見つめて、彼に投票したことを思い出した。

なぜ僕がその当時、大稜建設に敵対する伊吹に投票したのだろうか。そのときの気持ちははっきりとしないが、会社のやり方に不満があったのだろう。そして伊吹に期待をかけていたに違いない。

「離婚されたのですか？」

高橋が興味深げに訊いた。

「ええ、政治家の妻が嫌だったみたいですね」

伊吹が暗い顔になった。

「大変ですね」

「仕方がないですよ。これぱっかりはね」

「分かりました。これからは積年の恨《うら》みを乗り越えて、伊吹先生を応援する方向で考えましょう。ただ、私だけの一存では……担当常務や社長に相談しませんと……」

高橋は何度も頷いた。

「かたじけないです。ご検討をよろしくお願いします」

伊吹が頭を下げた。

「もちろんその見返りというわけではないが、伊吹先生は地元業者に市の予算が使われるようなルールを提唱する考えです」

天童が言った。

「今さら何の腹案もなしに指名競争入札に戻せとは言えないので、何らかの戦略に基づいて市長に迫るつもりです」

伊吹が胸を軽く叩いた。

「なんとかしてください」

高橋は、やや居丈高《いたけだか》に言った。

伊吹が少し上目遣いになり、「そういえば大稜建設の社員の方から連絡をもらったことがありますね。談合の資料を提供しますって……」と思い出したように言った。

「えっ」

高橋が悲鳴を上げた。

「結局連絡は途絶えてしまいましたが、それを手に入れていれば、今回の交渉材料になりましたね」

伊吹が残念そうに言った。

「その社員、名前はなんと言いましたか」

高橋が焦《あせ》って訊いた。

それは僕だ……。僕は伊吹に接触を図ろうとした。伊吹に電話をしたのだ。伊吹が正義の味方だと思っていたから……。

2

「平成九年六月十五日の日曜に私は野口哲也と結婚しました。式の前日は、しとしとと雨が降っていて、当日の天気が心配だったのを覚えています。

でも主人が、『ジューン・ブライドだからお嫁さんが悲しむようなことにはならないよ』と言ってくれました。本当にその通りで当日は梅雨《つゆ》とは思えないほどの晴天になりました。神様が祝福してくださっているのだと思いました。

主人が二十九歳、私が二十四歳です。私たちは、このA市で生まれ、育ちました。幼馴染《おさななじみ》です。野口は幼い頃から真面目で正義感が強く、私の憧《あこが》れでした。絶対にお兄ちゃんと結婚すると言って、主人を当惑させていたものでした。主人は、本気にしていなかったかもしれませんが、私は本気でした。

夫となり、父親となってからの主人は強くて、優しくて、本当に素晴らしい人でした。私は、心底この人と結婚出来たことを幸せに思いました。

結婚の翌年には長男の徹が生まれ、それから四年後には長女の美奈が生まれました。

主人は、子煩悩《こぼんのう》とでも言うほど子供好きで、仕事で遅く帰って来ても必ず真っ先に子供の顔を見ておりました。

夏はプールや海水浴、冬はスキーにと家族でいつも一緒に行動しました。主人は、家族旅行が大好きでした……」

佐代子は、恥ずかしそうに自分の書いた文章を読んでいた。

そばではさゆりが目を閉じて聞き入っている。

「どうですか?」

「いいですわ。いいですよ。情感がこもってますね。その調子で書いてくださいね」

「裁判所に出すと言われたので緊張します」

「ありのままの思いをつづってもらえればいいんですよ。変に飾ったりしなくていい。真実が伝わればいいのですから」

さゆりは強く言った。

僕は佐代子が朗読するのを目を閉じて聞いていた。

思い出が蘇《よみがえ》ってきて、少し涙が滲《にじ》んできた。

佐代子と初めて会ったのは、いつのことだっただろうか。彼女の両親と僕の両親が、とても親しくてよく行き来していたから、自然と兄妹のように親しくなってしまった。

佐代子はおとなしくて泣き虫だった。近所の飼い犬に吼《ほ》えられたときなどは、僕の後ろに逃げ込むように隠れて、目に一杯の涙を溜《た》め、「お兄ちゃんがいるんだぞ」と大声で言った。それで犬が黙ったりすると、もう大変だ。「やっぱりお兄ちゃんは強い」と大騒ぎした。

僕に向かって、「絶対にお兄ちゃんのお嫁さんになる」と言ったときには、僕は笑った。「そんな遠い将来のことは約束出来ないよ」って答えた。その答えに佐代子が泣き出して、僕は当惑した。「わかったよ。約束する。結婚しよう」と僕は佐代子を宥《なだ》めることだけを必死で考えていた。母親から、「佐代子ちゃんを苛《いじ》めたの」と叱られたくなかったからだ。

佐代子は、急に泣き止み、顔一杯に笑みを浮かべた。

「絶対だよ。絶対だよ。私、お兄ちゃんと結婚するんだからね」

佐代子は小さな小指を僕の小指に絡《から》ませて、ちぎれるほど振った。

僕と結婚しない方がよかったね。こんなに早く悲しい別れがあるなんて、そのとき想像もしなかった。遠い将来のことなんか、本当に誰にも分からない。

「すこしずつ書いていきます。全部一挙に書いてしまうと、なんだかそれであの人との思い出が終わってしまいそうで……。たった何枚かの便箋《びんせん》の中に納まってしまうのかと思うと、やりきれなくなってしまうのです」

佐代子が原稿を畳んで、封筒に入れた。

「その気持ち、分かります。裁判所に提出する陳述書ですから、訴訟を提起するまでに書き上げてください。その中には、ご主人が精神的に追い詰められておられた様子なども織り込んでくださいね」

佐代子が書いているのは、損害賠償請求をする訴訟の陳述書なのだ。いよいよ大稜建設との闘いが始まるのだが、順調に準備は進んでいるのだろうか。

「時間外勤務の記録表さえ提出してくれなかったですね」

佐代子が眉根を寄せた。

やはり大稜建設は非協力的なのだ。

「そこはなんとかビルの管理会社のデータを入手しましたが、誰が最終退出者なのかが、いまひとつ明確でないのです」

さゆりが髪の毛を掻《か》き上げた。

「どういうことでしょうか」

「ビルは、大稜建設の持ち物で管理も関係会社が行なっています。毎晩、同じ人間が最終退出者になると、その者の時間外勤務手当が跳ね上がることになります。そこで常時、書き換えが行なわれているのです。仮に野口さんが毎日、最終退出していたとしても、野口さん以外の人の名前が書かれているということです」

「ひどい……」

「許されないことですが、これは管理会社がやっているというより、社員の人が上司ににらまれないために自主的に別人の名を使ったりしているのです。ですから野口さんの名前もあるのですが、本当に野口さんかどうかがはっきりしないのです」

確かにひどい。でも毎日、同じ人物が最終退出者になって、その人物の時間外勤務手当が異常なほど膨《ふく》らむと、人事部に呼び出しを受け、カットさせられるのだ。そこで文句の一つでも言おうものなら、もう大稜建設の中でサラリーマンとして浮かび上がることはない。

だから僕たちはいわゆる自主的に別人の名前を使って記録に自分の名前をあまり残さないようにしていた。こうするとタイムカードもないから、本当にその人物の勤務実態は分からない。

「先日、人事部にうかがったとき時間外勤務記録表を提出出来ないとおっしゃった北村部長はかなり苦しそうでしたね。人事部の直接の担当者はひどく官僚的でしたが……」

佐代子が言った。

「あの方の顔は、協力したいが、立場上無理だ、すみませんという顔に見えた気がするんですよね」

さゆりが言った。

「先生、もう一度、あの北村さんに頼んでみましょうか」

「期待しないでくださいね」

さゆりが無理やり笑みを作った。

「しかしショックだったのは原田さんですね」

さゆりが憤慨した口調で言った。

真由美ちゃんがどうしたのだろうか。なにかあったのだろうか。僕は聞き耳を立てた。

「野口さんの勤務状況をお聞きしたいというと、泣きながらことわってきたんですもの。驚きましたね」

「あんなに元気に協力しますって言ってくれていたのに……残念です」

「きっと会社から何かガッツーンと言われたんですね。よくあることです」

さゆりは鼻をフンと鳴らした。

「もう駄目なんでしょうか」

佐代子が沈んだ声で言った。

「大丈夫ですよ。原田さんもいつか必ず協力してくれますよ。もう少ししたらまた頼んでみますから。今度は会社への怒りを燃え滾《たぎ》らせて、話してくれますよ」

「そうだといいのですが……」

佐代子が悲しそうに呟いた。過労死、それも自殺ということになるとなかなか労基署への申し立てや、裁判に訴えることは困難が伴うのだ。でもそれを乗り越えて欲しいと僕は切に思った。

佐代子に伝えなくてはいけないことがある。とても重要なことなんだ。

市内の高級料亭「松乃屋」で高橋と天童とが、ある人物と会っていたんだよ。誰だと思う。市会議員の伊吹善一だ。

驚いただろう。君がとても評価していた市会議員さ。僕は、死んでからどうも記憶がはっきりしないけど、彼の顔をじっと見つめて彼に何かを頼もうと考えていたことを思い出したんだ。

そのとき、彼が、こんなことを言った。自分のところに大稜建設の談合を告発したいと申し出て来た社員がいるという話だ。

実は、それは僕のことなんだ。

3

高橋は伊吹を見つめていた。箸を握り締めたままだ。傍目《はため》にも異常なほど緊張した顔になっている。

「高橋さん、どうしたのですか。食事が進んでいないようですが」

天童が笑った。

「いえ、今、伊吹先生がおっしゃった内部告発者のことが気になりまして」

高橋は、やっと息を吐き、天童に顔を向けた。

「心配しないでいいでしょう。結局、ガセだったのでしょう。伊吹先生も何も談合の資料を入手したわけではないのですから」

天童はデザートに用意された饅頭《まんじゆう》に竹製の菓子楊枝《ようじ》を入れた。

「高橋さん、私は大稜建設を脅そうと思って言ったのではありません。ふと思い出しただけで、その人物からは、その後、連絡もありませんし、何を手に入れたわけではありませんからね。恐らくその人物は、私が市の無駄遣いをチェックする市民運動グループを主宰しているので告発するつもりだったのでしょう」

伊吹は、弁当もデザートもすっかり食べ終えていた。

天童のようなフィクサー的人物と一緒に食事をしてご飯粒の一つも残さないというのは、伊吹がなかなかの玉だという証拠だ。ただの市民運動家出身というだけの政治家ではない。相当な野心家だ。

「何も伊吹先生が、そんなことをなさるとは思っておりませんが。どういう電話だったかということをもう少しご記憶がないかと思いまして……」

「夜、事務所で仕事をしているときのことでした。五月の終わりか六月の初めでしょうかね。電話がかかってきたのです。男の声でした。大稜建設の談合のことについてお話がありますというのです」

「大稜建設の社員だと名乗りましたか？」

「ええ、私が問いかけましたら、社員だと言いました。周りには人がいない様子で淡々と話していましたよ」

伊吹の言うことを聞いていて、僕はだんだんと記憶を取り戻し始めた。

三日間、家にも帰らずに仕事をしていたときのことだ。僕は大稜建設の談合資料を纏《まと》めていた。勿論《もちろん》、市民体育館の建設プランを練っていたのだけれどもその合間を縫って作業を進めていた。

僕はあらかた纏まった資料を見て、ふとこれをどうしようかと迷った。捨ててしまってもいい。こんなことを始めた動機は高橋課長へのあてつけだった。動機があまり崇高じゃない。私憤で大稜建設の談合を暴くなんて、僕には似つかわしくない。でもせっかく一般競争入札という公平なルールになったのに、それを覆《くつがえ》そうとする高橋課長や中村常務に対して怒りが燃えていたのは事実だ。なぜって、勝てるプラン作りを命じながら、一方で談合して、僕のプランを無視しようとするのだから怒るのも当然だろう。

僕は建設会社の社員だ。談合が全て悪いなどと杓子定規《しゃくしじょうぎ》なことは言わない。だって大きな公共工事は、何年も前から役所と僕たち建設業者が一体になって進めなければ、うまく行かない。どんな工事にするとか、どういう建物を作るとか、そんな相談を何年も続ける。

利益のためではない。癒着しているからでもない。純粋にいい建物を作りたい、いい工事をしたいと思っているだけだ。

利益だって、水増しするわけではない。むしろ建設業者の方が持ち出しのことが多い。昔は役所にも建築の専門家がたくさんいた。彼らから民間の僕たちが教えてもらうことも一杯あったようだ。でも今は、そういうことは少ない。役所に専門家が少ないために、どうしても僕たちの仕事の負担が増える。コストも持ち出しになる。

そこまで役所と一体になって努力したものを、一般競争入札で安値を入れたどこの馬の骨とも分からない業者が仕事を獲《と》っていく。それも市とは全く関係のない建設業者だ。こんなことが許されていいのだろうか。それは利益が欲しい、仕事が欲しいというだけの建設業者なのかもしれないんだ。

本当にそれでいいのか？

僕たちは、そんないい加減な建設会社ではない。真面目にやっている。利益を度外視してやっている。それなのに世間はまるで僕たちが税金を貪《むさぼ》り食っていると思っている。談合は、税金の無駄遣いの象徴だと騒いでいる。

あれ？

こんなことを言うと、僕は談合容認論者みたいだ。そうではない。それでも談合は駄目だ。

どこが一番駄目かと言うと、少なくとも僕のプライドが堕《お》ちてしまう。談合なんかしなくても十分に仕事を評価してもらった上で、発注してもらえるはずだ。

確かに今は安ければなんでもいいという風潮はある。しかしそれがいいと思っている人ばかりではない。いい仕事をしてくれる建設業者に正当な価格で仕事を発注したいと思っている人も多い。

ところが談合すると、そういういい人たちの声は無視されてしまう。談合の結果、いつも順番に仕事をしていては、僕たちは少しも成長しない。日々の努力が無になってしまうんだ。

長期間、役所と相談して進めてきたプロジェクトでさえ、談合の結果、なんにも実力のない建設業者が最終的に工事に参加することがある。これはどうみてもおかしい。これこそ税金の無駄遣いだ。

僕の仕事を正当に評価してもらいたい。だから談合は許せないんだ。僕の仕事に対するプライドを保つためには談合を許すわけにはいかない。

ここまで考えて、僕は受話器を摑んだ。あらかじめ調べてあった伊吹の事務所の電話番号を押した。

「大稜建設の談合の実態を纏《まと》めたデータを持っていますって、その社員は言った。私は興奮しましたね。これはいい。このデータを手に入れれば、お宅を議会で追及出来ますからね」

伊吹は弾んだ声で言った。

高橋が苦しそうに顔を歪めた。

「そのデータを私に提供してくれるのですかって聞きました」

伊吹が高橋の顔を見た。

高橋もまた伊吹を見つめ返していた。

「渡します、と彼は言いました」

「それで？　どうやって渡すと？」

「電話が切れたのです。人が来たんじゃないでしょうか。先ほどまでの淡々とした口調ではなく、少し慌てた様子で『また連絡します』と言って、ガシャリです」

伊吹は受話器を置く真似をした。

「それ以降、連絡は？」

高橋は身を乗り出すように訊いた。

「ないですね」

伊吹は悔しそうに言った。

「そうですか……」

高橋が呟いた。

「彼が話していた談合のデータを欲しいですね。もしもう一度連絡があったらデータを入手した上で、必ず高橋さんと相談します。何せ陰の支援者になっていただいたわけですからね、大稜建設は」

伊吹はふてぶてしそうに笑った。

「伊吹先生も悪い男だ。市民運動家としてピュアなイメージで売ってる政治家なのに高橋さんを脅すのですからねぇ」

天童も豪快に笑った。


僕は、伊吹の顔に唾《つば》を吐きかけてやった。こういう男が一番嫌いだ。表と裏がある人間だったのだ。こんな人間だとは思わなかった。

僕が彼に談合のデータを渡していたらどうなっていたのだろうか。彼の恐喝《きょうかつ》の手段に使われていたのだろうか。

「私とこうして出会う前にそのデータを入手されていたら、伊吹先生はどうなさいましたか」

高橋は訊いた。

「さあ、どうしたでしょうね。裏づけ調査をして議会に出したでしょうかねぇ」

伊吹は天童を見た。

「伊吹先生は私に相談してくれたはずですよ」

天童が茶をすすった。

「そうですね。天童先生にご相談したでしょうね。そのご指示に従ったはずです」

伊吹は答えた。

僕は力を落とした。もし僕が勇気を奮《ふる》って伊吹に談合を告発したとしても、それは握りつぶされた可能性が高い。伊吹は市民運動を金儲《もう》けに変えてしまう食わせ者なのだ。

「その後、その社員はどうなったのでしょうね。一向に電話をかけてよこしませんが」

伊吹が高橋の顔を覗き込んだ。

「もう連絡出来ないんじゃないですか」

高橋が投げやりに言った。

「さすがだ。社員を特定して、クビにしましたか」

伊吹は感心したような顔で言った。

「死にました」

高橋は消え入るような声で答えた。

「えっ」

伊吹が驚いた声を発した。

「自殺したんです」

高橋が硬い表情で答えた。

「理由は？」

伊吹が訊いた。

「分かりません」

高橋は憮然《ぶぜん》とした。

「市長のせいで自殺したと中村常務が言っていましたが、その社員がそうなのですか」

　天童が訊いた。

　高橋は小さく頷いた。

「市長のせいで自殺？　何のことだか分からない」

　伊吹が怪訝《けげん》そうな表情で高橋を見つめた。高橋は何も答えず、眉根を寄せていた。

　佐代子、聞こえるかい？

　高橋課長は、フィクサーの天童と組んで伊吹を仲間に入れ、市民体育館建設をもう一度指名競争入札という名の談合に戻そうとしているのだ。

　いや、高橋課長が主になって進めているのではない。伊吹自身が、高橋を引き込んでいる。

　どちらでもいい。いずれにしてもせっかく談合廃止の流れが出来、市の財政が透明性を帯びてきたのかと思っていたら、案の定、逆戻りだ。これは許してはならないと僕は思う。

　一つだけ大事なことを思い出せないんだ。伊吹に電話をしていたとき、誰かが部屋に入って来たんだ。だから慌てて僕は電話を切った。その誰かを思い出そうとしているのだけれど、ぼんやりとしていて輪郭が見えてこない。

焦ることはない。徐々に思い出せるはずだ。

4

「どこかに野口さんが帰って来た時間を記録していませんか？」

さゆりが訊いた。

「カレンダーとか家計簿とか、ですか？」

佐代子が訊いた。

「そうです。そういうところに夫の帰宅時間を書いておくというのはいいことなのですが、やってませんか？」

「残念ですが……」

「そう、仕方がありませんね。このビルの管理表だけではねえ。よく分からないんですよ」

さゆりが困った顔で言った。

「そうなると人事の記録か、中の人に聞く以外にないのですか」

「過労自殺は、精神的な疾患を引き起こす恒常的な長時間労働が問題になります。目安とすれば、発症前一ヵ月ないし六ヵ月間にわたって、一ヵ月あたり概《おおむ》ね四十五時間を超える時間外労働。発症前一ヵ月間に概ね百時間または発症前二ヵ月間ないし六ヵ月間にわたって、一ヵ月あたり概ね八十時間を超える時間外労働。ざっとこんな具合ですね」

「あの人の帰宅時間などから考えると、それくらいの時間外労働はあったように思います。勿論《もちろん》、サービス残業ですけれど」

「認定基準は、一日八時間労働と考えているんです。従って平日の時間外が平均三時間として二十二日で六十六時間。土曜を二回出勤していれば八時間を二日間で十六時間。合計八十二時間。これを二ヵ月間続けていれば精神疾患と過重労働との因果関係は強いと言えるんです」

「あの人、死にたいとか、自殺するとかは私の前で言ったことはないんです。疲れた様子で辛そうにしてはいましたが……」

佐代子は暗い顔になった。

「家族にはそういう顔を見せなかったのかもしれないですね。でも辛い理由は何かって言っていなかったんですか？」

自殺は精神的疾患が原因で起きることになる。その原因が過重勤務ということだから、さゆりにしてみれば僕が明確に鬱病《うつびょう》的な症状を示していて欲しいだろう。

「普段は仕事の愚痴なんて言わないのに、プライド、誇りがもてないと珍しくぼやいていたのを思い出します」

佐代子が真剣な顔をさゆりに向けた。

「プライド？」

さゆりが訊き返した。

「主人が一生懸命、積算し、プランを立てても結局は工事が談合で決まってしまう。今回はA建設、次回はB建設という具合になるんだそうです。自分はなんのためにやっているのだろうかってよく言っていました」

「談合は社会的にも批判されているから、現場としたら何をやってるんだろうという気持ちになるでしょうね。好んで談合に手を染めていたのではないはずですから」

「勿論です」

佐代子が少し声を荒らげた。

「そうだとしたらいやいや仕事をしているうちに死にたくなったのでしょうか」

「さあ、どうでしょうか。私はあの人が精神的に追い詰められていたとは思えないのです。でももし追い詰められていたのなら、どうして気づいてあげられなかったのか。そればかり悔やまれて、自分を責めてしまいます」

佐代子は憂鬱そうに顔を伏せた。

「もしかするとパワハラかもしれません」

さゆりがぽつりと言った。

「パワハラ？」

佐代子が首を傾《かし》げた。

「職場の立場を利用した苛めですね。上司による苛めで自殺に追いやられたケースもあるんですよ」

「そういえば、あの人、高橋課長とはあまり折り合いはよくなかったみたいです。夜中にうなされていたのを聞いたことがあります。突然、眠ったまま喧嘩をはじめることがありました」

「パワハラの視点でも調査してみる必要がありますね」

さゆりが言った。

佐代子は、さゆりの話を聞きながら、書きかけの陳述書にじっと目を落としていた。

「あの人は、亡くなる前の三日間、家には帰って来ませんでした。仕事、仕事の毎日で、それ以外の日も遅く帰って来るのが普通でした。どうしてそんなに命を削るように仕事をしていたのか分かりません。それなのに亡くなると、大稜建設の方は、『彼だけが忙しかったわけじゃない』『そんなに悩んでいるとは思わなかった』と言います。挙句《あげく》の果てには『荷物を早く引き取って欲しい』と言いました。会社ってなんでしょう？　働くってどういうことなのでしょう？　彼は何がしたくてあんなに働いていたのでしょう？　私には分からないことばかりです。ただ私や徹や美奈、家族にとってかけがえのない命が失われたことだけは事実です。今でも残念でならないことがあります。それはどうして私は会社に乗り込んで、あの人を会社から家庭に奪い返してこなかったかということです。このことが悔やまれます。会社は、あの人が亡くなっても何事もなかったように続いています。きっとあの人の仕事を誰か他の人が埋め合わせしたのでしょう。でも家族は違います。大きな空洞が空いたままです。あの人のいなくなった場所をだれも埋め合わせすることは出来ません。そのむなしさ、寂しさ、悲しさを大稜建設の人たちにも分かってもらいたいと思います」

佐代子は淡々と話した。

「佐代子さん、今、話した思いをその陳述書に書いてくださいね。しっかりと書いてくださいね。命の尊さを分かろうともしない連中に、あなたの思いが届くように」

　さゆりが佐代子を励ました。

「はい」

　佐代子が勢いよく返事をした。

　僕は、じっと佐代子を見つめていた。涙が止まらない。まだ佐代子は自分を責め続けている。そんなに責任を感じなくていいと大きな声で言ってやりたい。

　ところで僕は大事なことを佐代子に伝えなくてはならない。もう喉《のど》まで出てきているんだ。だけど形にならないし、伝えられない。

　伊吹に談合のデータを渡すつもりだった。それは本当だ。僕は彼を信用していた。だって市民運動家だ。正義を貫いてくれると信じていた。まさか裏で市長派の天童、そして今回、高橋ともつながるような奴とは思ってもいなかった。

　今となっては彼に談合データを渡さなくてよかったのだけれども、だったらそのデータはどこにあるのだろうか？

　あの三日間、僕は市民体育館の積算資料を作りながら、一方で談合データを収集していた。同業者の会の議事録、各社への入札価格の指示などだ。それらをスキャナーでパソコンに取り込み、それを確かＵＳＢメモリーに保存したのではないかと思う。

パソコン内のデータはUSBメモリーに保存の都度《つど》、きれいに消去した。もしも高橋に見られたら大変なことになるからだ。

ここまではようやく思い出した。でもその先が思い出せない。何かとても恐ろしいことがあって、それが記憶の再生を邪魔している。生きているときは、嫌なこと、恐ろしいことを真っ先に思い出したものだけれども死ぬとそうではないらしい。生前の嫌なこと、恐ろしいことは忘れるようになっているのだろう。

佐代子や徹、美奈たちと海で泳いだことなどの楽しいことは思い出すことが出来る。美奈は、波が寄せてくるのを怖がってなかなか海に入ろうとしない。無理やり僕がおんぶして海に入ると、肩の上で激しく泣き出した。佐代子が、「泣かないで」と言っても駄目だった。徹が、「泣き虫」とはやし立てた。僕は、美奈を肩から下ろし、泣いているのを構わず体を半分だけ海につけた。美奈はまだ泣いていた。小さな波が来た。その波にあわせて美奈の体を揺らした。するとどうだろう。美奈は泣きやんで、波とダンスでもするように僕の腕の中で動き出した。顔に笑みが戻った。僕は、「どうした？　怖くなったのか？」と聞いた。すると美奈はにっこりとして、「海の水がとても温かいの。それに波さんが怖がらなくてもいいよと優しく撫《な》でてくれたの」と言った。美奈は海の精と話をしたに違いない。僕は、嬉《うれ》しくなって小さな波が来るたびに、美奈の体を揺らしたものだ。頭上には太陽が輝き、風は僕たち家族の火照《ほて》った体を心地《ここち》よく冷やしてくれた。

　こんな楽しいことは細部まで思い出すことが出来る。でもそのデータを保存したUSBメモリーがどこにあるか思い出せない。このUSBメモリーは彼らを懲《こ》らしめる大事なものだ。ぜったいにどこにあるか思い出して、佐代子に伝えるからね。

「ビルの管理会社のデータから、野口さんの退社時間を推定するしかないですね。弱いけど仕方がありません。原田さんにもう一度頼んでみようかな」

　さゆりがボールペンを指先で器用にまわした。

「会社の人って、会社に不利なことを証言するのは難しいのですね。たとえそれが社会正義であっても……」

「そうですね。正義を貫いた結果、個人的には不利益になることが多いですから。例えば内部告発は、公益通報者保護法と言って内部告発をした人が不利益を被《こうむ》らないように保護する法律が出来ているけれど、それでもなかなか守られないようですね」

　さゆりが顔を曇らせた。

「私の裁判に協力することで、働く人の環境が改善されることになっても難しいのですね」

佐代子が言った。

「仲間はずれにされてしまう恐怖心があるのだと思います。それぞれの個人が会社に対して自立しないと、本当にいい会社とは言えないでしょう」

さゆりは強い口調で言った。

「すみません……」

誰かが事務所にやって来た。

「はい」

吉良が立ち上がった。

「今日は、依頼人は誰も来ないはずなんだけどな」

さゆりが首を傾げている。

予約なしの突然の来訪者だ。弁護士事務所は、変な客も多いから佐代子、気をつけろ。僕は佐代子に寄り添った。

「大稜建設の北村さんがお見えになりました」

吉良が男を案内して来た。

「北村さん！」

佐代子が驚いて、声を上げた。

やって来たのは人事部長の北村だった。暗くて固い顔をしている。

「突然、お邪魔して申し訳ありません。ご自宅にお電話してもご不在でしたので、藤堂先生のところにおられると思ったものですから」

北村は深く頭を下げた。

佐代子は北村に決していい印象を持ってはいない。北村本人の思いとは裏腹に、会社の代弁者として佐代子に労災申請を思いとどまるように何度も言っていたからだ。

「どうなさいましたか？　まだ何か私に言いたいことがあるのでしょうか。労災申請を止めろという相談なら受け付けませんよ」

佐代子は厳しく言った。

北村は、ふっと軽く微笑《ほほえ》んだ。

「今日はそうではありません。実は転勤になりました」

「転勤ですか？」

佐代子は意表をつかれたように聞き返した。

「北村さん、何をしにいらしたのですか」

さゆりが訊いた。

「転勤のご挨拶のようですよ」

佐代子が答えた。

「はあ、転勤？」

さゆりもどう反応していいのか分からないような顔をした。

大稜建設の人事部長が、わざわざ転勤の挨拶に来たのだ。一体どうして？　そう思うのも無理はない。いくら社員が自殺をしたときの人事部長だからといって、会社の責任を追及しようとしている佐代子とさゆりに何を挨拶しようというのだろうか？

「どちらへ行かれるのですか？」

佐代子が訊いた。

「大稜建設の子会社の資材会社で大稜資材という会社です」

北村は答えた。

「それはご栄転おめでとうございます。社長か何かで行かれるのですか」

「いえ、ただの平取《ひらとり》です。それも営業担当です。左遷ではないでしょうか」

「左遷？　それを言うためにわざわざこちらへ来られたのですか」

さゆりが呆《あき》れたような顔をした。

「いえ、そうではありません。私はどうしても自分が許せなくなってしまったのです。野口君を殺したのは私です。申し訳ありませんでした」

北村は、突然、膝をつき、正座をすると床に頭を擦り付けるまで頭を下げた。

「えっ」

佐代子とさゆりが同時に絶句した。そばにいる僕も何がなんだか分からなくなった。北村は何を言っているのだ。僕は呆然と北村の丸くなった背中を見つめていた。

第七章　協力者

1

「どうぞ顔を上げてください」

佐代子は北村のそばに駆け寄って声をかけた。動揺していた。「野口君を殺したのは私です」という北村の言った言葉の意味が分からないからだ。

「そんなところに座っていたら、わけが分からないですからね。まあ、こちらで話をうかがいましょうか」

さゆりの顔には戸惑いが表れている。

北村がゆるゆると立ち上がった。首を深く、うなだれている。

「突然、お邪魔してすみませんでした。それではお時間をいただきます」

「さあ、どうぞ、こちらへ」

さゆりは北村を応接室の中に招じ入れた。

「先生、私、お茶の用意をお手伝いしてきます」

佐代子が言った。

僕は、ちょっと嬉しくなった。佐代子は、来客にお茶を淹れるほど、この事務所と馴染《なじ》んでいることが分かったからだ。

「お願い出来ますか。給湯室の場所、分かります？」

「ええ、大丈夫です」

佐代子は流しに行った。

僕は、そのまま応接室に留《とど》まって北村を見ていた。

「さあ、なんでもお聞きしますよ。すぐに野口さんが戻られますから、一緒にお話をうかがいます」

「分かりました」

北村は左遷されたと言った。大稜資材の取締役ということだが、確かに人事部長から行くポストではない。

大稜資材は建築材料などを調達する会社で、大稜建設の重要な子会社の一つだが、それほど大きな規模ではない。重要な建築資材は大稜建設が直接仕入れるため、大稜資材はどちらかというとこまごまとしたものを扱っている地味な会社だ。どうせ子会社に行くなら大稜住宅販売や大稜不動産などが規模も大きく、華やかでいい。人事部長として、それなりに将来を期待されていた北村が左遷という言い方をするのも理解出来る。

佐代子がお茶を運んで来た。北村の前にお茶を置いた。

「ありがとうございます」

北村は言い、早速、口を付けた。

「どうぞお話しください」

さゆりが促した。固い表情のままだ。佐代子はさゆりの隣に座った。同じように緊張した固い表情のままだ。

「どこからお話ししましょうか」

北村がようやく顔を上げた。

「先ほど、野口を殺したのは私だとおっしゃったので、もうびっくりしたのですが……。まさか……」

佐代子が言った。

「野口君を自殺に追い込んだことに人事部長として重大な責任があると考えていたら、ああいう言い方になってしまいました」

「あの人を七階から突き落としたという意味ではないのですね」

「そうではありません。私は人事部長として職場の環境を整える責任があった。それにもかかわらず何もしなかった。そのことが野口君を自殺に追いやったのだと考えているのです。申し訳ありませんでした」

北村は、深く低頭した。佐代子は、戸惑いを浮かべながらさゆりと顔を向き合わせていた。

「会社というものは冷たいものです。私は、何度も中村常務に進言していました。このままだと必ず死人が出ると。それくらい大稜建設では時間外労働が横行し、誰が過労死してもおかしくない状況でした。それを改善した方がいいと言っていたのです。ところが無視されたばかりでなく、この私をうるさいからと飛ばしたのです」

北村は悔しさを滲《にじ》ませた。

僕を殺したなどと衝撃的なことを言ったから、いったいどうなるかと思ったが、人事部長として役割を果たせなかったことを後悔しての話なのだ。

北村は、真面目で地味な性格だ。中村や高橋のようにハッタリをきかすこともない。

「中村常務は実質的に大稜建設を支配しています。彼に好かれれば出世出来ますが、そうでなければ飛ばされます。私も嫌われてしまったようです。まさか子会社に、それも大稜資材とは思ってもいませんでした」

「あの……、今日、ここへ来られたのはどうしてなのですか？」

さゆりが訊いた。

明らかにさゆりは落胆していた。隣にいる佐代子もそうだ。僕だって同じ気持ちだ。衝撃的な現れ方をするから何かと緊張したが、北村の口から出てくるのは愚痴ばかりだ。そんなのを聞いている時間はない。

「そうでしたね。早く本題に入らねばご迷惑ですね。実は先日、私ども人事部にお訪ねいただいたにもかかわらず冷たい対応に終始しまして、それが心苦しくて……。まずそれを謝りたいとおもいましてね」

さゆりが大稜建設に僕の勤務状況を教えてほしいと人事部に訪ねたとき、情報提供を拒否したのだ。

「冷たい態度で憤慨しました。許すものかと思いました」

佐代子が厳しく言った。

「申し訳ありませんでした」

北村はまた頭を下げた。

「でもなんとなく北村さんが苦しそうだなと気づいていましたよ」

「ええ。ですから日を改めてご協力をお願いしようかと佐代子さんとも話をしていたのです」

「そうでしたか……。実は、私は協力すべきだと考えていたのですが、中村常務などが絶対に反対だったものですから」

「では協力していただけるのですね」

佐代子の目が輝いた。

「ええ、そのつもりで来ました。あまり会社で評価してくれていないなら一矢報いるのもいいかなと思ったのです。会社を変えるにはこれしかありません」

「勇気があると思います。ありがとうございます」

さゆりが頭を下げた。佐代子もそれに倣《なら》った。

「でも当面は、匿名《とくめい》での協力です。それでもよろしいでしょうか？　でも、裁判になれば会社側として出廷することになりますが、そのときは正直に会社の実態を証言します」

北村は申し訳なさそうに表情を曇らせた。

「お立場がありますから、匿名でも仕方がないと思います。でも北村さんが協力してくだされぱこころ強いです。勤務実態を表す資料なども提供して頂けるのでしょうか？」

さゆりが訊いた。

「勿論です。私は人事関係の資料や野口君の勤務実態を示すデータも持っております」

「やりましたね！」

さゆりが佐代子の手を握った。

「私に出来ることはやらせていただきます。もっと私がしっかりしていれば野口君は死ななくてもよかったと思うと、悔しいやら、情けないやら……。いずれにしても第二、第三の野口君を出さないために、やることをやらねばなりません。なにはともあれ私は中村常務の強引な会社経営を許せない」

北村は口元を引き締めた。

僕は北村の動機が中村常務への復讐にあると思った。一生懸命仕事をしてきたのにボロ雑巾《ぞうきん》のようにお役ごめんとばかりに子会社に飛ばしてしまうという冷たいやり口が許せないのだ。

そういえば通夜のときに中村常務は高橋課長に「もう北村は要らない。後任はお前だ」と囁《ささや》いていた。すると人事部長は高橋課長になるのだろうか。もしそんなことになれば北村が提供すると言う人事上のデータを本当に入手出来るのか心配になってきた。

今、いろいろな会社で不祥事が続発している。これらは全て内部告発で露見している。どんな人が内部告発をしているのだろうか。

正社員だろうが、非正社員だろうがどんな立場であろうと、会社を恨んでいる人が内部告発をしているのだろう。北村も同じだ。中村常務への不満が会社への不満になってしまったのだ。

少しだけすっきりした表情になった北村が帰った。

事務所内にはまだ余韻が漂っていた。

「よかったですね。いい協力者が出来て……」

さゆりが喜びを顔に出した。

「信じられませんね」

佐代子は頰《ほお》をつねった。

「北村さんがデータを提供してくれれば、野口さんの時間外勤務の実態などが明らかになりますね。期待しましょう」

さゆりが拳《こぶし》を握り締めた。

「北村さんって見かけより見どころのある男性ですね」

吉良が微笑《ほほえ》んだ。

「男は見かけじゃないわよ。ここよ」

さゆりは、ぽんと胸をたたくと、佐代子と顔を見交わし、声を出して笑った。

2

「常務、お耳に入れることがございます」

高橋は本社のロビーを歩いている中村を呼び止めた。

「丁度いい。昼飯に蕎麦《そば》でも食おうと思っていたんだ。一緒に行くか？」

「お供します」

高橋は、急ぎ足で歩く中村の後を無言でついて歩く。まるで忠実な犬だ。

蕎麦屋に着き、中村は勢いよく暖簾《のれん》をはね上げ、中に入った。いらっしゃいませという生きのいい声がかかる。

「ここでいいか？」

中村は、そう言いつつさっさと店の隅にあった四人がけ席に腰をかけた。

高橋は、さっと周囲に目を配った。幸い昼のピーク時を外れていたため客はまばらで近くにいない。

「天ざるでいいか」

中村が訊き、高橋が頷《うなず》くと、

「天ざる、二つ！」と声を張り上げた。

「話とはなんだ？」

中村は、蕎麦茶をすすりながら言った。

「常務は伊吹善一を知っていますよね」

中村は、途端に不愉快そうな顔をした。

「当たり前じゃないか。その名前は聞きたくない。あんな奴、死ねばいい。あいつのおかげでメチャクチャじゃないか。仕事が決まりにくくなったのもあいつのせいだ」

「その通りです。その伊吹が……」

高橋は、中村の方に体を近づけ、声を潜《ひそ》めた。

「うちに和解を申し入れてきました。和解というより応援してくれという申し出です」

「早く言え」

「まさか」

「死んだか？」

高橋は話し終えるとじっと中村を見つめた。

中村は、眉根を寄せ、唇《くちびる》をへの字に曲げ、首を傾《かし》げた。高橋の言う話が、いまひとつ飲み込めていないようだ。

「それはどういうことだ。喜んでいいのか？」

「天童さんに呼ばれまして」

「天童に？　それで伊吹はなんだって言うんだ」

中村はますます不愉快そうな顔になった。高橋のもったいぶった言い方に苛《いら》ついているのだろう。

「選挙に金を使い、離婚に金を使って、どうしても誰かに支援してもらわないとやっていけなくなったようです。ですから、今までのいきさつから表向きというのは、無理ですが、裏の支援者になって欲しいと……」

「今までさんざん大稜建設を目の敵《かたき》にしておきながら、いけしゃあしゃあとそんなことを言ったのか。どの面《つら》下げてそんなことを言えるんだ。駄目だ、駄目だ」

中村が声を大きくした。高橋が周囲に目を配り、人差し指を口の前に立て、静かにするようにと態度で示した。

天ざるが運ばれて来た。

「おうおう、待ったぞ。食いながら聞こう」

中村は、待ちきれないかのように割り箸を割り、蕎麦を食べ始めた。

大きな海老《えび》天が二尾ついている。高橋は、そのうちの一尾を蕎麦つゆにくぐらせ、食らいつくように食べた。

「てんぷらが美味《うま》いだろう？　蕎麦つゆにてんぷらをくぐらせ、わずかに脂《あぶら》が浮いたところで蕎麦を食う。甘みが出て、なんともいえないねぇ」

高橋の食べっぷりをみて、中村は、目を細めた。先ほどの不機嫌そうな顔は消えた。

「虫のいい話だとは思いました。しかし相当苦労しているようで、市長になんらかの方法で一般競争入札を取りやめさせ、指名競争入札にするよう働きかけるからと約束してくれました」

高橋は、音を立て、海老の尻尾《しっぽ》を食べた。

「ほほう。そこまで言ったか」

中村は美味そうに蕎麦をすすった。

「天童さんのとりなしもありますから、応援させていただきますと言っておきました」

「具体的にこれの要求はあったのか？」

中村は指でマルを作った。

「それはありませんが、今にも金がほしいという風でしたね」

「あいつ結構、もてるタイプだからなぁ。おおかた支援者の女房とでもできちゃったんじゃあねえのか。それで離婚して、慰謝料をとられたんだろう。バカな奴だ」

「いい話だと思いますが……」

高橋が中村の様子を慎重に見極めるように言った。

ふん、と中村の鼻が鳴った。

「何がいい話なもんか。あいつのスキャンダルでも握れば、金を使わないでも言うことなんか聞かせられるはずだ」

中村が海老天に食らいついた。

「じゃあ、応援しないというのですか」

高橋は言った。焦《あせ》りが見える。

「そうは言っていない。お前が私に相談もせずに返事をするとは偉くなったものだと感心しているのだよ」

「申し訳ありません。しかし具体的には何も話しておりませんから」

高橋は慌《あわ》てて箸を置き、頭を下げた。

「応援してやろうじゃないか。これくらいとりあえず渡しておけ」

中村は片手の指を広げた。五百万円という意味だ。

「わかりました。早速手配いたします」

高橋は、スーツの胸のポケットから手帳を取り出すと、カタカナで「イブキ5」とメモした。

「さて……、伊吹をどう使うかだな？」

中村が嬉しそうに微笑みながら、顎《あご》を撫《な》でた。

「今度の市民体育館工事を指名競争入札に戻させましょうか」

高橋が言った。

「出来るのか？」

中村の目が光った。

「市長を口説けば、なんとかなります。市議会はムードで一般競争入札に賛成しましたが、議員たちも支持者から文句を言われていますから、反対する奴はいないでしょう」

「すると市長に見直し案を議会に提出させ、伊吹に賛成させる。もともと強硬な反対派だった伊吹が賛成に回れば、指名競争入札に見直される可能性もあるというわけだな」

中村が身を乗り出して来た。

「市民がどうかだな？」

「伊吹が賛成に回るのですから、大丈夫ですよ。あの男、ああ見えても相当のワルです。真面目な市民を言いくるめるくらい、これですよ」

高橋は手をひねった。簡単だということだ。

「すると急いだ方がいいな。今、議会開会中だしな。まだ入札も開始になっていない。早速、市長と相談するか」

中村が生き生きとした弾んだ声で言った。

「基本的に常務の案でいいと思いますが、奴にも何か考えがあるかもしれません。聞いてみます」

高橋が言った。もう蕎麦は食べ終わっていた。

「そうしてくれ。私は市長と話してみる。土産《みやげ》を持ってな……」

「よろしくお願いします」

高橋が頭を下げた。

「そうだ。人事だ。もう聞いているか」

「なんでしょうか？」

高橋が首を傾げた。

中村がにんまりとした。

「お前、今度、人事部長だ。北村を飛ばしたからな」

「本当ですか？　それはありがとうございます」

「しかしこの件があるから、営業も見てくれ。おちついてから人事部に行ってもらう。当面、兼任だな」

「わかりました。私の後任は誰をお考えですか」

「若井でいいだろう。少々頼りないが、忠実だ」

中村は、蕎麦湯を飲んだ。

「若井も張り切るでしょう。ところで伊吹が妙なことを言いまして、ドキッとしました」

「なんだ?」

中村の顔が険しくなった。

「彼のところに内部告発をしたいという電話が入ったそうです」

「うちの社員からか」

「ええ、野口だと思います」

「やっぱりな……。それで告発を受けたのか?」

中村が蕎麦湯を飲み終えた。

「伊吹は、データが入手出来ていれば、もっと有利にうちと関係を結べたのにと残念がっていました。何もなかったようです」

高橋は淡々と言った。

「それはよかった。バカな社員がバカな議員に接触しようとしたが、不発に終わったわけだ。さあ、行こうか。ちょっと忙しくなるな」

中村はテーブルを強く叩《たた》いて立ち上がった。

僕は、この二人を絶対に許さない。僕はバカな社員なんかじゃない。

3

「あなた、聞いてくれる」

佐代子が仏壇《ぶつだん》で手を合わせている。

僕はそんな位牌《いはい》の中にはいないよ。いつも佐代子のそばにいるじゃないか。気づかないのがもどかしいけどね。

「北村部長さんが、私たちの味方になってくれるのよ。心強いわ、とっても。これであなたがどれだけの時間外労働を強いられていたかのデータが入手出来るに違いないわ」

佐代子、よかったな。それもこれも一生懸命に僕のことを考えてくれるからだよ。もっとたくさんの人が必ず君を応援してくれるさ。

「なんだか嬉しそうだね」

和代が近づいて来た。

「母さん、いい知らせなの。会社の人事部長さんが私たちに協力してくれることになったのよ」

「人事部長？　それは驚きだね。普通は一番、反対する立場なのにね」

和代は心配そうな顔をした。

「それがね。転勤になったの。ご本人は左遷だとおっしゃっていたわ」

「何か不都合なことがあったんだろうね。そうなると人間って正直になるんだね。順調なときは何も見えないけれど、逆境のときはよく見えるようになるからね」

和代の言う通りだ。北村だって会社の待遇がよければ佐代子に協力しようなどという気は起きなかったに違いない。

中村が左遷したからだ。人は善意で動く人もいるだろうが、悔しさや面子《メンツ》をつぶされたなどの恥をかかされたことが動機になることが多い。こんなに働いたのに、これしか報いてくれない。この腹立たしさが、北村が佐代子に協力を申し出た動機だ。

動機は不純でもいい。結果がよければそれでいい。正しいことがいつでも正しい動機から起きないように、不純な動機で不純な結果が起きるとは限らない。むしろ動機は不純でも結果は正しいことの方が世の中には多いかもしれない。

「そうね……。北村部長みたいな人がもっと現れないかしらね」

佐代子は真由美のことを想像していた。

真由美は、最初、協力を約束していた。しかし会社の圧力にあって断ってきた。

「大稜建設に不満を抱いている人はいるからね。期待してもいいんじゃないの。それにしても気楽な、悩みのない顔をしてるわね。この顔で悩んで自殺したのかしらね」

和代が僕の遺影をまじまじと見つめた。

義母《かあ》さん、ひどいですよ。確かにその写真は間の抜けた顔をしています。だからと言ってその言い方はないでしょう。

ちょっと待って。僕も遺影を見つめた。何かが蘇《よみがえ》ってきた。胸の辺りに痛みが走った。黒い塊《かたまり》が、僕を強烈に押した。僕の体が激しく揺れた。

僕は悩んでなんかいなかった。誰かが僕を突き落とした……。まさか、そんなことが……。もしそうだとしたら誰が。

気楽な悩みのない顔。義母さんの言う通りだ。僕は自殺なんかしない。でも記憶がはっきりしない。ああ、よく分からない。

この胸の痛みだって突き落とされたときの痛みなのか、佐代子の悲しみを感じた痛みなのか区別がつかなくなってきた。

でもいずれはっきりしたことが分かるだろう。

佐代子が仏壇の前から離れた。どこかへ行くようだ。

「ちょっと出かけてくるわね」

「美奈のお迎えはどうするんだい？」

「用が終われば、私が迎えに行くわ」

佐代子は家の外に出た。暑い。すっかり夏だ。日差しが厳しい。

「よしっ」

佐代子が拳を握り締めて、力を込めた。どこへ行くのだろうか。

バス停に着いた。バスに乗って行くようだ。

「母さんもいいこと言うわね。不満を抱いている人か……。真由美さんは絶対に不満を持っている。諦《あきら》めないで説得しようじゃないの」

佐代子が呟いた。

真由美を説得して協力者にしようと言うのか。一度、佐代子に協力を約束しておきながら翻《ひるがえ》したのには相当の事情があるはずだ。簡単に説得に応じるだろうか。あるいは会ってくれるのだろうか。

バスが止まった。佐代子はバスに乗り込んだ。

僕は一足先に行って真由美の様子を見て来ることにしよう。

僕は営業部の中に入って真由美を探した。

真由美はいない。どこへ行ったのだろうか？　真由美の声が聞こえないかと耳をそばだてた。佐代子がせっかくここに来ても真由美がいないのでは残念がるだろう。

「馘《くび》になりたいのか」

若井の声だ。

「いいえ」

真由美の泣きそうな声が聞こえる。叱られているようだ。

僕は声の聞こえる方に行った。

会議室だ。広い会議室に真由美が座っている。そのそばの机に若井が腰掛けている。

「野口の奥さんにははっきりと協力出来ないと言ったのだろう？」

「ええ、言いました」

「だったらどうして営業会議の裏の議事録なんかコピーしていたんだよ」

「頼まれて……」

真由美がうなだれている。

「誰に頼まれたんだ」

若井が厳しい口調で問い詰めている。

裏の議事録？　営業部ではいろいろな会議が行なわれる。その会議の議事録は極めてそっけない。議題と結論と出席者だけしか書いていない。国税庁や国交省などの査察の際に余計なことを書いた書類が見つかったら大変だからだ。

しかしあまりそっけないと誰が何を発言したかが後からでは分からない。それで細かく発言した内容を速記して、記録したのが裏の議事録と言われるものだ。

これは重要書類として他の書類とは別に保管してある。監督官庁の査察が入ったときにはいつでも持ち出せるようにしてあるのだ。

どうも真由美はその議事録をコピーしようとしたらしい。

「高橋課長です」

「バカなこと言うなよ。課長がそんな指示をするわけがないじゃないか」

「嘘じゃありません」

真由美がむきになった。

「じゃあ、課長に聞くぞ」

若井は机を叩いた。

「ええ、まあ……」

真由美が口ごもった。嘘なのだろう。

「あの議事録はコピー禁止だ。何が書いてあるか分からないからね。談合のことも書いてある。あんなものが外に出てみろ。俺たちはこれだ」

若井は両手を差し出して、手錠をはめられる真似をした。

「分かっています」

「だったらなぜ？」

若井の声が優しくなった。

真由美は黙っている。

「原田さんは、お母さんと二人暮らしだね。生活だって楽じゃないだろう。もしこの大稜建設を馘になってごらんよ。A市では働くところなんかないよ。君が野口の奥さんの訴訟に協力したら、間違いなくここに勤めることは出来なくなるさ。だから僕は心配になって協力することを止めた方がいいとアドバイスしたんだ。みんな君を思ってのことだよ。課長だって同じだ。死んだ者より生きている者を大事にしたいという思いなんだよ。あの奥さんもおかしい。こだわりすぎだ。まだ若いんだからさっさと再婚でも考えればいいのに。いつまでも野口のことばかり言っている。いい迷惑だと思わないのかな。野口だって迷惑がっていると思うよ」

若井、バカヤロウ。佐代子が再婚するかどうかってことはお前には関係ないだろう。

真由美は幼い頃、父親と死別したと話していた。今では母を助けて生活をしているのだが、確かに若井の言うとおり、大稜建設を変な形で馘になったら、A市で再就職することは難しいだろう。

若井は卑怯《ひきょう》だ。真由美をこんな理由で脅して、佐代子に協力させないようにしていたんだ。

真由美は机に顔を伏せた。肩を揺らしている。泣いているのだ。

「泣くなよ。原田さんを泣かせたいとは思っていない。原田さんのためを思ってのことだよ」

若井は真由美の背中に軽く手を添えた。

止めろ。セクハラだぞ。泣いている女性の背中に触れるなんて。僕は若井の腕を握った。

「でも若井さん、同期でしょう。悔しくないんですか。野口さんが死んで……」

真由美が顔を上げ、涙が溢《あふ》れる目で若井を睨《にら》んだ。

「あいつは弱かったんだよ。それだけだ」

若井は冷たく言った。

「本当にそう思っているのですか。係《かかわ》ると損だから、そう思い込もうとしているだけでしょう。だってあれほど仲がよかったじゃないですか」

真由美は必死に言った。

「死んでしまったんだから、いつまでもぐずぐず言ってられないよ。僕だって生活があるんだから」

若井が顔をしかめた。真由美の声を聞きたくないという顔だ。

「野口さんは自殺しました。なぜあの明るい野口さんが自殺を選んだのかと考えたら、私、眠れなくて……。奥様から訴訟の協力をお願いされて、簡単に引き受けてしまいました。その後、若井さんに言われて確かに軽率だったと思いました。馘になったら、このA市にいることは出来ませんものね。大稜建設に反旗を翻した女性社員を採用してくれるほど鷹揚《おうよう》な会社はないでしょうから。でも……。何もしないでいいのかと悩んでいたのです」

「どうしようもないよ」

「野口さんは殺されたも同然です。高橋課長に苛《いじ》められ、どうしようもなくて死を選んだのです。このことを放置していては、私も高橋課長と同罪です。若井さんも同じですよ」

真由美は鋭く言い放った。

「きついことを言うよな。俺も同罪かよ……。だからこの裏議事録をコピーしようとしたのか。これには課長の野口に対する発言も記録してあるからな」

若井は唇を突き出すようにして大きく息を吐いた。そして肩の力を抜いて、天井を見上げた。

「野口さんの奥様に私がしてあげられることはなにかと考えたら、この議事録を見せてあげたいと思ったんです。少しでも野口さんの死の理由が分かればいいと……。若井さんなら私の気持ちが分かるはずです。野口さんの親友でしょう？」

真由美が嗚咽《おえつ》を漏《も》らした。

「親友か……」

若井は呟いた。


「野口と申します。原田真由美さんにお会いしたいのですが」

受付で佐代子が用件を伝えた。

「お約束ですか」

受付嬢が訊いた。

「いいえ」

「では少々、お待ちください」

4

「ここが一番安心ですね」

中村が甘粕に会うなり、開口一番言った。

「安心か？　そんなにやましいことばかり考えているのかい」

甘粕は微笑んだ。

市長になってもう五年になる。元は、このA市の助役だった。前市長の女房役に徹して、その後を順調に譲り受けた。

中肉中背で均整の取れた体は、若い頃、野球で鍛《きた》えたお陰だ。特に目立つタイプではない。派手なこともやらない。地味に、そつなく仕事をこなしてきた。

「そんなわけではありません。しかし市長と変なところで会えば、かならず癒着《ゆちゃく》を言われますからね。ここなら問題ない。市長の仕事場だ」

中村がゆっくりとソファに腰掛けた。

甘粕とは助役時代からの知り合いだ。いわば一緒に成長した仲だ。だから何でも言い合える気楽さがあるのだろう。

「まあね。最近は何かにつけコンプライアンスだ。法令を守らない奴は社会から締め出しを食う恐ろしい時代だからね」

甘粕は中村の前に座った。

秘書が麦茶を持って来た。中村は、すぐにグラスを手に取り、麦茶を飲んだ。

「ああ、生き返りました。喉がからからでした」

中村は幸せそうに目を閉じた。

「そんなに一生懸命働くほど景気がいいんだね」

「逆ですよ。私の喉みたいにからからで干上がっています」

中村は真面目な顔で言った。

「大稜建設さんが干上がってしまっては困るな。A市全体の問題になる」

甘粕は、お世辞のつもりなのか深刻な顔ではない。微笑を浮かべている。

「実は、それでお願いに参りました」

中村はさらに真剣な顔になった。

「あれあれ、偉く真剣なご様子ですね。いったいどういう話でしょうか」

甘粕もようやく笑みを消した。

「指名競争入札を復活してもらいたい。特に今回の市民体育館建設からお願いしたい」

中村は頭を下げた。

「それは困ります。無理です。行政のコスト削減の声は大きく、指名競争入札じゃなく、一般競争入札にしろというのは市民の声ですからね。それに逆らうわけにはいかない」

甘粕は淡々と持論を言った。

「一般競争入札を市長が決定して以来、市長の支持率は落ちています。理由は簡単です。公共事業が地元にメリットをもたらさないからです。一般競争入札にすれば、コスト競争力のある大都市の大企業ばかりが仕事を奪っていくでしょう。地元には何も残りません」

「地元企業とのジョイントを義務付けているが……」

「あんなのは見せ掛けだけです。私たちも下請けに仕事を回す余裕さえなくなってきます。こうなったら市長の支援もおぼつかなくなります」

「脅すのですか」

「脅しではないです。事実を言っているだけです」

「ではどうすればいいのですか。指名競争入札に強硬に反対する議員もいます。彼を説得して、指名競争入札に戻すなどということは現実的には無理でしょう」

甘粕は中村を睨んだ。

僕は興奮してきた。市長室で甘粕と中村が話しているのは、まさに市と建設業者の癒着そのものの話だからだ。

おかしな言い方だが、彼らは真剣に癒着しているのだ。僕が勤務していた会社の話ではあるけれど、こんなに真剣な顔で中村が癒着を堂々と主張しているとは思ってもみなかった。この場には正義感などこれっぽちもなく、お互いが生き残るためのリアリティとでも言おうか、現実対応しかない。

「無理ではありません」

中村も甘粕を睨んで言った。

「今、何て言いました？」

「無理ではないと申し上げたのです。市長がおっしゃっているのは伊吹議員ですね」

「そうです。彼は市民運動家で、大きな影響力を持っています。彼が賛成に回らないかぎり、指名競争入札は無理です」

甘粕は麦茶を飲み干した。

「彼は賛成します」

中村は断定的に言った。そして周囲に目を配った。甘粕の顔に驚きが走った。

「えっ、なんだって」

思わず声を出した。

「彼は指名競争入札に賛成すると申し上げたのです」

「そんなバカなこと……。信じられない」

「嘘ではありません。天童さんの仲介で、私どもに和解を申し入れてきました。理由はこれです」

中村は指でマルを作った。

「彼も人の子ということですか」

甘粕がやっと表情を崩した。

「選挙や離婚に金がかかるそうで、当社に支援を申し出てきました。表向きは支援出来ませんが、裏でやらせていただくことになりました。彼が協力者になったということは市長にとっても大いにプラスでしょう」

中村も満足げに笑みを浮かべた。

「おおいに歓迎です。彼が私の協力者ですか。愉快です。彼が味方になれば、もう市政で反対する者はいません。しばらくこの職をやらせてもらえるでしょう」

「ということでぜひ市民体育館を指名競争入札に戻すことを検討してもらいたいのです。これは地元の建設業者全員の要望です」

よく言えたものだ。地元にも一般競争入札で公平にやるべきだと言う建設業者はいる。指名競争入札は大稜建設とその関係者の要望に過ぎない。僕は憤慨した。

「分かりました。どういう具合に進めれば、矛盾なく出来るか考えてみましょう。スタッフを伊吹議員のところに行かせますが、大丈夫でしょうね」

甘粕がじろりと中村を見た。

「ええ、大丈夫です」

中村は大きく頷いた。

「ところでこれは水菓子ですが、どうぞ皆様でご笑味ください」

中村が甘粕の前に包み紙に丁寧《ていねい》に包まれた箱を置いた。

「それは、それは、ありがとうございます。職員といただきます」

甘粕は礼を言った。

「では失礼します。なにとぞ迅速にお願いします。ああ、それにその水菓子も早めにお食べください。足が早いですから」

中村は、市長室を出た。

足が早い水菓子？　僕はそのまま市長室に留まっていた。

甘粕は菓子箱を自分の机に置いた。そして包み紙を外した。箱は地元の老舗《しにせ》の和菓子屋のものだった。蓋《ふた》を取った。甘粕の顔がほころんだ。そこにはいくつかの水羊羹《みずようかん》などの菓子と一緒に一万円札の束が敷き詰められていた。

市長室で賄賂《わいろ》を渡すとは！

僕は絶句した。どこか特別な場所で渡せば疑われるが、市長室のような公的な場所なら疑われない。まさか誰も賄賂が渡されているとは信じないだろう。

甘粕は札束を抜き取ると自分の鞄《かばん》に入れた。五束あるから五百万円だ。

「俺は、あまり水羊羹が好きじゃない」

甘粕は菓子箱を無造作に積み上げた書類の上に置いた。

5

佐代子は受付のソファで待っていた。なかなか真由美は現れない。受付嬢が連絡をしてくれたはずだが、どうなっているのだろう。

やはり真由美は会ってくれないのだろうか。北村が協力者になってくれたから真由美もそうなってくれるという幸運に賭《か》けてみたのだが、難しいようだ。彼女には彼女の事情があるのだろう。

僕はがっくりと肩を落としている佐代子を見るのが辛かった。あれほど勢いよく協力を約束していた真由美が突然に翻意したことが佐代子には信じられないのだ。そのためここまで足を運んだのだが、無駄足になるのだろうか。

僕は佐代子の耳元に囁いた。大丈夫だよ。真由美ちゃんはいい子だ。必ず協力してくれるさ。

佐代子は立ち上がった。力のない足取りで受付に向かった。

「あの……野口ですが、原田真由美さんはどうでしょうか？」

受付嬢は困ったような表情で、

「申し訳ありません。先ほど、同じ部署の者に連絡をくれるように依頼したのですが……。外には出ていないのですがねぇ。もう一度連絡してみます」

受付嬢は受話器を取り上げた。しばらくして受話器を置いた。申し訳なさそうな顔で佐代子を見た。

「いないようですね」

「申し訳ありません。私、帰りますから、もし連絡がついたら野口が会いたがっていたとお伝えください」

佐代子は、受付嬢に礼を言うと、大稜建設の本社を後にした。

「そんなにうまくいかないわね」

佐代子は残念そうに呟いた。

北村は自分への人事処遇に対する不満から、佐代子への協力を申し出た。そこで二四目の泥鰌《どじょう》を狙ったのだが、物事はそう簡単に運ばない。

真由美は、あれだけ勢いよく協力を約束していた。それが急に態度を変えた。その裏では相当なプレッシャーをかけられたに違いない。

佐代子は、明るい笑顔の真由美を思い出して胸が締め付けられているようだ。自分が協力してほしいとお願いした結果、真由美の会社での立場を悪くしたのかと思うと心苦しいのだ。

「もうこれ以上、原田さんには期待したらいけないのでしょうね。ご迷惑をかけるばかりだから」

バスがやって来た。

佐代子はバスに乗り込んだ。珍しく座席が埋まっている。中を見渡し、サラリーマン風の男の後ろの席に座った。男は新聞を広げて読んでいた。

佐代子は何気なく男が読んでいる新聞に目をやった。

心臓が高鳴った。過重労働の記事が出ていたからだ。ある紳士服販売店やファーストフード店の店長が時間外労働賃金の未払い分を請求して裁判を起こしたようだ。

「名ばかり管理職」と大きな見出しが目に入った。

名ばかり管理職とは言いえて妙だ。以前は管理職になれば家でお祝いしたものだ。お父さん、課長になったのよ、などと子供に自慢した。ところがこれらの紳士服販売店やファーストフード店では、店長という管理職になれば収入が減り、労働時間が極端に増えたと記事は伝えている。

——中には、あの人のように過労死をした人もいるに違いない。

佐代子にとっては他人事ではない辛い思いがしているのだ。

どうして店長になったのに給料が減ってしまうのだろうか。それは時間外労働の対象外となってしまうからだ。

労働基準法は労働者を守る法律だが、経営側になった管理職を守るものではない。管理職になれば労働時間の自由裁量や収入も増加するのが普通だ。だから時間外労働賃金がなくてもいいということになる。

ところがバブル崩壊後、人件費を抑制したいと考えた会社は、いい方法を見つけ出した。それが「名ばかり管理職システム」だ。管理職という店長に昇格させれば、時間外労働賃金を払わずに安くこき使うことが出来るということに気づいたのだ。このシステムは、紳士服販売店やファーストフード店に採用され、それらを運営する会社の業績向上に貢献した。

僕は会社っておかしいところだと考えている。

会社というものは、建物や組織だけがあるのではない。そこには人が働いている。この人たちが健康で生き生きと目的意識を持って働いていれば業績はよくなるはずだ。働く人をまるでコストのように考えるから、おかしくなる。人が生き生きと働けば、業績が上がる、働く人がいてこその会社なのだということを経営者はなぜ分かろうとしないのか。

例えば店長に任命したら、「自由に経営していい。利益の五〇パーセントが君の取り分だ」とすれば、店長は利益を上げようと一所懸命働くだろう。もっと言えば優秀な人だったらその店を暖簾《のれん》わけ出来るということになれば、さらに働くだろう。これなら「名ばかり管理職」ではない。もし成績不振が続くようなら店は倒産してしまうことになり、厳しい面もあるが、働けば働くだけ自分が豊かになれる目標が欲しい。

――あの人は管理職ではなかったけれど、何を目標にあんなに働いていたのだろうか？

佐代子は僕のことを思い出してくれている。

僕は、建築の営業が好きだった。施主さんと未来の建物を想像して、一晩中語り合ったものだ。好きな仕事なら幾ら働いても疲れないだろうと言われる。たしかにそれは事実だ。しかしいつごろからかノルマや収益が厳しく問われるようになった。そうなるとてき面に仕事は辛くなり、苦痛になった。

僕は、佐代子のために働いていたなんてことは言わない。そんなことを言えば君を苦しめるだけだ。しかし佐代子との暮らしを守るためには嫌《いや》なことも我慢したかもしれない。この我慢をするという必要はあるんだろうかと思う。

多くの人は、会社から捨てられたら生活基盤を無くすから、妻や子供との生活を守るために、嫌なことをいっぱい我慢している。しかし我慢した結果は、妻や子供との生活基盤が壊れることになってしまうことが多い。これでは本末転倒だ。

どうしても嫌なことは我慢してはいけないんだ。これを声に出せばいい。もしそれで会社という生活基盤を失うことがあっても、家族という本物の生活基盤が残ればいいではないか。

多くの人は会社と家族を同じ生活基盤だと思っているから悲劇が起きる。この両者は同じ地平に立っているようで大きく違う。会社という基盤を失っても人は生きていくことが出来る。しかし家族という基盤を失っては生きていくことは出来ない。それくらいの違いがある。こう考えれば二者択一の場合、どちらを選ぶか答えはおのずと決まっている。家族だ。

僕は、今、その二者択一問題を間違ってしまったのか、黄泉《よみ》の世界に来てしまった。そのことを猛烈に後悔している。

「どこも大変ねぇ」

佐代子が呟いた。男が、「えっ」と声に出し、振り向いた。佐代子は慌てて窓の外を見た。

家の近くのバス停に着いた。佐代子はバスを降り、小走りに駆けた。

「ただいま」

佐代子が言った。

「ママ、お帰りなさい」

美奈の声だ。帰って来ていたのだ。

「ただいま。美奈、帰って来ていたんだ」

佐代子は、美奈の頭を抱きしめ、髪の毛を撫でた。

「うん、おばあちゃんが迎えに来てくれたの」

「そう、よかったね。おばあちゃんは？」

「テレビ、見てるよ」

美奈は佐代子の手を引いた。

佐代子は居間に行った。和代がテレビの画面から目を離した。

「おかえり。割りに早かったね。うまくいったかい？」

佐代子は首を振った。

「お腹、減ったわ」

佐代子は和代の隣に座って、テーブルの上にあったビスケットをつまんだ。

「ママ、それだめ。美奈が食べる」

「いいじゃないの。ママ、お腹がすいたんだから」

「他の種類を食べてよ。そっちならもうさっき食べたからいいよ」

美奈が別の種類のビスケットを指差した。

「いやだ。これ、食べたい」

佐代子はわざと意地悪そうにビスケットを口に入れようとした。

「やめて！」

美奈が叫んだ。

「母親が子供とビスケットの取り合いをして、なんだね。笑われるよ」

和代が怒った。

「はいはい、分かりました」

佐代子は美奈の手にビスケットを戻した。

「おばあちゃん、ありがとう」

美奈は嬉しそうにビスケットを口に入れた。

「おいしい？」

佐代子が訊いた。

「うん、おいしいよ」

美奈が頷いた。

玄関のチャイムが鳴った。

「ママ、誰か来た」

美奈が言った。

「誰かしら？」

佐代子は立ち上がって、玄関に行った。

佐代子は、ドアの小窓から外を覗いた。近頃、物騒なことが多いから直《す》ぐにはドアを開けないように気をつけている。

佐代子は外に立っている人物を見て、驚いた。

真由美だった。

急いでドアを開ける。

「原田さん……」

佐代子は言った。

「すみません。突然、お邪魔して。もしご迷惑なら帰ります」

真由美は、深く頭を下げた。

「邪魔だなんて、どうぞ上がってください」

佐代子は弾んだ声で言った。

「誰なの？　ママ」

いつの間にか美奈が玄関に来ていた。

「パパの会社の人。味方になってくれるかもしれないの……」

佐代子は小声で囁いた。

「じゃあビスケットあげなくちゃ。さっきの食べちゃった」

美奈が真面目な顔で言った。

真由美ちゃん、佐代子や美奈の期待を裏切らないでくれよ。

第八章　裁判

1

「自主申告時間外勤務記録表、および深夜退館記録表を証拠提出いたします」

　さゆりが裁判長に言った。

「故野口哲也氏が過労を原因とする自殺であったと主張する根拠ですね」

　裁判長が訊いた。ついに僕の死に関する損害賠償訴訟の裁判が始まった。賠償請求金額は二億五千万円だ。

　佐代子は傍聴席で僕の遺影を抱いて座っている。

「はい。被告大稜建設には社員の出勤、退社を正確に記録するタイムレコーダーがございません。そのこと自体も問題だと思われますが、そこで社員に時間外勤務の自主申告を行なわせております。それが自主申告時間外勤務記録表です。この記録表は、当方の執拗《しつよう》な請求により被告企業が開示したものですが、これだけでは真実の時間外勤務の実態が見えてきません。なぜならこの記録は社員が自主的に時間外を削減して記録しているからです」

「故野口氏の時間外の実態を反映していないというのですね？」

「その通りです。被告企業の勤務時間は、午前九時半から午後五時半までの一日八時間です。一時間の休憩を入れると実働は七時間になります。それ以外の休日出勤、時間外勤務は全てこの自主申告になっています。これによって計算しますと、野口氏は一日平均二時間、一ヵ月平均四十四時間となっています。これでは毎日、午後七時半には退社していることになります。妻の証言によりますと、野口氏は毎日深夜に帰宅していたと言いますし、亡くなる前の数日は会社に泊まりこんでいました。全く実態を反映しておりません」

佐代子が大稜建設の弁護士を厳しく睨《にら》んだ。

「異議あり」

大稜建設の弁護士が手を挙げ、発言を求めた。会社の顧問弁護士、満園毅雄《みつぞのたけお》だ。元検事で六十歳を過ぎたベテランだ。結構、あくの強い人物で、経済事件に強いことを売りにしている。顧問料も相当高額だと聞いている。

手ごわいぞ。僕は、佐代子のそばに座ってさゆりを応援していた。

「異議を認めます。どうぞ発言してください」

裁判長が満園に指示した。裁判長が微笑んでいるのが嫌な気分だ。顔馴染みなのだろうか。どうもそんな感じだ。

満園は、ゆっくりと立ち上がった。丸い腹が机に引っかかりそうで、すっと立てないのだ。顔は脂《あぶら》ぎっており、昨日の酒が残っているような赤ら顔だ。

「原告は、先《ま》ず労災を求めてから、損害賠償の訴えをするのが筋でしょう。それを同時に出した。それは労災は認められそうにないからではないですかね。こっちは労災に全面的に協力すると申し出ているのに、それを拒否して、損害賠償を同時請求するなんて、信義則もあったもんじゃないですな」

満園はさゆりを見てにんまりとした。

佐代子が僕の写真を強く握った。少し腰を浮かした。何か言いたげに口を少しあけた。

「裁判長！」

さゆりが怒ったような声で言った。

「なんですか？」

　裁判長が訊いた。今度は迷惑そうな顔だ。満園に対するときと違う気がするのは被害妄想だろうか。裁判長も人間だ。ましてやA市のような地方都市の裁判所だ。人間関係も濃密に違いない。公判中は、裁判長と弁護士は付き合ってはいけないが、それ以外のときは案外親しくしているものだ。おそらく裁判長と満園はゴルフ仲間か何かなのだろう。その点、さゆりは若く、まだ弁護士になり立てだ。裁判長と個人的な付き合いがあるとは思えない。厳しく裁判長に迫ることも多いに違いない。彼の迷惑そうな顔がそれを物語っている。

「被告企業は、労災に全面協力なんて、嘘、大嘘です。全く非協力的でした。だから労災と同時に損害賠償を請求したのです。まるで欲張りみたいに言う発言は、遺族に対する侮辱です」

　さゆりの言葉は厳しい。佐代子は何度も頷《うなず》いている。手が汗ばんでいる。言いたかったのはこのことなのだ。大稜建設が不誠実だということだ。もし誠実に労災申請の対応をしてくれていたら、損害賠償は請求しなかったかもしれない。

「分かりました。そのことは今の時点では特に審理と関係がありませんので、満園弁護士、続けてください」

裁判長は、さゆりの怒りを軽くいなすと満園を名指しして、発言を続けるように促した。さゆりは、憤慨した顔のまま、どさりと音が出るほど勢いよく腰を落とした。

「まあ、そうかっかしないで。あなたも若いねぇ」

満園はからかい気味に言った。

さゆりは、ぷいっと横を向いた。

「裁判長、時間外の正しい記録表は、その自己申告しかありません。なんだか強制的に少なく書かせているようなことを原告は言っていますが、そういうことはありません。故野口氏の仕事は、建設営業というものです。酒も飲みます。相手を接待もします。そのときは自分も楽しんだでしょう。それを時間外で請求しますか？　営業担当は実際は時間に拘束されていません。就業規則上は九時半から五時半と勤務時間を決めてはありますが、実際は裁量労働制となっており、出勤時間も、退社時間も自由です。そうしないと良い営業は出来ません。お客様が来て欲しいという時間に行けなければ、営業にならないでしょう？　それともなんですか？　お客様が来て欲しいというのに時間外ですから行けませんと言うのですか？　その代わり朝は遅く来てもいいのです。ところで野口さんは、早く帰っておられたようですよ。残念ながらあまり実績を上げておられなかったようで……。早く帰られた後は、何をしておられたかはおいおいご説明しますがね」

さゆりの方を意味深《しん》な目で見て、席に座った。

満園、あまりいい加減なことを言うな。何が裁量労働制だ。労働時間が自分で勝手に決められたわけがないだろう。裁量労働制は業務の性質上、出勤や退社の時間を拘束せず、労働者に任せるというものだ。普通は、専門性の高い業務に従事している場合に適用されているが、大稜建設にはない制度だ。

それにその意味深な目つきは、なんだ！　まるで僕が早く帰って佐代子に内緒でどこかをほっつき歩いていたかのようじゃないか。止《や》めてくれ。死人に口なしとばかりに濡《ぬ》れ衣《ぎぬ》を着せるのは。

「何が裁量労働制ですか。いい加減な！」

さゆりが呟いた。

「弁護人、勝手に発言しないように」

裁判長が注意した。

「すみません。では深夜退館記録表の説明をいたします」

さゆりが軽く低頭した。

「どうぞ」

「被告会社が入居しておりますビルは管理会社が二十四時間管理しています。そこで玄関および通用口が開いている午前六時半から翌日深夜午前二時までは社員の出入りは自由です。しかし深夜午前二時から翌朝の六時半までは玄関と通用口が閉められます。そこでその間に退館する社員は管理事務所に連絡し、所属と氏名を告げ、この記録表に記入します」

「そうしますと、誰が深夜に退館したかが分かるのですね」

裁判長の質問にさゆりが眉根を寄せた。

「ところがそうは行かないのです。データは嘘ばかりなのです」

さゆりは満園を睨んだ。

「ほほう、嘘ばかりですか」

裁判長が興味を示した。

「ここにも被告会社の指示が徹底していて、誰もが本当の自分を名乗ってはいないのです。それぞれが自分の時間外を頭に入れて他人の、時には架空の人物の名前さえ記入する始末です。故野口氏も何度か登場していますが、その日時と時間外勤務記録表は全く一致しません。これまで労働基準監督署が注意しなかったことが不思議です」

さゆりは厳しい表情で裁判長を見つめた。

「社員は、嘘の申告を管理会社にして、深夜退館をしていたというのですね。それは自分の時間外を増やさないようにしていたということですね」

「あまり時間外が増えることは人事上、不利益になるということが徹底していたのでしょう。昇格が不利になるとかの事実があったものと思われます」

さゆりの言葉に、即座に満園が「異議あり」と叫んだ。

「どうぞ、なんでしょうか？」

裁判長が満園に発言を許す。どうもこの裁判長は満園に甘い。

「人事上の不利益をさも事実のようにいうのは、証拠もないのに不当です」

「まあ、それほど大げさに言わないでもいいでしょう。深夜退館の申告が嘘なのかどうか、もし嘘ならなぜそれがまかり通っていたのか、いずれ明らかになればいいですから」

「分かりました」

満園は不服そうな顔で座った。

「嘘だといわれる退館記録を証拠に提出されるのですか？」

裁判長が訊いた。

「たとえおおかたの記録が虚偽であったとしても、これだけ日常的に深夜退館が常態化していたことは明らかになります。またこの虚偽の申告を出来るだけ、真実に近づけたいと思い、今、調査中です」

「分かりました。証拠採用しましょう。それでは次の日程を決めて、今日は終わりにします」

裁判長がさゆりと満園を自分の近くに呼び、手帳を取り出し、次回公判の日程を調整した。

虚偽の深夜退館記録表……。いつも誰の名前にしようかと悩んだものだ。あまり悩みすぎて、大学時代の友人の名前を使ったこともある。管理会社は特に何も言わなかった。それは管理会社自体が、大稜建設の子会社だからだ。管理人の中にもＯＢがいる。彼らは、自分たちがやってきた嘘の退館報告を後輩たちもやっていることに、特に違和感を覚えていなかったのだ。

裁判長が退出した。全員で起立して、送り出した。

「お疲れ様でした」

佐代子は、法廷から外の廊下に出て、さゆりに言った。

「なにか気になることはありませんでした？」

さゆりは訊いた。

「あのでぶっちょ弁護士、野口が早く帰ったって。その理由をおいおい明らかにするからと……」

佐代子は心配そうな顔をした。

「でぶっちょで悪かったね」

突然、佐代子の背後に満園が現れた。今、法廷から出て来たのだ。佐代子は慌《あわ》てて口を押さえた。

「まあ、言われても仕方がないがね。藤堂さん、お祖父《じい》さんは元気？」

満園は気楽な様子だ。

「ええ、先生。元気でやっていますよ」

さゆりが口を尖《とが》らせて、答えた。

「藤堂先生と久しぶりに戦えるかと思ったら、娘さんとはね。驚いたよ」

「娘は娘でも、孫娘です」

「ああ、そうだったね。お父さんは気の毒なことをした。あの時は僕が頑張って、大稜建設に相当、無理をさせ、十分な補償をさせていただいたのだがね。あのときの娘さんがこんなに立派になられるとはね。僕も良いことをしたものだ」

満園は、しげしげとさゆりを見つめ、微笑した。

「その節はお世話になりました」

さゆりは義務的に低頭した。

「今度も和解しましょう。ねえ、奥さん、あんまり争っても良いことありませんよ。狭い町ですからね」

満園は佐代子に言った。

「佐代子さん、行きましょう。先生、また次回を楽しみにしていますよ」

さゆりは佐代子の手を引いて、歩き出した。「ちっ」と背後で満園の舌打ちが聞こえた。

2

突然、常務室に呼ばれた若井は辞令を渡された。それを見て「営業課長ですか」と驚きの声を上げた。俺が課長？　信じられないという顔で中村を見ている。前営業課長の高橋がいる。相変わらずのしかめ面《つら》だ。この人事が面白くないのだろうか。

「名ばかり課長じゃないぞ。年齢から考えると前例のない若い営業課長だ。まだ四十歳になっていないだろう？」

中村がにこやかに言った。

「ええ、三十九歳です」

若井は誇らしげだ。

「すごいねぇ。高橋君？　君はいくつで課長になった？」

「私ですか？　私なんか四十八歳ですよ」

「ほう、そうすると十歳近くも若いことになる。驚いたねぇ。大丈夫かな」

「私がフォローして一人前にしますから」

高橋は、全く表情を変えずに言った。

「よろしくお願いします」

若井は、高橋に頭を下げた。高橋のしかめ面はいつものことで人事が気に食わないわけではないのだろう。

僕と若井は同期だ。その彼が課長になった。大変な抜擢《ばってき》だ。四十代でも、課長になっているものは少ない。この異常ともいえる人事には周りは驚くことだろう。確かに大稜建設は、一時期業績が悪化し、大卒社員を採用していなかったことがある。そのため僕たちの前の年代の層が薄いことも事実だ。しかしそれだけでは若井の課長昇格は説明できない。中村の強引な人事だったことは間違いない。人事部長の北村を追い出し、後任に高橋を据え、さらに中村、高橋ラインを強化するためにはどうするかと考えた。年次を優先し、全く営業部に係《かかわ》りのない余計な者を持ってくるより、事情のよく分かった若井を引き上げた方が良いと判断したのだ。実質的には、高橋が人事部長をしながら営業課長として振舞う。若井は残念ながら肩書きだけで中味のない課長になるだろう。それこそ最近流行の「名ばかり」課長だ。

若井、お前、大丈夫か？

僕は、有頂天になっている若井の耳元で囁《ささや》いた。

「早速だが、高橋君から、今後の指示を受けてくれ。若井課長殿」

中村はにんまりと意味ありげな笑みを残して出かけてしまった。

「俺が、推薦したんだぞ」

高橋は、眉根を寄せて、若井を睨みつけた。

「本当に、ありがとうございます。なんてお礼を言ったらいいか……」

「礼なんかいい。仕事さえしてくれればいいんだ」

高橋は突っぱねたような言い方だ。

「当面、俺が実質的には営業課長を兼務するが、それは気にしないで課長としての仕事をしてもらうつもりだ。やれるな」

「はい、なんでも」

「では早速だが、当社の直面する最大の問題の解決に取り組んでもらいたい。このためにお前を課長にしたようなものだ」

高橋は薄く笑った。

若井は緊張した。課長という意味では、つい先ほどまでの高橋と同じなのだが、実態は全く違う。歯が立つわけがない。肩書きだけ貰《もら》って、今まで通りだ。

「実は、今、全国の自治体で一般競争入札から指名競争入札への変更が行なわれている。一般競争入札だと、大手ゼネコンばかりが潤《うるお》うからだ。だから地元業者を守るために、一度は一般競争入札にしたものの、指名競争入札に変更しようとしているのだ。当然の動きだ」

高橋は、まるで政治家の演説のように話し出した。

若井は子供が先生の話を聞いているように、必死で相槌《あいづち》を打っている。

「このA市も例外ではない。我々、地元業者の仕事は減るばかりだ。我が大稜建設は、A市建設業界を代表する企業だ。この現状をなんとかしなくてはならない。そうは思わないか」

厳しい目で若井を睨む。

「お、思います」

若井は慌てて答えた。

高橋は、気味悪いほど嬉しそうな顔をして、「そうか、思ってくれるか。それなら話は早い。若井新課長にぜひやってもらいたいことがある。いいか」と言った。

若井は、一瞬、不吉な予感がした。しかし高橋の口から「新課長」と呼ばれるとなにやら心ここにあらずというほどいい気分になった。

「なんなりと仰《おお》せ付けください」

若井は大げさに思えるほど深く腰を折り曲げた。

「誰にも言うな。これは俺と若井新課長との秘密だ」

高橋は体を近づけて来た。

「分かりました」

何事だろう。若井は緊張して唾《つば》を飲んだ。

「伊吹市会議員の担当になってくれ」

「伊吹？　あの伊吹善一ですか？」

「そうだ。嫌か？」

「あの先生は、当社にとっては疫病神《やくびょうがみ》でしょう？　そう、うかがっていますが」

若井は、わずかに顔をしかめた。

「その通りだ。伊吹のお陰で一般競争入札になり、仕事が減った。しかしそれは今までのことだ」

高橋は意味ありげに微笑んだ。

「どういうことですか」

「実は、伊吹が頭を下げてきたのだ」

「本当ですか！」

若井は驚いた。最も建設業者に対して厳しい姿勢の男が大稜建設になびいてきたとは、にわかに信じられないのだろう。

「本当だ。実は、一般競争入札を指名競争入札にすることに協力したいと申し出てきたんだ。理由は金だ」

高橋は指で輪を作った。若井は、高橋のあまりにストレートな言い方に驚いたのか、また唾を飲み込んでいる。

「選挙や家庭の問題に金がいるらしい。そこで若井課長に金を運んでもらいたいのだ」

「なんですって？」

「今、言った通りだ。伊吹に金を運ぶ役割を担《にな》って欲しい。うちでは市長には部長である中村常務、他の議員には営業課長が金を運ぶことになっている。金は、財務の秘密会計、すなわちB勘定から出金している。この責任者は財務部長だ。若井、今、話していることは、他言してはならない。知っているのは関係している人間だけだからな。分かっているな」

高橋の目が鋭くなった。呼び捨てになった。

若井は頷いた。

「若井が、課長という経営の中枢に上って来たから、明かされることだ。特に今回は、一般競争入札から指名競争入札への変更を実現するために、大々的に攻勢をかけるつもりだ。すでに常務は動き出している。次は、お前だ。やってくれるな」

高橋の言葉に、若井の顔は青ざめている。

僕も以前から大稜建設が、賄賂《わいろ》を配っているという話は聞いたことがある。しかしこんなに生々しく、当事者が具体的に話すのを聞くのは初めてだ。

B勘定は財務部長が担当している。おそらく多くの下請け業者から広く薄く金を集めたり、発注に絡《から》めて水増し請求をしたりして裏金を作り、B勘定にキープしているのだろう。

B勘定を出金する権限は、常務や部長などのごく一部に限られる。この金を政治家などの有力者に配ることによって建設受注に結びつけたりしているのだ。

若井の顔が一層、青ざめている。幾分、震えているように見える。

「なあ、怖いか？　確かにこの話を聞いて、嬉しいという奴はいない。基本的に贈賄は不正だからな。しかしいいこともあるぞ。若井は子供がいるか？」

高橋は突然、若井のプライベートのことを訊いた。

「ええ、女の子でまだ小学三年生ですが」

徹と同学年だ。

「かわいい盛りだ。習い事に金もいるだろう？」

「水泳や、ピアノなどに結構な費用がかかります」

若井は言った。高橋がにんまりとした。

「B勘定でピアノ代を払ってもいいんだ。たまにそんな役得もある。昔はこれで女を囲《かこ》ったつわものがいたようだがね。今はそこまでは出来ないが、どうしても必要な金は特権として使っていいことになっている」

なんてことだ。たとえ裏金でもこれでは業務上横領ではないか。

若井は、ただじっと固まったように表情を変えない。何を指示されているのか、本当のところは理解していないに違いない。

「やってくれるか。というよりここまで会社の秘密を知ってしまったら、後には引けない。これでごじゃごじゃ言うようなことでは男ではないよな。俺も中村常務からこのB勘定を任されることで出世してきたんだ」

「は、はい」

「お前もここで大稜建設を馘になるか、俺たちのように出世していくか、分かれ道だ。しかし偉くなった連中はみんな通ってきた道だよ。安心して俺たちについてくればいい」

高橋は両手を伸ばすと、若井の両肩を軽く叩いた。それはこの上もなく愛情深い仕草だった。

若井は頭を下げた。

「よし、さっそく行動だ。お前の働きに大稜建設の浮沈がかかっているぞ」

高橋は、もう一度強く若井の肩を叩いた。若井は、顔を上げたが、緊張で頬を引きつらせていた。

3

裁判長の前の証言台にすりガラスの衝立《ついたて》が置かれた。それは被告席に座る大稜建設の弁護士である満園から証言者を見えなくするためだ。

法廷に入って来たのは真由美だった。真由美は、原告側の席にさゆりの顔を見て、軽く頭を下げた。相当な緊張に見舞われているのか、歩き方がぎこちない。

目隠しをしたからといって真由美が証言していることは相手に知れてしまう。しかし真由美の立場を考えると、証言したことで職場において不利益を被《こうむ》らないように少しでも配慮する必要がある。この目隠しも真由美が会社を気にしないで発言出来るようにしたものだ。

僕は、真由美の勇気に感謝したい。原告側に立って、佐代子に味方するということは、会社に反旗を翻すことになるからだ。

僕は、真由美が家に来たときのことを思い出した。

居間に上がって、ソファに座った真由美の前に美奈が立っていた。厳しい目つきで、まるで品定めをするように見つめている。真由美は、美奈の態度にとまどいを覚えているのか、盛んに首を傾《かし》げ、瞼《まぶた》を開いたり、閉じたりした。

「お姉ちゃん、お母さんの味方?」美奈が訊いた。

真由美は、目を見開いて、驚きを顔に表した。

「ええ、そのつもり」

真由美が微笑むと、美奈も顔を綻《ほころ》ばせた。

佐代子がコーヒーとお菓子を運んできた。

「ありがとうございます」

佐代子が目を潤ませている。真由美が美奈に返事をするのを聞いていたのだ。

「私こそ、申し訳ありませんでした。軽く引き受けておきながら、突然出来ないなどと言ってみたり」

「こちらこそ、大変な無理を申し上げたみたいで、すみません」

佐代子は嬉しかった。諦《あきら》めていた真由美が協力をしてくれるのだ。

「私、勇気がなかったのです。最初、奥様から裁判での協力を求められたとき、当然にやるべきだと思いました。ところがそのことが会社に知れると、いろいろな人が余計なことはしない方がいいと言ってきました。会社での立場が悪くなるぞ、馘になるぞと言う人もいました。怖くなったのです。それで奥様に会うのを避けるようになりました。申し訳ありません」

　真由美は頭を下げた。

「謝るのはこっちですわ。職場での立場を考えずに証言をお願いして、辛い思いをさせてしまいました」

　佐代子が泣き出した。真由美に同情してしまったのだ。真由美もそれにひきずられるように泣き出した。

「泣き虫だねえ」

　美奈が、大人っぽく言った。その言い方がおかしくて、僕は笑ってしまった。

　僕は真由美のそばに立って彼女の手を握った。真由美が僕の方を向いた。頑張れよ。真由美が、わずかに頷いたような気がした。

「では野口哲也さんは、よく会社に泊まっていたというのですか」

　さゆりが真由美に訊いた。

「はい。私は、野口さんから話を聞いただけではありますが、ある日、あまりに疲れた顔をしていたので、どこか悪いんですか？　と訊きましたら、会社に泊まったと言っておられました」

「それはかなり頻繁でしたか？」

「私と野口さんは席が隣ですが、日中、とても辛そうにしておられました。あまり寝ていないともおっしゃっていました」

「他の社員はどうですか」

「大稜建設は、時間管理がしっかりしていません。特に営業は、成績を上げないものが残業代を稼ぐなんて言語道断だという上司がいて、なかなか正確な時間外勤務を記録出来ません」

真由美ははっきりした口調だ。いいぞ。その調子だ。どんどん言ってくれ。僕は鳴り物入りで応援したいくらいの気持ちになった。満園はしかめっ面で熱心にメモをとっている。

「その上司は特定出来ますか？」

さゆりが冷静に訊いた。

「はい、高橋一男《かずお》課長です」

真由美は答えた。

「異議あり」

満園が間髪いれずに発言した。

「どうぞ」

裁判長が満園に発言を促す。やはり満園に甘いのか。

「ここで個人名を出すことは問題です。出された当人の名誉を傷つけることになります」

満園は言った。

「調査によりますと、亡くなった野口哲也さんは、かなり厳しく高橋課長から叱責《しっせき》を受けていたようなのです。自殺の原因を追及するには避けて通れない人物です」

さゆりは答えた。

「異議を却下します」

裁判長が言った。

「分かりました。でもこんな衝立をしなくてもいいと思いますよ。大稜建設は大変オープンな会社でたとえ当該訴訟で会社に不利な発言をしても不利益を被ることはありません。だれが発言しているかは、すべて分かっていますので不要だと思いますが……」

満園は不満そうな顔をした。

「余計な発言は慎んでください。裁判の指揮は私が執《と》ります。証人の環境を整えるのは私の役割です」

裁判長が厳しく諭《さと》した。あれ？　裁判長がえらく不機嫌だ。衝立云々《うんぬん》などと余計なことを言ったからかもしれない。せっかく裁判長が真由美に配慮したものを否定するからだ。ちょっと調子に乗ったようだ。いい気味だ。

「すみませんでした！」

満園は、投げやりに言って席についた。

「満園弁護人は証人の発言をあまり中断しないようにお願いします。どうぞ証人は発言を続けてください」

裁判長に促されたが、真由美は相当、緊張している。誰が発言しているか分かっているとあからさまに言われたことで動揺したのだろう。大きく深呼吸をした。

大丈夫だ、真由美ちゃん、落ち着くんだ。

「高橋課長は厳しい人です。営業部長は常務なのですが、課長が営業を仕切っておられて、実質的には部長です。本人も私たちに営業は自分が全部責任を持っている、人事権も全て持っているとおっしゃいます。現に、課長に逆らった人はいなくなりました」

「高橋課長は野口さんに特に厳しく当たっていたのですか」

「そのように見えました。理由は分かりませんが、高橋課長は野口さんに会社を辞めろとか、役立たずとか頻繁に怒鳴っておられました。一番、目に余ったのは、課の忘年会の時ですが、課長が突然、野口さんを座の真ん中に座らせました。そして……」

嫌な記憶が蘇《よみがえ》ってきた。忘年会でのことだ。僕はみんなの前に呼び出され、畳の上に座らされた。高橋は、かなり酔っていた。

「上を向いて口を開けろ」

僕は言われるまま、顔を上に向け、口を開けた。

何をするのだろうかと僕は横目で見ていた。高橋が靴下を脱いだ。そしてそれをビールの入ったグラスに漬《つ》けた。高橋は割り箸《ばし》で何度か靴下をつついた。そしてグラスの中からビールがしみこんでびしょびしょになった靴下をつまみ出した。

まさか……。僕は悪い予感がした。しかし口を閉じて、逃げ出すわけにはいかない。そのままじっとしていると、

「目を閉じろ」

高橋の怒鳴り声がきこえた。僕は目を閉じた。その時だ。なんともいえない生温かい液体が口の中に入ってきた。

周りのみんなが悲鳴と歓声を上げている。

僕は、その液体を畳の上に吐きだした。靴下にしみこんだビールに違いないと思ったからだ。

高橋を見た。片手に濡《ぬ》れた靴下をぶら下げて怒っている。

「お前、吐き出したな」

「課長！　汚いですよ」

「貴様、俺の靴下が汚いと言うのか」

高橋は僕に襲い掛かり、口の中に靴下を押しこもうとした。みんなは手を叩いて、笑っている。みんな助けてくれよ。こっちの身にもなってくれ。

僕は高橋に馬乗りになられ、とうとう口の中にビールのしみた靴下を押し込まれてしまったのだ。僕は、胃の内容物が突き上げてくるような嫌な気分に襲われた。

「それはひどいですね」

さゆりは真由美の説明を聞いて、眉根を寄せた。

「ええ、周りではやし立てた私たちも本当は嫌な気分だったのです。でも喜ばないと、次に犠牲になるかもしれないという恐怖感があったのだと思います。言い訳めいて野口さんには悪いですが」

真由美の言う通りだ。高橋の酒癖《さけぐせ》の悪さは天下一品だった。僕がいつもスケープゴートだった。

「異議あり」

満園が手を上げた。よく手を上げる男だ。裁判長が不機嫌な顔で満園を見た。中断するのもいい加減にしろと怒鳴りたいに違いない。

「証人は、野口さんと会社帰りによく会っていましたね」

満園は真面目な顔で言い出した。真由美がうろたえている。さゆりも同じだ。驚きで目を見開いている。衝立のお蔭で真由美の動揺している姿を満園や傍聴席に見られないことだけが幸いだ。

「何か本件と関係があるのですか」

裁判長が訊いた。

満園は胸を張って、

「大いに、大ありです。証人の発言は個人的感情によりかなり歪《ゆが》められているからです」

この満園は何を言いたいのだ。個人的感情？　それは一体なんだ？　傍聴席に座っている佐代子はピクリとも動かない。その表情からは動揺は見えない。

「説明してください」

裁判長が満園に発言を許した。

佐代子、奴が何を言っても気にするな。僕はやましいことなどないからね。そういえば賄賂の渡し役に任命された若井の様子が気になる。

4

若井はA市の外れにある名刹《めいさつ》豪林寺に来ていた。ここは鎌倉時代からある禅寺で千百八段の急な石段が有名だ。新年にはこの石段を多くの善男善女が息を切らせて登る。これを登ってお参りすると一年が無事に過ごせると信じられていた。僕も佐代子、徹、美奈と何度かお参りしたものだ。

手には小さな紙袋を持っていた。石段の真中で立ち止まった。後ろを振り返った。絶壁のような急な石段だ。もし踏み外せば、下まで一気に転げ落ちるかもしれない。遠くに目を遣《や》る。青空が目の前に広がっている。その下にくっきりと稜線を描く山々。そして裾野《すその》には街が広がっている。すがすがしい景色だ。

しかし若井の気持ちは沈んでいるようだ。景色に感動している様子はない。僕にしてみても石段の急なところが、自分の人生を象徴しているようで嫌だった。

若井は高橋に命じられて財務部長に会いに行った。彼は何も言わずに若井を部長室に案内した。ロッカーの中から手提げ金庫を取り出し、鍵を開けた。

「しっかりやって来い。

彼は、手提げ金庫の中から無造作に一万円の束を五つ取り出した。

「そこの袋に入れろ」

彼は机の隅に置いてあった菓子を入れた紙袋を指差した。若井は言われるままに札束を五つ、五百万円を紙袋に入れた。

札束を摑《つか》んだ瞬間、若井の手が震え出して止まらない。もう一方の手で押さえている。

「最初は、高橋課長だって震えていたんだ。そのうちなれるさ」

財務部長が笑った。

若井は大事そうに紙袋を抱いている。怪しまれるのではないかと出来るだけ自然に紙袋を持とうと思っているようだが、しばらくすると大事に抱えてしまっていた。この中に五百万円が入っている。これを今から伊吹の秘書に渡さねばならないという緊張がこちらにも伝わってくる。

「若井、豪林寺を知っているな」

高橋が言った。最早《もはや》、新課長などとおだてることはない。呼び捨てだ。

若井は頷いた。

「今から財務部長に五百万円を貰って、伊吹の秘書に届けるんだ」

「今からですか？」

「そうだ。もう歯車を早く回さねばならないんだ。常務は市長のところに行っているからな」

高橋の有無を言わせぬ態度に若井は恐怖を感じ始めているようだ。

「豪林寺の石段を登れ。すると向こうから週刊誌を抱えた男が降りて来る。石段の真ん中辺りですれ違え。そのとき五百万円をそいつに渡すんだ」

高橋は厳しい顔で言った。若井は豪林寺の石段で男とすれ違っている自分の姿を想像しているのだろう。とても自信が持てないというふうに首を振った。

「もし他に人がいたらどうしますか？」

「今の時期の豪林寺には人はいない。もしいても堂々とやれ。人は怪しまない」

「本当にその男か、どうか？　週刊誌を持った男が二人いたら……」

「お前、心配性だな。二人も同時に週刊誌を抱えた男が石段を降りて来る？　そんな偶然があるか。まあいいや。その男は太っていて、頭が禿《は》げている。分かったか？」

高橋が呆《あき》れ顔に言う。

「太って禿げた男は多いですよ……」

若井は半泣きになっている。

「若井、お前、課長を返上するか。そんなに度胸のない男だとは思わなかった。見損なったぞ。もし急な事態になれば、知らない振りしてそのまま石段を上がって、やり過ごせばいいだけだ」

「せめて相手の名前は？」

怒る高橋に若井は問い掛ける。

「おいおい紹介してやるが、金の受け渡しでは名前は名乗らないことにしている。万が一、テープに取られてもやばいからな」

高橋は薄く笑った。若井はもうその場に倒れこむのではないかというほど緊張していた。

若井は腕時計を見ている。約束の時間だ。傍目《はため》には石段の途中で一休みして景色を眺めているように見えるだろう。

若井が石段の上を見上げたので、僕もその視線の先を追った。

男が降りて来る。太って禿げた男だ。若井は視界がはっきりしないのか、目をこすっている。急に目が悪くなったのか。そうじゃない。緊張でよく見えなくなっているのだ。週刊誌は持っているだろうか？

「持っている。あの男に間違いない」

若井は高橋から伝えられた男の特徴を頭の中で反芻《はんすう》しているようだ。

若井も歩き始めた。どちら側ですれ違うのか。右か、左か。若井の混乱が伝わってくる。通常は右を歩くから、左に紙袋を持っていた方がいいだろう。紙袋を持ち替えた。

男はゆっくりと歩いて来る。ふと下を見た。若井は背筋に寒気が走った。どうしたらいいんだ。下からランニング姿の一人の青年が石段を勢いよく駆け上がって来る。高校生のようだ。まだ小さい姿だが、どんどん近づいて来る。ちょうど男とすれ違うときに青年も同じ位置にいるかもしれない。

どうしたらいいんだ。もう若井は逃げ腰だ。しかしここで逃げ出したらせっかく手に入れた課長の地位を投げ出すことになる。それに今、自分がやろうとしていることは犯罪なのだが、大稜建設にとっては悪いことではないのだ。必要なことなのだ。それに誰でも通ってきた道だと高橋も財務部長も言ったではないか。偉くなるためにはやらねばならないことなのだ。いわば必要悪なのだ。

若井は必死で肯定的な考えを自分に言い聞かせている。

男が近づいて来る。若井は歩みを緩《ゆる》めた。青年をやり過ごすことに決めたようだ。

後ろから足音が聞こえてくる。

数メートル先に男がいる。顔まではっきりと見える。禿げてはいるが若い。眉毛が黒くて濃い。伊吹の選挙運動で街頭に立っているのを見たことがあるような気がする。脇に週刊誌を抱えている。間違いない。

すぐ後ろに青年の気配がする。息がかかりそうなくらい激しく荒い息遣いだ。この階段を駆け上がるのだから、やむを得ない。

ついに若井が歩みを止めた。

「すみません」

青年はちらりと若井を覗き見るようにして追い越した。顔を見られないように不自然な態度を取らなかっただろうかと不安になる。

気がつくと、若井の目の前に男が立っていた。男も青年をやり過ごすために止まっていたのだ。

若井と男は青年の後姿がだんだんと小さくなるのを見ていた。

男が首を傾げている。イライラしているようだ。

「約束のものは？」

男が怒ったような顔で口をきいた。若井は無言のまま紙袋を差し出した。足が震えている。男は奪うように抱え込むと、石段を降り始めた。先ほどより数倍も早い。若井の手には男の持っていた週刊誌が握られていた。

若井は、これ以上、石段を登る気力がないというように、その場にへたるように座り込んだ。目の前に広がるA市の景色は変わらず鮮やかで、涼しい風が吹いていた。

5

「証人は、故野口氏と机を並べていて、非常に親しい仲です。社内でも二人は同僚以上の関係だという噂まであるくらいです。これについては証言者を連れて来てもいい」

満園は、すりガラスの衝立の向こうの真由美に向かって大きな声で言った。

いったい誰がそんな噂話を彼に吹き込んだのだ。僕は心配になって佐代子と真由美を見た。真由美は興奮で顔を赤くして、さゆりを睨むように見つめている。首を左右に振って、彼の発言を強く否定している。佐代子は、僕の写真を抱えて、じっと正面を見つめたまま動かない。

　僕は、満園の口を手で押さえた。しかし効果はない。彼は話し続けた。

「二人で会社の外で親しく食事をする光景を何度も目撃されています。そんな証人と故野口氏との間の関係を正常化させようと注意していたのが、高橋氏です。ですからこんなにも高橋氏のことをひどく言うのです」

「嘘です！　でたらめです」

　真由美が叫んだ。

「静粛にしてください。満園弁護人は原田証人の発言が虚偽だというのですか」

　裁判長が訊いた。機嫌が悪い。

「いえ、虚偽だとは言いません。歪められているということです。そんなにひどく故野口氏を苛《いじ》めてはいないと……」

「では苛めたことは認めるのですね。靴下にしみたビールを飲ませるなどというのをそんなにひどいことではないと弁護人はおっしゃるわけですね」

　裁判長は厳しく言った。

「そういうわけではありませんが」

満園は裁判長の顔に怒りが浮かんでいるのを見て、たじろいでいた。

「証人が率直に発言しているときに、不確実な噂を元にして誹謗《ひぼう》中傷するのは止めなさい。品性にもとる行為です。せっかく発言しやすいように衝立まで設けたのに、意味がありません。注意してください」

裁判長は言い切り、満園に座るように命じた。やはり衝立の件を満園に効果がないと言われたことを根に持っているのだ。

「証人は続けてください」

裁判長はさゆりと真由美に指示した。

「ありがとうございます」

さゆりは裁判長に一礼した。

「変なことを言われたけれど気にしないでくださいね」

さゆりは真由美に言った。

「野口さんはとても優しい人でみんなに人気がありました。食事だって一緒にしたことはあります。いろいろな相談事を聞いてもらったのです。そのとき野口さんが話されるのはいつも奥様のことです。奥様のことを本当に愛しておられます。あちらの方は、謝ってください。もし私と野口さんのことを変に噂を立てる人がいらっしゃって、証言するという人が本当にいるなら連れて来てください。お願いします」

真由美は、目を真っ赤にして涙を滲《にじ》ませた。

さゆりは満園に向かって「先ほど証人を連れて来てもいいとおっしゃいましたね」と迫った。

「どうなんですか？」

裁判長も興味ありげに訊いた。

「いえ、まあ……。分かりました。先ほどの発言は取り消します」

満園は不満そうに顔を膨《ふく》らませた。

「取り消すなら、謝ってください」

真由美は言った。

さゆりと裁判長が満園をじっと見つめている。

「……済みませんでした。誤解があったようです」

満園は、口元を歪めて、頭を下げた。

佐代子が、抱えた僕の写真を撫《な》でた。くすぐったい。疑いが晴れただろうか。

「野口さんの人の良さが高橋課長には気に入らなかったのだと思います。自分に人気がないことを嫉妬《しっと》されたのではないでしょうか。また野口さんはまっすぐな人でゴマを揺《す》らないところも嫌だったのでしょう。営業方針でも言い争っていました」

「営業方針と言いますと、具体的にはどういうことですか」

さゆりが訊いた。

「野口さんは、公共事業よりも民間の工事を地味な営業活動で取って来ました。しかしそれらは小さい工事が多く、高橋課長は、無駄なことをするなと叱《しか》っていました。しかし野口さんが、せっかく頂いた仕事ですからと進めようとすると、勝手に施主に出来ないと断ったりしたこともありました。大稜建設はA市の公共事業をたくさん引き受けていますから、大きな金額でないと仕事ではないと考える風土があります」

真由美は落ち着いて話した。

ショックだったことがある。一生懸命セールスして、商店街のパン屋の自宅改築の仕事を取った。金額は一千万円だ。施主はとってもいい人で、美味《おい》しいパンを焼きたいと言い、窯《かま》などを新たに設置する改築だった。それを高橋課長は、金額が小さいと勝手に断ってしまった。確かに大稜建設が受けるには小さな工事かもしれないが、人に喜んでもらえる工事をしてこそ、企業の発展があるのだ。それを高橋は分かろうとしなかった。

「野口さんは高橋課長からどれだけ苛められても、あるいは言い争っても耐えていました。いずれ分かってもらえるさ、とおっしゃっていたのを思い出します。それなのに高橋課長は、野口さんの提出された書類を何度も突っ返し、書き直しを命じていました。だから時間外も多くなったと思います」

真由美は言った。

「野口さんは、高橋課長との関係が悪化していたため、他の社員より多く残業せざるをえなかったというのですね」

さゆりは訊いた。

「ええ、その通りです」

真由美は答えた。

「裁判長」

さゆりが言った。

「どうぞ、なんでしょうか」

裁判長は言った。

「ここにビル管理人による巡回記録があります。これを証拠として提出したいと思います」

さゆりが言った。

「それはどのようなものですか？」

「大稜建設の入居しているビルは管理会社の警備員によって巡回が行なわれております。特に午前零時以降の深夜残業を行なっている者は、その氏名、所属などを記録しております。これは人事部の資料として保管されており、経営や処遇の改善に活用されるべきなのですが、実態は死蔵されております。これを入手しました」

さゆりは、書類の束を抱えて、裁判長に近づいた。

満園が慌てている。この書類は人事部しか持っていない資料だからだ。管理会社から人事部に提供されても全て極秘資料として管理されていた。本来は経営改革に使用するべきなのだが、労基署などに見つかれば大変なことになるからだ。これが証拠として出てきたということは人事部に会社を裏切った人物がいるということだ。

「この書類を見ますと、野口さんは頻繁に深夜まで残っています。自殺される三日前からは会社に泊まりこんでいます。この巡回記録表に記入してあるだけでも、直近一年間で九十回に及びます。月七・五回になります。月二十一日から二十二日の勤務としますと、ほぼ三日に一度です」

裁判長は提出された書類に関心を寄せている様子だ。

「野口さんの一月《ひとつき》の所定勤務時間は、実働七時間としますと労働日数が一ヵ月二十二日で百五十四時間です。年間ですと千八百四十八時間になります。これに自主申告の時間外勤務である一ヵ月四十四時間を年間に引きなおした五百二十八時間を加えますと二千三百七十六時間になります。そして九十回にもおよぶ深夜勤務は自主申告されている時間外である七時半以降から平均翌日三時半までの八時間です。これで年間七百二十時間になり、合計しますと三千九十六時間となり、過労死の基準である三千時間を超えます。大稜建設の場合、自主時間外も虚偽だと考えられます。なぜならこうした巡回記録を隠蔽《いんぺい》しているからです。従って野口さんの時間外勤務はこのデータ以上であったと推定できます」

さゆりは満園を睨みつけた。満園は苦虫を嚙《か》み潰《つぶ》したような顔をした。

さゆり先生、もっとがんがん攻めてやってください。

僕は、満園の前に立ち、ざまあみろとアカンベーをしてやった。満園は僕の気配を察したかのように、目をきょろきょろとさせた。

第九章　正義

1

今日の若井には、酒が水のようだ。目の前の刺身にも手をつけずにひたすら杯《さかずき》を空にしている。

時間は、夜の十二時近い。店は忙しさのピークを過ぎたのか、若井以外の客はいない。

「おやじ、もう一本くれないか」

若井はこの居酒屋に時々立ち寄っているらしい。おやじと呼ぶ主人が家庭料理を作ってくれるからだ。

僕も若井と何度かここで呑《の》んだ。だがいつもは一時間もいれば、いい方だ。軽く呑んで、さっと引き上げるのが若井の流儀だ。しかし今日はどうも様子が違う。

「どうしちゃったのさ。若井ちゃん」

主人が、若井が差し出す冷酒の瓶《びん》を受け取った。

「何も言わないで、もう一本頂戴！」

若井が奇声を上げた。いくらでも酒は入るという態度だが、実際は相当、酔っているようだ。

「こっちは商売だからいいけどね。でも呑みすぎだと思うよ」

主人は新しい冷酒の入った一合瓶をカウンターに置いた。若井はすぐにそれも呑みはじめた。

「何か、嫌なことがあったのかい？」

「いいや、何もない」

「課長なんかになるから、難しいことが多いんじゃないのかい？」

主人が冷やかし気味に言った。

「いい加減なことを言わないでくれ！」

若井が、突然、カウンターを叩《たた》いた。

「おいおい、こっちは心配しているんだよ。怒られるのは道理に合わないな」

主人が怒った。本気だ。さっきまでの優しい顔はない。

「難しいことが多いって言ったじゃないか。そんな知ったかぶりを言うからだ」

若井が反論した。

「あのさ、若井ちゃん、酔ってるからって、言っていいことと悪いことがあると思うよ。知ったかぶりを私がいつしたのさ。悪酔いして絡《から》むなら帰ってくれないか」

主人はきつい調子で言った。

若井は、カウンターを両手で思いっきり押し、ううっと唸《うな》りながら立ち上がった。

「帰る！　勘定してくれ」

大きな声で叫んだ。途端、目が白目に反転したかと思うと、その場で崩れ落ちた。

椅子が音を立てて床を転がった。

「若井ちゃん！」

主人が叫んだ。慌《あわ》ててカウンターの下をくぐり、倒れた若井のそばに走った。

僕も、若井！　と声を上げ、崩れる体を支えたが、なんの役にも立たない。僕の体を抵抗もなくすり抜けて倒れてしまった。

死んだか？

僕は心配で若井の顔を覗き込んだ。

主人が、水に濡らしたタオルを若井の顔に当てた。さっきは怒っていたが、今は心底心配している様子だ。

若井が目を開けた。

「大丈夫か？」

主人が訊《き》いた。

「ああ、ごめんなさい」

若井は、両手で体を支えて起きた。倒れた椅子を直そうとしている。

「いいよ、そんなこと。こっちでするから」

「急に立ち上がったら、目の前が真っ暗になって……」

まだ顔色が青い。

「疲れているんだよ。酔いが一気に回ったんじゃないのかな」

「迷惑かけてすみませんでした」

若井が頭を下げた。

「また来てくれよ。もう少し楽しく呑んでね。今日の若井ちゃんは、苦しそうだった」

「苦しそうね……」

若井は財布から代金を取り出しながら、呟《つぶや》いた。

原因は分かっていた。不正な金の受け渡しをしてしまったからだ。社命とは言え、伊吹の秘書に豪林寺の石段で五百万円という賄賂を渡してしまった。贈賄罪で捕まる行為だ。それを思うと怖くて仕方がない。酒を呑んで、忘れようとしたが、呑めば呑むほど恐怖が募《つの》ってくる。ランニング姿の青年と目があった。あの青年の顔はどこかで見たような気がしてならない。それはそんな気がするだけなのは分かっている。というのはしっかりと顔を判別出来たわけではないからだ。しかしなぜか知っている青年の顔とだぶってしまう。ひょっとしたら青年が俺のことを知っているのではないか？　若井さん、あんなところで何をしていたのですか？　賄賂を渡している現場を見ましたよ。青年が笑いながら話しかけてくる……。そんな想像が若井の頭の中をかけめぐっているのだろう。

「車、呼ぼうか？」

主人が心配そうに聞いた。

「大丈夫、自分で拾うから。少し風に当たって帰ります」

若井は、一、二度、首を振ると歩き始めた。まだなんとなく足下がおぼつかない。

店の外に出た。風が、頬《ほお》を気持ちよく撫《な》でてくれる。

「何も考えない、何も考えないことだ」

若井は呟いた。

「俺は、課長だ。出世したんだ。どんなことだって仕事だ。仕事。やれと言われれば人殺しだってやらねばならないんだ」

立ち止まった。空を見上げた。泣いているではないか。

「野口……」

僕の名前を呼んだ。

「俺、どうすりゃいいんだ……。怖いよ……」

若井が涙を拭《ぬぐ》った。

僕は、若井のそばに黙って立っていた。肩に手を当てた。それ以外に出来ることは思いつかなかった。

2

「どうして原田はここに来ないんだ？」

高橋が若井に怒鳴った。

「はあ、席から動きません」

若井は立ったままだ。

「困った女ですよ」

満園が、口角を歪《ゆが》めた。

「若井、お前の部下だろう。部下が勝手なことをするのを抑えられないで課長の資格があるのか」

中村は顔を引きつらせている。相当に興奮しているのだ。

若井の足が震えている。今にも倒れそうだ。

「俺は、お前に原田の監督を命じたはずだ。どんなことをしてもいいからあの女に勝手なことをさせるんじゃないと命じていた。それなのにどうして裁判で証言なんかさせたんだ」

高橋は言った。

若井が何か言いたそうに顔を上げた。だが直《す》ぐにうつむいた。

若井の言いたいことは分かる。責任転嫁をするなということだ。真由美は、確かに課長になってからは若井の部下かもしれないが、ついこの間までは高橋の部下だ。部下の監督不行き届きを言うならそれは高橋自身のことだろう。

「女一人言うことを聞かせられないなんて、君が推薦するから課長にしたけれど、本当にいいのかね。考え直す必要があるんじゃないのか」

中村が冷たく言った。

「申し訳ありません」

高橋が形だけ頭を下げた。

「しかし参りました。彼女が、高橋さんが靴下にしみこませたビールを飲ませた話をすると、裁判長は不愉快な顔になりましたからね」

満園が眉根を寄せた。

中村が訊いた。

「あの裁判長とは仲がいいとおっしゃっていたのではないでしたか？　先生？」

「ええ、司法研修所の同期ですからね。良く知っているんですよ。結構、世の中を分かった奴ですがね。でも女性には優しいんだな。マザコンじゃないのかと思うくらいですよ。ですから彼女に同情したんでしょう」

「あんな女のどこに同情するんですか」

高橋が不機嫌そうに唇を噛《か》んだ。

「やはりねぇ、会社の圧力がある中で証言台に立ったところだろうね。明らかに裁判長は、感心した顔でしたからね」

満園は、何度か頷《うなず》いた。裁判の流れが不利に働いているのは自分のせいではない、裁判長の心を動かすような証人を出してしまった会社の不手際だと言いたげだ。

「君は、本当に靴下のビールを飲ましたのかね。臭《くさ》いだろうな」

中村が高橋に言った。

「たいしたことじゃありませんよ。よくやることじゃないですか？」

高橋が大げさに手を振った。

よくあること？　たいしたことじゃない？　よくもそんなことが言えたものだ。僕を名指して、苛《いじ》めでしかありえないじゃないか。僕はあんな臭いビールを飲んだお陰でお腹《なか》を壊してしまった。それになによりも悔《くや》しくて仕方がなかった。課長に抵抗できなかった僕自身が情けなかった。

「まあ、高橋さんにはよくあることでも、裁判長の心証は間違いなく悪化しましたね。過重労働に、パワーハラスメントが加わりましたからね。高橋さんが出廷して弁明するしかないでしょうね」

満園が言った。

「私が、出廷するんですか？」

高橋が自分を指差して、驚いている。

「ええ、今度はあなたに出てもらって、苛めではないことや過重労働を課してないことなどを話してもらいましょう」

「しょうがないな。嫌ですけどね」

高橋は中村の顔を見た。

「会社に有利に運ぶように、野口が無能だったことを徹底的に証言すればいい」

中村が吐き捨てるように言った。

僕は中村の顔を思いっきりひっぱたいた。何が無能だ。死んだからと言ってあまり侮辱するな。

「もう、戻ってもいいでしょうか」

若井が消え入りそうな声で言った。

「若井さん、お願いがあります」

満園が言った。

「はあ、なんでしょうか？」

若井の声には生気がない。まだいろいろと悩んでいるのだ。

「法廷で私は、彼女と野口さんに親密な関係があると匂《にお》わせました。そうすることで裁判長に少しでも彼女への同情を少なくしようと思ったのですが、却って藪蛇でした。ちょっと焦《あせ》って、証拠が希薄なことを言ってしまったと反省しました。しかし全く根拠がないというのではありません」

満園が、高橋、中村の顔を舐《な》めるように見つめた。

「先生？　二人が付き合っていたという証拠があるのですか？」

高橋が興味津々《しんしん》という顔をした。

「いえ、証拠はありませんが、そういう噂はあるということは問題がないでしょう。噂を言うだけですからね。とにかく裁判長の心に、小さな疑念を植えつければいいのですよ。ひょっとしたら彼女の発言はバイアスがかかりすぎているかもしれない、という疑念です」

満園は薄笑いを浮かべた。

ひどい奴だ。僕と真由美ちゃんが関係があったという噂を社員の口から裁判長の耳に入れようというのか。若井にそれを証言させようというのか。それであの靴下ビール事件は苛めではなく、会社でよく行なわれる酒の席での座興に過ぎないと印象づけようというのだろう。

「もしかしてその噂の証言を私にやれと？」

若井がおずおずと聞いた。

「そりゃあ、いいや。若井、お前やれ！　原田と野口がいちゃついていたとか何とか言えばいい」

高橋が弾んだ声で言った。

「実際、見てはいない事実をそんな露骨には言えません。虚偽の発言は、刑法百六十九条で懲役三月以上十年以下の偽証罪になります」

満園は高橋をたしなめるように言った。

「それじゃあ、私は逮捕されるのですか？」

若井が泣きそうな声で言った。

「大丈夫ですよ。自分の記憶と異なることさえ言わなければ」

「だって私、そんな二人がいちゃついたなんて見ていませんから」

若井は必死だ。

「それは見ていなければ言う必要はありません。仲がいい、ひょっとしたら深い関係ではないかという噂を聞いたことがある……」

満園は、じっと若井を見つめた。

「聞いていません！」

若井は声を荒らげた。

「若井、何を大きな声を出すんだ。先生のおっしゃることを黙って聞け」

高橋は、顔つきが変わってしまったほど興奮している若井を落ち着かせた。

「すみません」

若井は低頭した。

「二人は仲が悪かった？」

満園は薄く笑みを浮かべた。

「いえ、よかったです」

若井は答えた。

「ときどき昼食を一緒に食べていた？」

「食べていました。食堂ではなく二人とも弁当持参組でしたが、時々野外で食べていました」

「二人きりで？」

「ええ、たいていは他の弁当持参組と一緒でしたが、時には二人っきりもあったかな……」

「仕事帰りに呑みに行ったりしていましたか？」

「はい。今日は真由美ちゃんと呑み会だよと話していたことがあります」

「結構です。こんな調子で私が質問しますから、あなたは正直に自分が覚えていることを話してくれればいいのです。出来ますね」

「ええ、まあ」

「やればいいんだよ。お前、課長なんだからな」

高橋がまた口を挟んだ。

「どうですか？　若井さん、会社のためです」

満園は攻めた。

「わかりました」

若井はうな垂れた。

だめだよ。満園の誘導訊問じゃないか。確かに真由美ちゃんと僕とは仲がいい。でもそれだけだ。佐代子が作ってくれる弁当を一緒に食べただけだよ。呑みに行くのもお前が行かないときがあったから、二人きりになっただけじゃないか。

「最初から、素直にそう言えばいいんだよ。手間のかかる奴だ」

高橋が投げやりに言った。若井の目に怒りが浮かんだが、すぐに諦《あきら》めたように消えた。

「それにもう一つ、気になることがあります」

満園が神妙な顔つきになった。

「なんですか？」

中村が訊いた。

「深夜巡回記録表です。あれはなんですか？　なぜあんなものが向こうにあるのですか」

「警備員が勝手につけているものでしょう？」

高橋が関心なさそうに言った。しかしわざとらしい。中村をしきりに気にしている。

「重大な書類だ。そんなことは君も分かっているだろう。なぜ、あれがあいつらの手元にあるんだ？」

中村が高橋に詰め寄った。

「知りませんよ」

高橋は反発するように口を尖らせた。

「裏切り者がいるってことですよ」

満園が言い切った。中村、高橋、満園、三人が一斉に若井を見つめた。若井は、体を震わせ、その場に立ち竦《すく》んだ。

3

「裁判はうまくいっていると考えていいんでしょうか」

佐代子が心配そうに聞いた。

「大丈夫ですよ。思った以上にいいですよ。真由美さんのあの靴下ビール発言は秀逸でしたね」

さゆりが嬉しそうに言った。

「なんだね、その靴下ビールってのは？」

藤堂が書類から目を離した。

「高橋っていう課長が、亡くなった野口さんに無理やり自分の靴下にひたしたビールを呑ませたようなのよ」

「そりゃあ、ひでぇな。典型的な苛めだな」

藤堂は、飲んでいたお茶を急にテーブルに置いた。

「嫌ですわ、先生。そのお茶には私の靴下はひたしていませんよ。でも私の靴下なら芳《かんば》しい香りがしたかもしれませんけどね」

吉良がおどけた。

「吉良くん、バカなことを言うもんじゃない。ここは茶化す場面ではないよ」

藤堂の目が佐代子を見た。

「そうでしたわね。すみません。でも先生が、あまりに急いでお茶をテーブルに置かれたものですから」

「それくらい靴下入りのお茶は嫌だということだよ」

「だから靴下入りではありませんって言いましたでしょう。もう先生ったら」

今度は吉良が怒った。佐代子が笑った。つられてさゆりと藤堂も笑った。

事務所内に笑い声が満ちた。佐代子が楽しそうだ。問題が深刻なだけにどんな些細《ささい》なことでも笑いに変えた方がいい。笑いは前進する力になる。涙は停滞か、後退にしかならない。

「でもその高橋という男の態度は許せないな。満園はどういう反論をしたんだ？」

藤堂が厳しい口調で訊いた。

「それがね」

さゆりは佐代子をチラリと見て、「証言してくれた真由美さんと野口さんが仲がよかったから、その証言は信用出来ないって言うのよ。それは咄嗟《とっさ》に思いついたような話で、裁判長からも根拠のない話をして混乱させるなと叱《しか》られていたけどね」と答えた。

「そんな男女の仲を疑うような噂は、実際、あったのかね」

藤堂は佐代子に訊いた。

「ありません。絶対にありません」

佐代子はきっぱりと言った。

「それならいいが、あの満園という男は曲者《くせもの》だからな。注意を要するぞ。実は、裁判長とも非常に仲がいいんだ。裁判長もそういう悪い噂が立ってはまずいのでバランスをとってはいるがね」

「こちらは過重労働と苛めで自殺に追い込まれたと主張していくつもりよ」

さゆりは言った。

「わかった。満園が本気で挑んでくるなら、私も参加するか」

藤堂は、お茶を飲んだ。

「先生、一緒に戦ってくれるの？」

「ああ、駄目かね？　さゆり主任弁護人殿？」

「駄目なものですか。頼もしいですよね。佐代子さん」

「ええ、よろしくお願いします」

佐代子は嬉しそうな顔をした。

いいところがあるじゃないか、藤堂先生も。佐代子の嬉しそうな顔を見ていると、僕まで嬉しくなってきた。

「ところであの深夜巡回記録表はよく手に入れたな。赫々《かくかく》たる戦果というのはああいうのを言うのだ。見直したよ」

藤堂はさゆりを誉《ほ》めた。

「たいしたものでしょう。あれは前人事部長さんが提供してくれたの。自分の処遇に不満があったのね」

さゆりが胸を張った。

やはり北村が提供してくれたものだ。中村たちに放逐された恨みを佐代子に協力することで晴らそうと言うのだろう。理由は何にせよ、勇気ある行為だ。

「でもね……」

藤堂の顔が暗くなった。

「どうしたの？　何か心配？」

「満園が何をしてくるかね。それが分からない。とにかくあいつは悪い奴だからね。勝つためにはなんでもする」

藤堂は、渋い顔で、またお茶を飲んだ。

4

『もう少し用立ててくれませんかね』

高橋の携帯電話から洩《も》れ聞こえるのは伊吹の声だ。

高橋は、慌てて営業部の周囲を見渡した。

「先生、今、議会開会中じゃないですか」

高橋は声を潜めた。

『そうだよ。もう直ぐ私の質問時間だ。ちょっとトイレに立ったついでに君の声を聞きたくなった』

「トイレに行っている時じゃないでしょう？　よろしくお願いしますよ」

高橋が懇請した。

『分かっているよ。だからこうして寸暇《すんか》を惜しんで電話をしているんだ。もう少し必要なんだ。頼むよ』

伊吹の声が大きくなった。

「いくらですか?」

『それを私の口から言わせるのかい? 君は? それを考えるのが君の役目でしょう』

伊吹が居直り気味に言った。

高橋は眉根を寄せた。

「ちゃんとやってくれるんでしょうね」

高橋の声に怒りがこもっている。

『当たり前じゃないか。だけどね。こっちのことも考えて欲しいな』

伊吹の声がなぜか笑っている。立場はこっちの方が強いぞと分かっているからだ。

「なんとかします。しかしこれで当面勘弁してくださいよ。こっちも先生のお蔭で苦労しているんですからね」

『もう苦労させないよ。なんとか今日中に、いつもの方法で頼んだよ』

「了解しました。なんとかします」

高橋は携帯電話を耳から離した。今にも周囲の物を壊しかねないほど怖い顔をしている。

「糞野郎《くそ》め」

高橋が吐き捨てるように呟いた。

「若井！」

高橋が呼んだ。

「は、はい」

弾かれたように若井が立ち上がった。直ぐ近くに座っている真由美がパソコンのキーボードを打つ手を止めた。

「若井さん、課長なんだからもう少し威厳をもったら？」

真由美が小声で言った。

「僕は、君のように居直れないよ」

若井は情けない声で答えた。

「居直ってなんかいませんよ。理不尽な態度に抵抗しているだけですよ」

「それを居直りと言うんだよ」

若井は言った。

「何をごちゃごちゃ言っている。早く来い」

高橋が部屋中に響くような声で叫んだ。

「はい、只今！」

若井は机を離れ、高橋の下へ走った。高橋は、まだ人事部へ行かず、普段は中村が座っている席を使用していた。まるで常務になったような態度だった。

「何を原田と話していたんだ。あんな女を相手にするな。あいつは裏切り者だ。近いうちに叩き出してやる。ところでちょっと問題が起きた。中村さんのところに行くぞ。一緒に来い」

高橋は立ち上がると、急ぎ足で歩き出した。中村は別のフロアの個室で執務をしていた。

高橋の足は速い。若井は必死で付いていった。

「大きな問題ですか？」

若井が、背後から問いかけるが、高橋は無視して急いでいる。

中村の部屋についた。高橋は、二、三度ドアを叩くと、返事が聞こえる前にぐいとドアノブを引いた。

「なんだ！　いきなり！」

中村が声を荒らげた。

「あれ？　北村さん？　どうしたんですか？」

高橋は中村の前に座っている北村を見て、驚いた。

「今日付で向こうに行きますのでそのご挨拶です。高橋さんとは十分な引継ぎが出来ませんでしたが、後はよろしくお願いします。後ほど改めてご挨拶に参ります」

北村は、立ち上がり、高橋に低頭した。

「それは、ご丁寧に」

高橋は軽く頭を下げた。

「それでは常務、私はこれで失礼いたします。向こうで頑張って参ります」

「ああ、まあ、体に気をつけてな」

中村は座ったまま、おざなりに答えた。

「すみませんねぇ。追い出したみたいで……」

高橋は北村が部屋を出るのを見届けると、中村の前に座った。若井は、その場に立ったままだ。

「大丈夫ですか？」

高橋は、中村の顔を探るように訊いた。

「例の書類か？」

中村が言うのは深夜巡回記録表のことだ。

「ええ」

高橋が頷いた。

「北村は申し訳ないと言っていた。管理は厳重にしているのだがと」

「管理って、北村さんの責任でしょう？」

「その通りだが、彼に言わせると部員の中には君への反発が大きいそうだ。それが原因の一つかもしれないと言っていた」

中村が、目を剝《む》くように高橋を見つめた。高橋は大げさに驚いて見せた。

「それはなんとかの最後っ屁《ぺ》ですよ。俺、いや私に責任をなすりつけようと言うのですか。自分の管理不行き届きじゃないですか」

高橋は声を荒らげた。

「騒ぐな。君が部長として犯人を捜せばいい。徹底的に捜すんだ。見つけ出し、裏切り者はどうなるか、見せしめにしてやるんだ。それはともかく北村の言うとおり君に対する反発があるなら注意した方がいい。内部告発が続出したら、たまらんからな。ところでいきなりどうした？」

中村が訊いた。

北村が疑われていないので安心した。彼は忠実なタイプだから、まさか佐代子側についているとは、中村も思わないのだ。

「私への反発は分かりました。徹底して犯人を見つけ出し、八つ裂きにしてやります。ところでご相談は、伊吹のことです」

「今日、あいつは市長に指名競争入札に直すべきだと質問するはずではなかったのか。部下に議会審議を傍聴させに行かせているんだろう？」

「あの野郎、質問直前にトイレから電話をかけてきまして、もう少しこれを寄越せと」

高橋は指で丸を作った。

「なんて奴だ」

中村が声を荒らげた。

「電話の雰囲気では、すぐにオーケーしてくれないと、質問をしないっていう雰囲気でした」

「じゃあ、オーケーしたのか？」

「はい」

高橋は首をすくめた。

「この話はお前が持って来たものだ。まさか天童と伊吹にしてやられているんじゃないだろうな」

中村は高橋を睨みつけた。

「そんなことはありません。質問は必ずしてくれます」

高橋は大きく首を振った。

「それにしても性質《たち》の悪い奴だ。いったいいくら欲しいと言うのだ」

「それを考えるのは、そちらの仕事だと言うのです」

「糞野郎め！」

中村は怒りを堪《こら》えきれず、机を叩いた。

「これくらいは思い切らないといけないかもしれません。当面、ないぞと念を押しました」

高橋は片手を広げた。

中村は目を剝き、腕を組み、うーっと唸った。

高橋は黙って、中村の様子を見つめていた。

「若井、これを持って財務部長のところに行け。そしてそのまま豪林寺にお参りして来い。細かいことは連絡する」

高橋は、手帳を取り出すと、メモ欄に、「イブキ5」と書くと、それを引きちぎり、若井に渡した。

若井は、メモを摑《つか》んだ。息が止まりそうなほど緊張した。顔は青ざめ、息も荒い。

中村は何も言わず、腕を組んだままだ。

「さあ、行け」

高橋が言った。

若井の足はこわばり、前へ進もうとしない。

「若井……」

僕は小声で若井の名前を呼んだ。

5

「あれ、天童さん」

高橋は議会の二階傍聴席に天童を見つけた。

「おう、高橋さん、ここが空いていますよ。どうぞ」

天童が手招きした。

「よく来られるのですか」

高橋は訊いた。

「そうでもないですが、今日の伊吹発言を聞きたくてね。先ほどから彼、頑張ってますよ」

天童の指差した先に質問者席に立つ伊吹がいた。

「間に合ってよかったですよ。部下に傍聴させていたんですが、どうしても自分で聞きたくなりましてね」

高橋は視線を伊吹に向けた。伊吹は、夏らしいすっきりとした白いスーツ姿だ。ちょっとしたテレビタレントのような衣装だが、背の高い彼が着るとよく似合う。女性票が集まるのも当然だ。ドブネズミ色の議会で一人だけ白いスーツ姿というのは、まさに掃《は》き溜《だ》めに鶴《つる》だ。

「今や、公共事業は一般競争入札から指名競争入札に流れが変わりつつあります。昨今の地方経済の疲弊を見るとき、一般競争入札のままでは、A市とは関係のない、価格競争力のあるスーパーゼネコンばかりに発注される事態を招いておるからです」

伊吹がよく通る声で言った。議員席から、「お前のせいだぞ」と野次が飛んだ。

伊吹は、野次を無視して質問を続けた。

「こういう現実を市長はいかがお思いですか？」

議長から指名され、甘粕が立った。

なにやらにやにやしている。

「伊吹先生から、そのようなことを発言していただき大いに感激しております。実はB市もC市も相次いで一般競争入札を止《や》め、指名競争入札に変更したとの報道もあり、私自身もどうすべきか苦慮しておったところであります。談合などの不正競争撲《ぼく》滅《めつ》の観点から、伊吹先生にもご協力いただき、一般競争入札を導入したのでありますが、地元が発注した公共事業投資の半分は地元外に出てしまっているのが現実です。これではなんのために一般競争入札を導入したのかわかりません。私としては伊吹先生のご指摘を真摯《しんし》に受け止め、一般競争入札の見直しをしていきたいと思います」

甘粕は、笑みを残し、一礼して席に戻った。

再び、伊吹が立ち上がった。

「今、市長から一般競争入札の見直しを検討するとの発言がありましたが、そうなりますと談合などの不正競争についてはどのようなチェックをしていくお考えですか。もし再び談合事件などが起きますと市民からの信頼が失墜いたします。市長のお考えをお聞きしたいと思います」

甘粕が手を上げた。議長の指名を受け、発言台に立った。

「そもそも指名だから談合になるということはありません。過去、当市も大掛かりな談合事件を起こし、市民の信頼を失いました。これは二度と繰り返してはいけないことだと思っております。そこで公益通報者保護を徹底し、内部告発『談合１１０番』の設置をし、不正競争の情報を集めます。また談合の疑いをかけられた業者は、疑いを自ら晴らすことが出来なければ、市の事業の指名を、問題の程度に応じ、数年間にわたって停止します。また刑事告発を積極的に活用します。こうした厳しい監視体制を構築することで、不正を撲滅し、市民の信頼に応えたいと思っております」

甘粕の答弁が終わると、即刻、伊吹が立った。

「市長の不正防止にかける情熱は本物とみなしましたので、ぜひ地元発展のために指名競争入札への変更を決議してもらうべく、議案としてご提出願いたいと思います。その際は、近時、建設が予定されている市民体育館から指名競争入札にするのがいいと考えますが、いかがですか」

伊吹の質問はどんどん核心に迫っていく。高橋は天童の方を振り向いて微笑んだ。

「たいしたものじゃないですか。これで伊吹に促されて、市長側が指名競争入札への変更を議案として提出しやすくなりましたね」

天童が囁《ささや》いた。

「これも皆、天童先生のお蔭です」

高橋は周囲に気を配りながら、小さく頷いた。

「今後ともよろしくお願いしますね」

天童がにこやかに返した。

「私は、これで失礼いたします」

高橋が席を立った。

僕は、しばらく伊吹と甘粕のやり取りを見つめていた。中村や高橋がばら撒《ま》いた賄賂という美味《おい》しい毒が、二人の体に十分に回っていた。まるで見事な掛け合い漫才のようにスピーディに議論を展開していた。

周りの議員たちは、まさか二人が出来レースを演じているとは思いもよらないような真剣な表情で議論の成り行きを見守っていた。彼らにとっても一般競争入札から指名競争入札への変更は歓迎すべきことだった。しかし談合に厳しい視線を向ける市民たちの反発を怖《おそ》れて、何も出来ずにいた。そこへミスター一般競争入札とでもいうべき伊吹が、指名競争入札への変更を考えたらどうかと発言したのだ。驚きはするものの地元産業の発展というもっともな理屈であり、伊吹の意見に反対する議員はいないだろう。

僕は、怒りが湧いて来た。一般競争入札だろうが、指名競争入札だろうが、そんなことはどうでもいい。正当な競争が行なわれて、正しい事業を行なっている業者が仕事を請《う》けることが出来ればいいのだ。A市にも建設業者は多くいる。しかしどこも大稜建設の支配から逃れることは出来ない。どんな入札方法を取っていても談合がまかり通っている。一般競争入札にすることで大稜建設を中心とした談合システムが壊れつつあった。なぜなら多くのスーパーゼネコンが入札に参加してくるからだ。今では地元建設業者もそうしたスーパーゼネコンとの関係を強化して、大稜建設の支配から脱しようとする動きが出てきていた。

僕は、こうした動きは悪いものではないと思っている。大稜建設が、未来に飛躍するためには談合を止めて、自らを厳しい競争に晒《さら》さなければ強くなれない。そう信じている。僕は大稜建設を愛するがゆえに、談合の証拠を集めていたのだ。

今、目の前で甘粕と伊吹の間で行なわれている茶番は、大稜建設にとって当座はプラスに働くかもしれない。しかし長い目で見れば、マイナスになるだろう。

それにしても集めた談合の証拠はどうしてしまったのか。さっぱり思い出せない。

高橋は、どこへ行ったのだろうか。

僕は、天童のそばを離れて、高橋を追った。

いた。市議会の建物を出たところで誰かと携帯電話で話している。険しい顔だ。

「さっさと行け。相手は豪林寺で待っているぞ」

豪林寺？　若井が伊吹の秘書に賄賂を渡した場所だ。とすると、電話の相手は
……。僕は、高橋に近づいて、耳を澄ませた。

「議会は順調に進んでいる。何をびくついているんだ。直ぐ行けと言っただろうが。降格されたいのか」

電話の向こうで怯《おび》える若井の姿が浮かんでくる。きっと賄賂は財務部長から預かったものの、まだ豪林寺に行っていないのだ。高橋から直ぐに行けと言われたにもかかわらず臆病《おくびょう》風に吹かれたのだ。「わかったな。すぐ行くんだぞ。もうこれっきりだ。全てはうまくいった。お前のお蔭だ。首尾よくいったら連絡してくるんだぞ」

高橋は携帯電話をスーツのポケットにしまった。

「何が、お前のお蔭だ、だ。心にもないことを言うと口が腐《くさ》る。あの役立たずめ」

高橋は吐き捨てるように言った。

僕は、若井のことが哀れで仕方がない。悲しくてやりきれない。

高橋は、タクシーを止めた。会社とは反対の方向に行くようだ。どこに行くのだろ

うか。僕は徹底的に高橋をマークするべきなのだろうが、でも今は、若井のことが気がかりだ……。

6

若井は豪林寺の石段の下にいた。黒い鞄を抱え、石段の先を見上げている。

明らかに若井の顔がおかしい。僕は、大丈夫か？ と囁いた。

石段の上には、太って頭の禿《は》げた黒いスーツ姿の男が立っている。彼もじっと動かない。若井が動き出すのを待っているのだ。まるで真昼の決闘のように緊張した空気が流れている。

黒いスーツの男は、前回にこの場所で若井と賄賂の受け渡しを行なった伊吹のスタッフだ。

若井が抱えている鞄には、伊吹が新たに要求した五百万円が入っているのだろう。

若井、お前、何をやっているのだ。こんなことは犯罪の片棒担ぎだぞ。

「分かっているよ。野口、黙っていてくれ。死んでしまった奴にあれこれ言われたくない。俺は生きている。生きているものは、いろいろ大変なんだ」

分かるよ。でもこんなことをするために課長に昇格したのか。これでは若井をいいように使うために高橋が課長にしたようなものじゃないか。

「黙れって言っているだろう。俺には俺の考えがある。俺は、課長だぞ。選ばれたんだぞ」

僕は、お前のことが心配だ。こんなことをして家族が喜ぶと思うか？　こんなことをするくらいなら、課長なんか辞めちまえよ。

若井は、僕の問いかけに答えることなく歩き始めた。食い入るように目を凝《こ》らして、石段上の男を睨みつけている。

男も動き出した。石段をゆっくりと歩き出している。途中ですれ違って、若井は抱えている鞄を渡す。前回と同じだ。

若井が何度も後ろを振り返っている。息が荒い。

どうした？

「後ろからランニングの男が追いかけて来るような気がするんだ」

誰もいない。気のせいだよ。

「それならばいいけど。足音が聞こえるんだ。あの男、どんな男だったか覚えているか？」

覚えていないな。若かったような気がする。高校生かな？

「俺の顔を見ただろうか？」

若井の顔色が悪い。

そうだな、見たかもしれないね。

「やっぱりな。目が合ったんだ。はっという顔をしていた。俺は知らないけど、向こうは俺のことを知っているかもしれない。どうしよう？　俺が今やっていることを見られたかもしれないんだ」

若井は今にも叫びだしそうだ。

しっかりしろ。見たかもしれないというのは僕の勘違いだ。見てはいない。よしんば見ていても若井がやっていることが何かなど想像がつくはずがないさ。一度のあやまちなんて何とでもなるよ。

「そうかな……。でも心配だな」

若井は石段を見上げた。もうすぐ近くに男がいる。口角を歪め、薄く笑みを浮かべ、両手を差し出して来た。早く鞄を寄越せという態度をしている。

若井、駄目だ。渡してはいけない。もうこれ以上、これに深入りするな。本当に犯罪者になってしまうぞ。

若井に僕の声は届かない。若井は、鞄に視線を落とすと、抱えていた鞄の持ち手を両手に握り締めた。それを男に差し出した。

その時だ。若井は、急に両手を引いた。男の手が空を摑んだ。

「何しやがる！」

男が、初めて口を利いた。

若井は、くるりと踵《きびす》を返し、石段を駆け下り始めた。鞄は胸のところに抱えている。

「おい、こっちにそれを渡せ」

男が叫んでいる。

若井は、男の叫び声を無視して駆け下りていく。

男は追いかけて来ると思ったが、その場に立ち止まったままだ。太っているから、咄嗟に動けないのだ。あの野郎とか何とか言っているのだろう。口元を歪めている。スーツのポケットから携帯電話を取り出してどこかに電話をしている。若井が賄賂を渡さずに逃げ出したことを連絡しているのだ。まさか周囲に仲間がいるなどということはないだろう。伊吹の事務所に緊急事態の連絡をしているに違いない。

若井は石段を下り切ったところで勢い余って、前のめりに転んでしまった。だが、鞄は体から離さないでしっかり抱いていた。

「痛《いて》え！」

若井は、顔をしかめた。ズボンの膝のところが砂で汚れている。幸い破れてはいない。鞄を抱いたまま空いた手で砂を払った。若井は、石段の方を振り向いた。男が体を揺するようにして追いかけて来る。

「やばい！」

一言発すると、若井は猛烈な勢いで走り出した。豪林寺の境内から外に出た。タクシーが走っている。若井は立ち止まり、必死で手を振った。タクシーが近づいて、止まった。急いで乗り込んだ。

男がそこまで追いついて来た。息苦しいのか、顔を歪めている。額《ひたい》には汗が溢《あふ》れ、何かを叫んでいるのだが、掠《かす》れて言葉にならない。

「早く出してくれ」

若井は運転手に言った。

「どこへ行きますか」

運転手が訊いた。

男がドアノブを摑もうと手を伸ばしてきた。ガラス窓に顔を近づけてきた。目を剝き、口を大きく開け、まるで断末魔に叫んでいるようだ。

「出ろ！　どこでもいい！」

若井は怒鳴った。

タクシーが急発進した。男はその場に崩れ落ちるように座り込んだ。片手を伸ばし、何かを叫んでいるようだが、若井には聞こえない。

「どこへ行きますか？」

「A市大橋に行ってくれ」

若井は、鞄を膝の上で抱え込むと目を閉じた。

7

「なあ、さゆり」

藤堂が、お茶のお代わりを飲み干して湯飲みをテーブルに置いた。

「なあに、先生」

さゆりは佐代子との話を中断して、藤堂の方を振り向いた。

「北村さんという人はどんな人だね？」

「どんな人って言ってもね……」

さゆりは首を傾げた。

「誠実な人だと思いますが……」

佐代子が答えた。

「勇気はあるかな？　単に今回のように不満に駆られて動くこと以外に……」

「勇気？　それは分かんないわね。どう思います？　佐代子さん？」

さゆりの問いかけに佐代子も首を傾げた。藤堂の質問の意味が理解出来ないからだ。

「先生、何を考えてるの？」

「北村さんが証人として出てくれないかということだよ」

藤堂はじろりと大きな目を剝いた。

「私たちの側の証人として！」

さゆりが驚いたように声を上げた。

「当然だ」

藤堂は大きく頷いた。

「それは無理よ」

さゆりが即座に否定した。

「会社側の証人として出るかもしれないとおっしゃっていたくらいです」

佐代子もさゆりに同調した。

「しかし自分が野口さんを殺したというくらい反省しているんだろう」

「そりゃあそうだけど……」

さゆりが苦しそうな顔をした。

「だから重要な書類をこっそりと提供してくださいました」

佐代子が言った。

「そうなんだ。だからもう一歩踏み込んで、勇気を持って会社の労務管理を告発してくれないかと思ったのだよ」

藤堂は言った。

「佐代子さんのお考えは？」

「どうでしょうかね……」

佐代子も難しいということを顔で表現している。

「やっぱり無理かな？」

藤堂も諦め顔だ。

「左遷されたとはいえ、子会社の役員さんでしょう？　会社に弓を引けば、馘になってしまうでしょうね。そんなリスクがあることをお願い出来ないわ」

さゆりが同調を求めるように佐代子を見た。

「でも駄目もとで頼んでみましょうか？」

佐代子が言った。

「えっ、本気ですか？」

さゆりが声を詰まらせた。

「確かに北村さんにとって非常にリスクが大きいことです。でも私たちに貴重な情報提供をしてくださっています。当然、私たちに勝ってもらいたいと思っておられるはずです。藤堂先生の勝利の方程式に北村さんが必要なら、その期待に応えてくださるかもしれないと思うのです」

佐代子は明るく言った。

「私もそう思うのだ。彼は、匿名ではあるが内部告発者になった。それは会社と自分の間にある深くて暗い川を踏み越えてしまったことになる。今ごろ、あの書類を誰が我々に提供したか、彼らは犯人探しをしているに違いない。いずれは彼が犯人だとバレるだろうと思っていた方がいい。そうであれば彼に残された選択は、徹底的に会社と戦って、勝つことしかない。それを彼が理解すれば、我々の側の証言者になってくれる可能性はゼロではない」

藤堂は、どうだと言わんばかりにさゆりを見つめた。

「そりゃあ前人事部長が、私たちの側に立って証言してくれれば、ものすごい力になるわよ。でもどうして先生は、それにこだわるの？」

さゆりが訊いた。

藤堂は、空になった湯飲みを持ち上げて、吉良に向かって「お茶をくれ」と言った。

「一番気がかりなのは、残業時間の決め手となった深夜巡回記録表を偽物、あるいは意味のないものだと言ってくる可能性があるということだ。通常の方法では手に入らないものを手に入れたわけだからね。裁判所に書類提出を依頼したわけではない。当然、入手経路が問題になるし、満園のことだ、問題にしてくるに違いない。あいつはどんな手も使う。だからあの書類が偽物だと主張することもあるということだ」

藤堂が、憂鬱そうな顔で、吉良が淹《い》れてくれたお茶を飲んだ。

さゆりも藤堂の考えが分かり、暗然とした。

「そんなひどいことを言ってくるのですか？　私たちが嘘の書類を出したとでも

「……」

佐代子は怒った。

「あいつは勝つためには手段を選ばない男だ。皮肉な言い方だが、なかなか頼りになる弁護士なんだよ」

藤堂が薄く笑った。

「私、北村さんを説得します」

佐代子が口元を引き締めた。

がんばれ！　佐代子。

僕は、声を限りに大きな声で叫んだ。ひょっとしたら風の音にでも聞こえるかもしれないから。

第十章　いつもそばにいるよ

1

「若井は、まだ見つからないのか」

高橋が携帯電話を耳の中に埋めてしまうほど強く押し付けている。相手は会社の誰かなのだろう。

裁判所の廊下には、幸い誰もいない。高橋の激しい怒りがこもった声が響いている。若井が五百万円の金を持って失踪して、もう三日が過ぎた。全く居場所が分からない。自殺死体も上がってこないから、生きてはいるのだろうが。

「あの野郎め」

高橋は押し殺した声で呟《つぶや》いた。

「そろそろ時間ですよ」

後ろからの声に高橋は驚いた様子で、振り向いた。満園が立っていた。

「わかりました」

高橋は携帯電話の電源を切って、胸のポケットにしまった。

「そうとう、怒っていましたね」

満園が言った。

「若井って課長が金を持ち逃げしたまま、見つからないんですよ。狭い町だから直《す》ぐに分かりそうなものですが」

「死んでいるかもしれませんね」

「いっそそうならいいのです」

高橋は、冷たく言い放つと、満園に案内されて控え室に入った。今日は会社側の証人として出廷するのだ。

「もうすぐ開廷だから、呼びに来るので、打ち合わせ通りに頼みますよ」

「任せてください」

高橋は、指でオーケーマークを作ったが、余裕の態度の割には暗い顔だった。

「若井はどうして逃げやがったのか。金が欲しかったのか、それとも渡すのが嫌だったのか」

高橋は、ぶつぶつと独り言を言っている。若井の失踪が、不安で仕方がないのだ。何せあの金は、賄賂《わいろ》だ。裏金だ。おおっぴらに警察に届けて、若井を捜してもらうわけにはいかない。

伊吹の秘書が、若井が逃げたと連絡をしてきた。そのときの高橋の驚きようは、天地がひっくり返ったようだった。秘書が新たな金をもって来いと電話口で大騒ぎをしたが、必死で宥《なだ》めた。なんとか時間稼《かせ》ぎをしたようだが、とにかく若井を早く見つけて、その金を伊吹に渡さなくてはならないらしい。

伊吹は約束通り、一般競争入札を変更するべきだという質問をした。その結果、市長も議会も、その方向に舵《かじ》を切った。全てうまくいっているはずなのに、どうして若井の失踪などという事態が起きるのだ。高橋は、考えれば考えるほど憂鬱になっているようだ。

「早く、こんなことを終わらせて、若井の捜索をやらんといかん」

高橋のぶつぶつは止まらない。

高橋が僕を苛《いじ》めたのかどうかが厳しく追及されるはずだ。僕は、若井のことも心配だが、高橋がどのようにさゆりから追及されるのか、見てみたい。

「高橋さん、お時間です」

廷吏が呼びにきた。高橋の顔が瞬《また》く間に緊張した。

「はい！」

まるで小学生のように大きな声で返事をして、立ち上がった。

法廷に続くドアが開き、高橋の目に裁判長や満園やさゆりの姿が飛び込んで来た。

「あれ？　藤堂先生までいるじゃないか」

高橋は、小声で呟いた。

藤堂剛との思い出があるのだ。以前、事故で亡くなったさゆりの父親は、大稜建設にいた。高橋にとっては先輩のはずだ。

高橋は、さゆりを見つめた。どこかにかつての上司の面影を探しているのか。佐代子の弁護士が、隆先輩の娘だったことに衝撃を受けているのかもしれない。

高橋は、拳《こぶし》を握り締めている。もっと早く気づくべきだった。確かに藤堂という名字、そうあるものじゃない。藤堂さゆりが、世話になった隆先輩の娘だったとは……という叫びが聞こえてきそうだ。

「ついてないなぁ」

藤堂とは戦いたくない。戦意が萎《な》えてしまう。若井の失踪、藤堂弁護士……。なんだかサイクルがうまく回らなくなってきたように高橋は思い始めているようだ。

「どうしました？　大丈夫ですか」

満園に席から声をかけられて、高橋は振り向き軽く頷いた。裁判長の前に立つ前に藤堂にも小さく会釈した。藤堂はうっすらと笑みを浮かべている。隣に座るさゆりは厳しい表情のままだ。まさか攻める相手が、昔、さゆりの父の部下だったとは知らないのではないだろうか。

高橋に対する満園の質問が終わった。会社側に有利な質問ばかりで、高橋は難なくこなした。次にさゆりの質問に移った。

「あなたは故野口さんを苛めたそうですね。あなたの穿《は》き古した靴下をビールに浸《ひた》して、それを口に入れたそうじゃありませんか。またあなたは故野口さんを普段から執拗に罵倒していたという証言がありますが、どうですか」

口調は冷静だが、怒りがほとばしっている。それは傍聴席にいる佐代子の怒りでもあった。

高橋は、さゆりを見ていたが、藤堂の視線が気になって仕方がないようだ。若い頃のことを知っている人と会うと、今の自分が自分でなくなるような錯覚に陥ることがある。例えば大金持ちになっていても、昔の貧乏な時代に戻ってしまうような気持ちなのだが、今の高橋はちょうどそんな様子だ。さゆりなどなんとも思っていないようだったが、そこに藤堂がいるだけで気持ちが揺らいでしまうのだろう。

黙り込んだ高橋に、裁判長が発言を促した。

「そのようなことはしていません」

高橋はさゆりを見ないで答えた。

「今なんと答えられましたか」

さゆりが驚いた顔をした。

「そんなことはしていないと申し上げました。私が故野口さんを苛めたという事実はありません」

高橋は、抑揚のない声で答えた。

「その場所で証言された大稜建設の社員の方だけではありません。複数の関係者の方が、あなたが野口さんを苛めていたと証言していますが、それらは嘘だとおっしゃるのですか」

さゆりは、高橋の全否定に怒りを漲《みなぎ》らせた。

「故野口さんは、私の可愛い部下の一人です。その部下を私が苛め殺したと言われるのは心外です」

高橋は遠くを見つめる目になった。暗い目だ。何もかもに絶望したような冷たい水底のような目。その目を僕は見たことがある。急に熱くなってきた。僕を激しいエネルギーが突き動かし始めた。僕の中で何かが生まれようとしている。それは記憶の再生だ。僕は高橋の暗い目の中にいる僕を見つけた。僕は、本当に彼の可愛い部下だったのだろうか……。

2

「おい、野口、そこで何をやっているんだ」

高橋は、誰もいなくなった深夜の営業部の中で僕を呼んだ。僕の机のある場所だけが明るく照らされていた。

「あっ、課長」

僕は、慌ててパソコンを消した。

「今、何時だと思っているんだ」

「すいません、直ぐに帰ります」

額から嫌な汗が滲《にじ》み出てくる。

「最近、お前、やたらと遅くまで残っているな」

高橋の目が何かを探るように動いている。

「例の市民体育館の入札関係の書類を作っております」

僕は動揺していた。

「俺は、何度か作り直しを命じたが、先週の初めから一切、書類が上がってこないじゃないか」

高橋は、僕が作る書類をことごとく拒否して作り直しを命じていた。

「すみません。課長に満足していただけるものが出来なくて……」

僕は頭を下げた。

「お前はどう思っているか知らんが、俺はお前のことを評価しているんだ。だから今回のプロジェクトを任せた……」

高橋は、先ほどとは変わり、落ち着いた様子で近づいて来た。

「ありがとうございます」

僕は目を伏せた。

「ところがお前になんだか悪い噂があってな」

高橋の目が恐ろしいほど暗くなった。周囲の闇《やみ》を全て飲み込んでいるようだ。

「はあ？」

僕は生返事をした。

「お前が会社の機密書類を盗んでいるという噂だ」

「誰がそんな？」

僕は、自分の汗がこんなにも嫌な臭《にお》いを発するとは知らなかった。それほど濃い汗が滲み出てきたのだ。脂汗というのはこれのことを言うのだ。

「そのパソコンを見せてみろ」

「何も入っていませんよ」

額の汗が目に入った。目が痛い。

「いいから見せてみろ」

僕は、パソコンの電源を入れた。高橋がじれったそうに画面を見つめている。そこに求めている証拠が現れると思っているようだ。

僕は、高橋の背後に回り、ズボンのポケットに手を入れた。硬いものが当たる。USBメモリーだ。僕は隣の席の机の引き出しをそっと開けた。真由美の机だ。メモリーを握り締め、その中に入れた。再び何もなかったようにそっと閉めた。

「遅いな。このパソコン」

高橋が苛立《いらだ》っている。僕は何も言わなかった。

「俺は、お前に目をかけていたんだ。お前って不器用だが、まっすぐだからな。そういうところは客にものすごく信用されている。ところがどうしたんだ？　何を血迷ったんだ？　談合の告発をやろうと考えているそうじゃないか」

高橋が振り向いた。僕はぞっとした。心底、憎んでいる目で僕を見つめている。

「そんなこと……」

僕は息も絶え絶えに何とかこの場を凌《しの》ぎたいとだけ考えていた。

パソコンが立ち上がった。

「盗んだデータを見せてみろ。この中に入っているんだろう？」

「何も入っていません」

僕はドキュメントの詳細を画面に出した。高橋は、それを食い入るように見つめていた。

「俺は、てっきり市民体育館の件でお前が残業していると思っていた。いつかは慰労してやろうと思ってな。それがなんてことだ。会社を裏切る資料を作っていたとはな。俺はお前に辛《つら》く当たったかもしれない。しかしそれは愛情だ。逆恨みは許さん！」

僕はとっさに若井を思い浮かべた。会社に対する不満、談合に対する批判などは若井に話したことがあった。若井が何らかの密告をしたのだろうか。まさか……。

「おかしいな。それらしきものはないじゃないか。どこにあるんだ」

高橋は興奮し始めていた。

「誤解です」

僕は強く否定した。脇の真由美の机にわずかに視線を向けた。大稜建設の談合工事の機密書類は、全てUSBメモリーに入っている。見つかるなよ。僕は念じた。

「ちょっと外の空気に当たろうか」

高橋は、非常口の方に歩き始めた。踊り場に出るつもりらしい。

僕は、高橋の後をついて歩いた。僕が、鉄の扉を開けなくてはならないのだろうか、そんなことに気が回らないうちに高橋が、ノブを摑み、ぐいっと力を入れた。冷たい風が僕の頬をなぜた。外は暗い。高橋は、鉄柵《てつさく》に体を預けていた。

「辛いときにここに来ると気分が晴れる。昔、ここで酒を飲んで眠ってしまったことがある」

高橋は暗闇を見つめて言った。

「僕もここが好きです。残業していてもここで風に当たると、またやろうという気になります」

僕は、明るく言った。高橋の暗さがたまらなかった。

「お前は見込みがある。バカなことを考えるなよ。正直に言えば、今なら不問にする。もし後でお前の会社に対する裏切りが明らかになれば、そのときは許さない」

高橋が、僕の方に一歩足を進めた。口調は穏やかだが、怒っている。

「俺の部下から裏切り者が出るとは思わなかった。俺の立場はどうなると思っているんだ！」

高橋が僕の襟首を摑んだ。

苦しい。息が出来ない。

「課長、止《や》めてください」

僕は搾《しぼ》り出すように言った。

「俺を裏切りやがって……」

「僕は何もしていません。嘘じゃありません」

高橋が手を緩めた。僕は、大きく息を吐いた。

「お前には絶望した」

高橋は、僕に向かって唾《つば》を吐いた。それが顔に当たった。いくらなんでもひどい。

「課長、申し上げても良いですか」

僕は、顔に当たった唾をハンカチで拭《ぬぐ》った。

「大稜建設はこのままでは駄目です。今のような市に頼りっぱなしの仕事ではいずれ行き詰まります」

僕は、少し震え声で言った。

「なにが言いたいんだ。市の仕事を独占してこそ、大稜の強さがあるんだ」

高橋が顔を僕に近づけた。僕は両手で高橋の肩を押し戻した。また唾をかけられたらたまらない。その時、強く押しすぎたのか、高橋が、尻餅《しりもち》をついた。

「すみません」

僕は、直ぐに手を差し出した。

「何をしやがるんだ！　どこまで俺をバカにすればいいんだ」

高橋の目が引きつった。

「すみません」

僕は謝り、頭を下げた。そして顔を上げたとき、黒い塊《かたまり》のようなものが僕に向かって突っ込んで来た。高橋が、まるでアメフトかラグビーのタックルのように僕に突っ込んで来たのだ。僕は、よけることが出来なかった。ものすごい力で高橋は僕にぶち当たってきた。体は撥《は》ね飛ばされ、鉄柵に当たった……。

3

「あれは事故だ……」

高橋が呟いた。

「何かおっしゃいましたか」

裁判長が怪訝《けげん》そうに訊《き》いた。

「いえ、何も……」

高橋が、無表情に否定した。

「質問にだけきちんと答えてください。余計な発言をしないように」

裁判長が注意した。

「申し訳ありません」

全てを思い出した。あの夜、僕に向かって来た黒い塊は高橋だった。僕は高橋に突き落とされたのだ。そして死んでしまった。本当か？　信じられない。過労死ではない。高橋に殺されたのだ。高橋は僕が談合を告発するのではないかと恐れていた。だからそんなことを止めるように説得する気だった。ところが僕がそれに応《こた》えないものだから、激高して、僕に体当たりして来た。僕は鉄柵に当たり、体のバランスを崩して、運悪く鉄柵を越えてしまった……。運悪く？　いや運ではない。高橋の意志が反映していたのだろう。蘇《よみがえ》ったこの記憶に間違いはない。これを誰かに伝えなければならない。でもいったいどうやって伝えればいいのだろうか。本当に高橋は僕を殺そうとする意志を持っていたのだろうか？　信じたくない。

「それでは私が質問します」

満園は、さゆりに反論するために立ち上がった。

「野口さんの勤務振りはどうでしたか」

「非常に不満でした」

高橋は答えた。感情の変化は表情に表れていない。

「それはどのように不満だったのですか」

「私は、それなりに目をかけ、課題を与えていましたが、まともにフィードバックされてきません。いつも時間ばかりかかり、出来ないことの言い訳ばかりでした」

ひどいじゃないか。僕は、お前に突き落とされた挙句《あげく》に、ここで辱《はずかし》められるのか。僕は佐代子を見た。佐代子は、しっかりとした目で高橋を見つめていた。どんなことを言われても、裁判上の戦略であると割り切り、動揺しないと決意しているようだ。頼もしい限りだ。

「それでは指導を徹底されただけで、苛めではないと……」

「その通りです。苛めではありません。またそれほど残業を強いた覚えもありません。もし残っていたとしたら、それは自主的に遅れを取り戻そうとしたのでしょう」

「ではどうして苛めなどの証言が出たのでしょうか？」

満園の顔が、笑っている。高橋と視線を合わせた。

「故野口さんは、ある女子社員と仲が良かったので、その女子社員が私の指導を苛めと思ったのではないでしょうか」

真由美のことだ。ありもしないことを証言しようとしている。これは若井の役割だったが、彼が失踪したので高橋に役割が回ってきたのだ。

「どの程度仲が良かったのでしょうか」

満園が訊いた。

真由美の発言に客観性がないとの印象を与えようとしているのだ。

「詳しくは知りませんが、社内で噂はありました」

僕は、再び佐代子を見た。幾分か、表情が硬いようだ。気のせいならいいが……。

「その女子社員と故野口さんが深い関係にあるとの現場を目撃されたわけではないのですね」

満園が畳みかけた。

「私は見たわけではありませんが、噂は聞きました」

高橋が答えるや否《いな》や、「異議あり」とさゆりが立ち上がった。

「意図的に女子社員の証言を歪めようとしています」

さゆりが怒りを顕《あら》わにした。

「意図的に歪めようなどとはしていません。証人が故野口さんを苛めたのではないことを明らかにしたかっただけです。質問を終わります」

満園は席についた。このまま終わった方が裁判長に真由美の発言の真実性に対する疑念が起きると思ったのだろう。

「裁判長」

藤堂が手を上げた。

「なんでしょうか？」

裁判長が訊いた。

「少し質問させてください。よろしいですか」

「どうぞ」

裁判長の許可を得て、藤堂が自分の席を離れて、高橋に近づいた。明らかに高橋の顔に動揺が表れた。藤堂は、いったい何を質問するのだろうか。

4

目が痛い。若井はホテルを出た。久しぶりの陽の光に瞬《まばた》きをした。三日も、このホテルに籠《こも》っていた。豪林寺から逃げ出して、どこに行こうかと迷って市の外れにあるこのビジネスホテルに入った。人に見られないように、ずっと部屋に籠っていた。これ以上いるとホテル側からおかしい客だと思われてしまうことを怖れて、チェックアウトした。

若井は自殺をしようとした。部屋から家族に電話をし、最後に妻と娘の声を聴こうとした。でも死ねなかった。だから電話はしていない。

ビールを呑み、酔いに力を借りてドアノブにタオルをロープ代わりにぶら下げた。首をかけてみたが、恐ろしくて途中でタオルを解《ほど》いた。涙が出てきた。人間というものは恐ろしくなると涙が出るものなのだと知った。涙は、おかしくても悲しくても恐ろしくても感情が激しく動けば流れ出すものなのだ。

勇気がない。死ぬことも出来ないのか。若井は自分を責めた。そしてさらにビールを呑んだ。もう一度、自殺を試みるためだ。ホテルで自殺した者の周りには多くの缶ビールの空き缶が転がっていると聞いていた。しかし少しも酔えなかった。そればかりか小便がしたくなってどうしようもなかった。バカな男だ。死ねないのに、小便ばかりが勢いよく出てくる。なんだか何もかもが、死ぬことさえもバカバカしくなって、後はベッドに横たわって過ごしていた。かなり疲れていたのか、眠ってばかりいた。

タクシーは来ない。若井は、空を見上げた。よく晴れた青空だ。

「なあ、野口、俺は死んだ方がいい男だよな」

若井が僕に向かって呟いた。

僕は、若井の声がする方向に向った。若井がみすぼらしい外観のビジネスホテルの前に立っている。黒い鞄を両脇に大事そうに抱えている。よかった。生きていたんだな。それにしてもやつれた印象だ。ひげは剃《そ》っているが、剃り残しがあるのか、うっすらと翳《かげ》りがある。頬がこけ、少し頬骨が出ている。満足に食事を取らなかったのだ

とがあっただろう？」

「お前が、大稜建設がこのままでいいのかと憤慨し、談合を止めるべきだと言ったこ

僕が見えているのだろうか。若井は僕を見つめて話し始めた。

「俺は、お前の前向きさが羨《うらや》ましかった」

ろうか。

若井とそんな議論をしたことがあった。

「俺は、談合は必要悪だからなくならないと言った。しかしお前は、談合は社会への裏切りだというばかりではない、会社を駄目にすると言った。お前の正義感がまぶしいと思ったよ。こんなまっすぐなところが、お前の人気の秘密なんだなと思った」

若井は、微笑んだ。

「俺は、お前に嫉妬したんだ。こっそり俺に言ったことがあったな。談合を止めさせるために行動するって……。二人でしたたかに飲んだ夜のことだよ……」

僕は、若井にそんなことを言ったのか。自分の心の中に秘めて行動するつもりだったのだが、酔って、無意識に洩《も》らしてしまったのかもしれない。

「俺は、それを高橋課長に密告した。彼は、怒った。俺が恐ろしくなるほど怒った。それからだよ。お前が彼に苛められるようになったのは。僕は、最初は、ライバルで

あるお前が苛められるのを、いい気味だと思っていた。しかしお前は自殺してしまった。本当に驚いた。俺は平静を保とうと思っていた。自分に言い聞かせた。お前の自殺に、俺は責任がないとね。でも俺が高橋課長にお前が談合告発を考えているなどと密告しなければ、お前は苛められず、自殺もしなかった。俺が、お前を殺したようなものだ」

若井……。僕は呟いた。そんなに自分を責めるな。聞いている方が辛くなるから。

「俺は課長になった。順当なら、お前がなるべきポストだ。お前の方が、俺より数段優れていたからな」

そんなことはないさ。若井は順当に昇格したんだよ。

「いや、違う。俺は、密告したお蔭で談合の片割れに都合のいい男と思われたのさ。だから課長になった途端に賄賂の運び役さ。俺は裏切らない男だと高橋課長が思ったに違いない。俺にこんなことをさせるために課長にしたのか。俺は苦しくて、情けなくてしかたがなかった……」

若井は、涙を滲ませた。

「お前は正しかった。談合なんか駄目だ。それを復活させようと賄賂を政治家に運ぶなんて最低だ。もう嫌で嫌でたまらなかった。だから俺は逃げ出してしまった」

若井、これからどうするんだ？　会社に戻るのか？

「もう大稜建設には戻れない。俺は決めたんだ。妻や娘に恥ずかしくない男になることをね。夫は、お父さんは立派な男だったと誉《ほ》められたいから。少し気づくのが遅かったかもしれないが……。悪かったな、野口」

どういうことだろう？　若井の顔が、少しずつ明るくなった。

タクシーが止まった。

「野口、今までのことは許してくれ。俺は、今からやるべきことをやる」

若井は、僕に微笑みかけると、賄賂の金が入った黒い鞄をぽんと叩いて、タクシーに乗り込んだ。

「A市警察へ」

若井は、運転手に行き先を告げた。

5

藤堂は、ゆっくりと高橋に向かって歩き始めた。藤堂が、一歩歩みを進めるたびに、高橋の表情が強張《こわば》りを強くした。

「お久しぶりですね、高橋さん」

藤堂は呼びかけた。高橋は、答えていいものかどうか、迷っているかのようだ。曖昧に頭を下げた。

「私の息子が亡くなった時にはお世話になりました。あの頃のあなたは、若くて正義感に満ちていましたな」

柔らかい笑みを浮かべて藤堂は話し始めた。

あの頃というのは藤堂剛の息子、隆が大稜建設在職中に死んだ頃のことだ。

さゆりが、真剣な顔になった。藤堂の息子は、即《すなわ》ち彼女の父だ。父の死を巡って、藤堂と高橋の間に何かがあったのだろうか。

「あなたは海外で死んだ息子のことを、戦死だとおっしゃった。隆には世話になったと言われ、私に積極的に会社の酷な労働条件のことを話してくださった。そうでしたな」

藤堂の話に高橋が目をしばたたいた。口を固く閉じ、じっと堪えているようだ。

「隆は、大稜建設の海外プロジェクトを任され、張り切っていました。あなたはその部下だった。隆は、海の向こうで事故で死んだ。しかしあなたは事故ではないとおっしゃった。あんな無理な仕事を強いられ、時差のある日本と何度も往復したことなどの無理が原因の過労死だと言い切られた。そこで私は勇気づけられ、そこにおられる満園さんと十分に交渉出来たというわけです。おかげで孫娘もこうしてなんとかひとり立ち出来る弁護士になりました。親はなくとも子は育つといいますが、やはり先立つものがないといけない。まったくそうした方面に無頓着だった隆でしたが、あなたのお蔭で多くの補償をいただけたのです」

藤堂は、静かに頭を下げた。

「裁判長、藤堂弁護人は意味のない話をされています」

満園が言った。

裁判長は、笑みをたたえて「弁護人は続けてください」と言った。満園は、ふっと鼻息をならして、腰を落とした。裁判長は、このA市で長く人々のために尽くしてきた老弁護士に敬意を表したのだ。

「その思いやりのあるあなたがこうして自分の部下の過労死の訴訟に立ち会っておられるのは、残念なことです。ここに以前お示しした警備員の深夜巡回記録表がございます。これを見ると、明らかに野口さんは過重な労働を強いられていたことは間違いない。またあなたも昔の思いやりを忘れて、彼に辛く当たったのではないですか？私はあなたを信じています。会社の都合で虚偽をお答えになっているのでしょうが、ぜひ真実をお答えください」

藤堂は、ゆっくりとした足取りで席に戻った。

高橋にも正義感に富んだ社員だったころがあるのか。まさに会社の指示に背《そむ》いて藤堂の息子、隆のために働いたのだ。真由美と同じことをしたのだ。

「まさかこんなに時間が経過して、高橋さんの若きころの過《あやま》ちが暴露されるとは思いも寄りませんでした。さすが藤堂先生です」

満園が口元を歪めながら皮肉そうに言った。

高橋は、口を固く結び、眉根を寄せていた。

「裁判長、発言をよろしいですか」

高橋は言った。

「どうぞ、お話しください」

裁判長は淡々と言った。

「私には、藤堂先生のおっしゃっていることがよく理解出来ません。そんな昔のことは覚えておりませんし、藤堂先生に協力して、先生のご子息のために会社と闘ったこともございません。そしてこれが一番肝心なことですが、私は今、人事部長をしておりますが、その深夜巡回記録表は機密資料でもなんでもなく、警備員が適当に記録しているものであります。そこに記録されている者がいるとも限らず、警備員が自らが真面目に業務をやっていることを証拠立てるために、ほとんど虚偽の記載をしているものです」

高橋は、一気に話した。藤堂は、特に驚いた様子もなく、話を聞いていた。

「裁判長」

満園が発言を求めた。

「今の高橋さんの発言の証拠として警備員の方を証人でお呼びしています。緊急ですが、重要なことですので証人として、その巡回記録が虚偽であるかどうかだけ証言していただきます。警備員の八代《やしろ》喜久雄《きくお》さんです」

裁判長が許可すると、満園は傍聴席に視線を送った。一人の中年の男が立ち上がっている。おどおどしていて真面目そうな印象だ。男は満園に促されて、証言台に立った。

「警備員の八代喜久雄さんですか」

裁判長が男に訊ねた。高橋は、満園の後ろの席に戻っている。うなだれたままで、法廷内の様子を見ていない。

「はい」

八代は答えた。

「今、満園弁護人が言われたのですが、深夜巡回記録表は虚偽なのですか？」

裁判長は、不愉快そうに顔をゆがめた。

「はい、これは私が深夜になってもビル内に残っておられる人の名前を記録し、管理に役立てようと思った書類です。あまりビル内に長く残ってもらっても迷惑ですので……」

八代は、裁判長の目を見ず、おどおどしている。声もはっきりしない。

「それがどうして虚偽なのですか」

裁判長は苛ついた顔で言った。

「いつしか形式に流れたんです。残っておられる方はいました。しかしその方のID、身分証明書のことですが、それを確認したわけではないので、言われるままに名前が記録されているというわけです」

八代は満園の方を振り向いた。

「そういうわけで、裁判長。故野口さんの過重勤務の証拠として提出された深夜巡回記録表の中身は、証人には申し訳ないですが、杜撰《ずさん》であり、証拠能力を有しないのでありますす」

満園は大きな声で言い終わると、藤堂の顔を見た。その顔は得意そうに微笑んでいた。
藤堂は、慌てていない。ゆっくりと立ち上がり、八代のそばに近寄った。

「せっかく高橋さんとお話ししていましたのにね。八代さん、ご苦労様です。こんなところに来て発言するのは気が重いでしょう？」

藤堂は優しく語りかけた。

「は、はい」

八代は、顔を赤くした。

「ここでは真実を述べなくてはいけないですからね。後から問題になりますよ」

「わ、分かっています」

八代の手が震えている。

「裁判長、私はこの誠実な警備員である八代さんを責めることは、本意ではありません。しかし野口さんの過重勤務を証拠だてる深夜巡回記録表は虚偽だと言われてはどうしようもありません。反論させていただきますが、どうぞ八代証人には寛大な措置をお願いします」

藤堂は頭を下げた。

「どういうことでしょうか」

裁判長が訊いた。

「どうも私どもの調査では、八代証人は勘違いされているようなのです。自らが誠実に記録したものを、いい加減に記録したなどと証言されましたが、この証言こそ虚偽と申し上げては、偽証などの問題になりますので勘違いと表現させていただきました」

「今の証人の発言は、勘違いだとおっしゃるのですか？」

裁判長は、満園を見て、首を傾げた。満園は、額に汗を滲《にじ》ませている。不安な表情だ。

「藤堂先生、私どもの証人が、まるで嘘をついたと言わんばかりですが。心外です」

満園は藤堂に不愉快そうな顔を向けた。

藤堂は、満園をぐっと睨みつけ「弱い立場の人を苛めるではありませんぞ」とわずかに声を荒らげた。

満園は、慌てて、再び額の汗を拭った。

「まるで、私が八代さんに虚偽発言を強《し》いたような言い方ですな」

満園は声を震わせた。

「藤堂弁護人、整理していただけませんか。混乱しているようですが」

裁判長が柔らかく注意した。

いったい藤堂は何をしようというのだろうか。僕は、目が離せなくなった。

「あの方を証人に申請します」

藤堂が傍聴席を指差した。満園、高橋、そして証人席にいる八代も傍聴席を見た。僕も見た。そこには前人事部長の北村が、硬い表情で座っていた。満園と高橋が、体をのけぞるようにして、おうと叫び声のように唸《うな》った。

僕も驚いた。先ほどまで傍聴席には北村はいなかった。いつの間に現れたのだろうか。それにしても北村はよくぞ佐代子の味方になってくれたものだ。北村の勇気にも、佐代子の説得力にも万歳だ。

6

若井は、警察署の受付にいた。落ち着かない様子だ。両腕で鞄を抱えていた。

「あの……」

若井は、受付にいた女性の警官に声をかけた。

「なにかお困りですか？」

彼女は、優しく言った。

「誰か、信用出来る刑事さんはおられませんか？」

「信用出来る？　この署の刑事は皆、信用出来ますよ」

彼女は、若井の様子に不審な思いをいだいているのか、強く見つめた。

「す、すみません」

若井は、鞄を抱えて受付から慌てて離れた。逃げ出したかった。やはりこんなところに来るべきではなかった。大稜建設を告発することなんか出来ない。

誰かにぶつかった。顔を上げた。がっしりした男だった。

「すみません」

若井は謝った。

「こちらこそ」

男は微笑した。

「山野辺さん、その方、信用出来る刑事に会いたいそうよ。お話を聞いてあげてください」

受付の彼女が言った。いつの間にか、若井のそばに立っていた。若井の態度に、何か尋常でないものを感じたために受付を離れたのだ。

「どうかしましたか？」

山野辺は言った。目は笑っていないが、口調はあくまで穏やかだ。

若井は、女性警官と山野辺に挟まれた。鞄を抱えて、俯《うつむ》いていた。

「こちらに来られますか？」

山野辺が、別室に案内しようと歩き始めた。

「刑事さん」

若井は、意を決したように顔を上げた。

山野辺は立ち止まり、振り向いた。優しい笑みだ。

「これは、伊吹善一議員への賄賂です。五百万円入っています」

若井は、感情を交えず言い切った。山野辺の笑顔が固まった。

「伊吹善一議員というと市会議員の？」

山野辺は聞き返した。表情を強張《こわば》らせた。

「はい。そうです」

若井ははっきりと答えた。

「中身を見てもいいですか」

山野辺は、鞄を受け取るとファスナーを開け、鞄の口を開いた。中を覗き込み、目を見開いた。

「ご同行願えますか？　詳しくうかがいます」

「はい」

若井は、山野辺の後を歩き始めた。

「二課の山本《やまもと》刑事を呼んでくれ。第一取調室だ」

山野辺は、若井の傍《かたわ》らにいた女性警官に言った。彼女は、返事をすると走り去った。

「こちらです」

山野辺がドアを開けた。第一取調室とかいた表示板がある。

若井は唾を飲んだ。これで自分も犯罪者だ。だが恥ずかしい犯罪者ではない。勇気がある犯罪者だ。妻にも娘にも決して恥ずかしくない。

「お入りください」

山野辺は、若井を室内に誘った。

「わかりました」

若井は、足を踏み入れた。もう迷いのない足取りだ。

真由美は転職を考えているようだ。裁判に出て、大稜建設という自分の会社を告発した話は社内に広まってしまっている。法廷内に衝立を立てても、ほんの気休めだということは分かっていただろう。

さゆりも藤堂も、証言が終わると少しの間辛い思いをするかもしれませんと言っていた。真由美に向かって誰かが、面と向かって文句を言うわけではない。例えば、裏切り者とか机に落書きされるわけでもない。空気が冷ややかなのだ。いつもは明るく、おはようと声をかけてくれていた同僚が、ちょっと目を背《そむ》けたりする。こちらから声をかければ、慌てて返す。ああ、迷惑をかけたのかなと真由美は哀《かな》しさに襲われているのだろう。しかし後悔をしている様子はない。こうなることは最初から分かっていたのだから。

7

僕と真由美が親しかったとか、特別な関係にあったのではないかなどの噂も流れているようだ。親切な様子で噂を教えてくれる同僚もいるらしい。しかしその顔には、好奇心の笑みが張り付いていた。真由美が、噂を激しく否定しても、さりげなく無視しても、それは新しい噂の種になるに違いない。

「辞めたら負けですよ」とさゆりは言っていたが、会社に対する愛着が急速に失われてきているようだ。このA市で大稜建設に逆らえば、まともな就職先はない。しかしまともな就職先とはなんだろうかと真由美は考えているのだ。自分に誇りが持てる仕事をしてこそまともと言えるのではないだろうか。

真由美は、若井の席を見た。数日前から、そこには誰も座っていない。若井は会社を休んでいるのだが、誰も理由を説明しない。体調を壊したのだろうか。これも噂だが、課長に昇進してから精神的に参ってしまい、失踪したのではないかという話も聞こえてきているらしい。

もしそれが事実なら、僕が墜落死し、若井が失踪するこの会社はどうにかなってしまったとしか説明のしようがない。真由美は、若井から裁判に協力するのを止めるように言われたことを思い出している。あの時、若井を責めてしまったことが、休む理由の一つになったのではないかと自分を責めているのだ。いや、責任を感じる必要などないのだ。真由美は、真由美の意志で行動し、若井は、若井の意志で行動すればいいのだ。

机の引き出しを引いた。文房具が多くはいっている。転職を考えながら、これらを見ている真由美は切なそうな顔をしている。真由美は、短くなった鉛筆や角の丸くなった消しゴム、芯《しん》の中のインクが少なくなったボールペンなどを机の上に並べた。きっとどれもこれも大事に使ってきたものなのだ。

「私は文房具を大事に使うって誉められたこともあったわ」

真由美は、呟いた。それは新入社員の頃のことだ。僕もよく覚えている。決して豊かに育ってはいない真由美は自然と節約が身についていた。ある日、短くなった鉛筆にキャップをつけて使っていると、ある役員が「えらいね。このごろ鉛筆キャップを使っているのを見たことはない」と言って誉めたのだ。このことは社内報のニュースとして採り上げられ、社内に節約運動が盛り上がったものだった。

「あれ以来、鉛筆が短くなっても捨てられなくなっちゃった」

真由美は苦笑した。

「あら？」

引き出しの中に見慣れないものがあったらしい。

「これはなにかしら？」

指で摘《つま》んだ。ＵＳＢメモリーだ。銀色に光る小さな長方形のものに見覚えはないという表情だ。真由美もメモリーを使っているが、自分の物ではない。

「誰のかしら？」

どうしてこんなときに真由美ちゃんに声が届かないのだろうか。僕は、本当に情けない。何も出来ない。その中には、大稜建設の談合のデータが入っているんだ。僕が、残業をしながら収集したものだ。それを警察に渡せば、大稜建設を変えることが出来るんだ。僕は大きな声で、真由美を呼んだ。当然、彼女は気づかない。

「もし、誰も何も言ってこなかったら、中身を見て、持ち主を調べようかな」

真由美は、ＵＳＢメモリーをそのまま引き出しの文房具入れに置いた。

僕は、深くため息をついた。いつ真由美は中身を見てくれるのだろうか？

8

「では、警備員による深夜巡回記録表は人事部で時間外勤務管理に最も重視していた書類だと言うのですね」

裁判長は北村に訊いた。

「はい」

北村は、はっきりと自信を持って答えた。吹っ切れたような印象だ。おどおどしたところはない。

「そうすると先ほどの八代さんの証言と矛盾するようですが」

裁判長は、満園の側の席に戻った八代や高橋をちらりと見た。

裁判を進めるためとはいえ、多くの証人を呼び、かえって混乱させたのではないか。裁判長の眉間の皺《しわ》は、彼の複雑な思いを表しているようだ。

「八代さんは、虚偽の発言をされたのではないと思います。彼は時には、残業している者の願いを聞き入れ、違った名前や部署をそのまま記録したことがあったのでしょう。私はすでに子会社に行っておりますが、大稜建設では時間外勤務記録表に他人の名前を書き、自分の時間外を減らすことが一般化していたからです。こうしないと人事部から時間外の多さを注意され、人事評価でマイナスになるのです。そこで私は、深夜巡回記録表が警備員から回って来るたびに、実際の人物を特定して、これを記録に残しておりました」

北村は、警備員が提出してくる書類に虚偽があることを知り、実際の残業者を記録していたというのか。

「ですから裁判長殿に提出しました深夜巡回記録表は、私が野口さんの奥さんに提供したもので、実際の残業者の名前が書かれています。八代さんが、大稜建設に提出されたものとは中身が変わっております」

「それでは警備員から提出された書類をあなたが訂正して、実態の記録にしていたというのですね」

裁判長の眉間の皺がますます深くなった。

「その通りです。そのことは八代さんも少しはお気づきだったと思います。一度か二度、八代さんに残業している者の様子を詳しくお聞きしたことがあるからです」

裁判長は、八代を見た。彼は俯いたままだ。

「分かりました。この深夜巡回記録表の扱いについては、閉廷後、両弁護人から再度詳しく事情を聴取して、決めることにしましょう」

裁判長は、閉廷しようとした。

突然、藤堂は、手を上げ、発言を求めた。

「何か？」

裁判長は不機嫌そうに訊いた。

「一言だけ、高橋証人に対する発言を許してください」

「では簡潔にお願いします」

藤堂は、裁判長に軽く礼を言うと、高橋の方に向き直った。

「高橋さん」

藤堂は呼びかけた。

高橋は、重石《おもし》か何かがぶら下がっているように苦しそうに顔を上げた。

「今から言うことにお答えいただくことはありません。一言だけ申し上げます。裁判というものは、人の責任の軽重を決めるだけのものではないということです。この場で、さまざまな立場から事件を検証する過程で自らの人間性を回復していくことも重要なのです。少なくとも私はそう信じております。裁判で勝利しても、自分の人間性を壊してしまっては、本当の意味の勝利者ではありません。あなたは私の息子の事故死のときには会社側の利益に反して、私に協力してくださった。私はそのことを会社には秘密にしていました。あなたはおっしゃった。『私の行動は、当面の会社の利益に反するかもしれませんが、従業員を大切にする会社だということになれば、将来的には会社の利益になるはずだ』と。あなたは、今日、私の言うことが分からないとおっしゃった。今のあなたは、とても昔のあなたと同じとは思えない。私は非常に悲しくて、失礼を承知で発言させてもらった次第です。ありがとうございました」

藤堂が話し終えると同時に、裁判長が閉廷を宣言した。

高橋は何か言いたげに口を開けた。しかし思い直したように再び固く閉じた。

9

若井が出頭してしばらく経ったある日の午後、急に大稜建設社内が騒がしくなった。

「皆さん、すぐそのまま仕事を中断してください。こちらはA市警察です」

黒いスーツを着た男が、数人の同じような服装の男たちを引き連れて、大声で叫んだ。隣には総務担当の課長が怯《おび》えた顔で立っていた。

「何かしら？」

真由美は、隣の同僚に囁《ささや》いた。

「わからないけど、警察の強制捜査よ」

同僚も不安そうに囁いている。

「この間から、中村常務や高橋部長が何度も警察に呼ばれて事情をきかれているらしいよ」

別の男性社員が不安そうに言った。

「若井課長が、警察に保護されたことと関係があるのかしら」

真由美は、行方不明だった若井が警察に保護されたことを聞いていたのだ。しかしある社員は、保護されたのではなく出頭したのだと言った。それは若井がまだ会社に出勤して来ないから、そういう噂になったのだが、その噂の方が真実に近いのではないかと真由美は思っているようだ。大稜建設で何が起きているのか、真由美のような役職についていない女子社員には分からないだろう。しかしなんとなく不安な、地に足の着かない気分が社内に流れていた。真由美も退職するかどうか、迷ったまま結論を出せないでいるのだ。

真由美は僕が座っていた席を見た。今は、当然ながら別の社員が使っている。

「野口さんが、いなくなってからこの会社、おかしくなったみたい」

真由美は言った。

真由美ちゃん、この会社がおかしくなったのではなくて、もともとおかしかったのが、顕わになっただけだよ。

僕は囁いた。

「そうね……」と真由美は思案げな様子になり、「なにか問題があったのよね、以前から。なければ野口さんが死んだりしないわ」と納得したように軽く頷いた。

男が近づいて来た。山野辺だ。若井が伊吹議員への賄賂を告白した刑事だ。

「A市警察です。申し訳ありませんが机の中を調べさせていただきます」

「は、はい。どうぞ」

真由美は、怯えつつ、全ての机の引き出しを開けた。

山野辺は、床に段ボール箱を置き、そこに机の中の書類を入れ始めた。一つ一つ書類に記録をしている。

変な物ははいっていないと思うけれど……と真由美は心配そうな顔だ。警察に机の中を見られることなどないため、悪いことをしていなくても不安が募《つの》るのだろう。

「お尋《たず》ねしてもいいですか」

真由美は訊いた。

「どうぞ」

山野辺は軽く微笑んだ。

「なにを捜査されているのですか」

「贈収賄です。こちらの会社が伊吹善一議員に賄賂を渡した疑いがもたれているのですよ。まあ、あなたは関係がないでしょうが、皆さんのお仕事を全て調べなくてはなりませんので、ご迷惑をおかけします」

山野辺は手を休めず、真由美の机の中を空にしていく。

「あら、本当ですか。賄賂なんて」

　真由美は驚いた。

「それを調べるのです」

　山野辺は真由美に答えながら、机の文房具の中から、ＵＳＢメモリーを摘んだ。

「これはあなたのですか？」

　山野辺は訊いた。

「えっ、ああ、それですか？　私のではありません」

　真由美は、慌てた様子で答えた。

「では誰のですか？」

「それが……、分からないのです。二週間ほど前に見つけたのですが、いつの間にか、そこに入っていたのです」

　真由美は困惑気味に答えた。

「そうですか……」

　山野辺は、ＵＳＢメモリーを真剣な顔つきで見つめていた。

　山野辺刑事さん、それの中身を見てください。早く、早く、見てください。お願いです。

僕は声を限りに叫んだ。この中には談合事実が記録されている。僕は、このデータを収集したために高橋に、七階から突き落とされたんだ。

山野辺は、USBメモリーを手の中に握り締めた。このまま段ボール箱に入れてしまうのだろうか。それでは何時《いつ》、中身が明らかになるのかわからない。

「中身は何のデータですか？」

「見ていません」

真由美は申し訳なさそうな顔をした。

山野辺は、小首を傾げた。

「そのパソコンで中身を見てもいいですか」

「どうぞ。結構です」

真由美は、机から離れた。山野辺は、USBメモリーのキャップを外し、パソコンに差し入れた。慣れた手つきでキーボードを操作する。

僕は真由美の隣でパソコンの画面を見つめていた。心臓もないのになぜだかどきどきしてくる。

データが開いた。山野辺が、うっと息を詰めた。そこには日付順に整理されたプロジェクト名、取締役会議事録、その他会議録などがずらりと並んでいた。中には極秘マークが表示されているものがある。全て大稜建設が過去に手がけたプロジェクトに関連するものだ。僕が何日もかけて取り込んだ大稜建設の重要データだ。

「これは……本当にあなたのメモリーではないのですね」

山野辺が、先ほどの笑みを消し、厳しい顔で真由美に訊いた。データの重要性に気づいたのだ。

「ええ、でも……、ちょっと待ってください」

真由美は画面を覗き込んだ。

山野辺も一緒に覗き込んだ。

「これ、野口さんのメモリーです」

「なんですって！　野口さんって、あの自殺された？」

山野辺は、真由美の顔をまじまじと見て、声を上げた。

「ご存知ですか」

「ええ、あの自殺を処理したのは私ですから。奥さんも存じ上げています」

「この日付の後のNのイニシャルは野口さんです。会社では資料や文章の責任を明確にするため、日付の後ろに自分のイニシャルをつけるのが決まりなんです。これを」

真由美は机の上の資料を見せた。

「ここにHとあるでしょう。これは私、原田の意味です」

山野辺は興奮した様子で、「野口さんの席は？」と訊いた。

「ここです」

真由美は、隣の席を指差した。

「原田さん、あなたにもいろいろ事情を聞くことになりそうです」

山野辺は、まっすぐ真由美を見詰めて言った。

「はい、いつでも」

真由美は大きく頷いた。

10

「さゆり、テレビを見てごらん。とうとう高橋さんが逮捕されたよ。これで中村とかいう常務、伊吹議員の三人が逮捕されたことになるな」

藤堂が事務所のテレビを指差した。

さゆりは、机の書類から目を離し、テレビを見た。そこには黒い車に乗せられるネクタイを外した高橋の顔が大きく映っていた。口元を引き締め、怒ったように正面を見つめている。

「噂は聞こえていたけど、本当になったのね」

さゆりは興奮気味に言った。

「自業自得です」

吉良がポツリと言った。いつの間にかさゆりのそばに来ていた。

「そうね。先生の呼びかけにも全く答えずに、最後まで会社の論理のままだったわね。野口さんを駄目社員呼ばわりし、北村さんが深夜巡回記録表は虚偽ではないと証言したのに、そんな書類は重要ではないと言い張った。本当に食えない人だったわ。完璧な会社人間ね」

さゆりが勢い込んで言った。なんだか今までの恨みつらみを晴らしているようだ。

「みんな悪い奴ですね。特に伊吹議員には裏切られたわ。正義の味方だと思っていたのに……」

吉良が腹立たしそうに顔を歪めた。

「そうかな?」

藤堂が目を細めてさゆりと吉良を見た。

「先生には悪い人には見えないの?」

さゆりが言った。

「ああ、隆の事件の時の高橋さんは本当にいい男だったからね。正義感があった。会社という組織の魔物に徐々に人間性を蝕《むしば》まれてしまったのかな……。そうだ、言い忘れていたけどね。この逮捕には野口さんが一役買っているそうだよ」

藤堂が嬉しそうに微笑んだ。

「どういうこと？」

さゆりが身を乗り出してきた。

「捜査関係者から聞いたのだけどね。この事件は、野口さんの同期の若井という人の内部告発から始まったのだが、野口さんも大稜建設の談合の資料を集めていたんだ。内部文書とか会議録とかね。それをUSBメモリーに記録していた。それが強制捜査で見つかって、捜査はぐっと進んだようだ」

「そうだったの……。死せる野口、生ける高橋を捕まえるってとこかな。執念が実ったわけね。若井さんという同期の方も野口さんの死が会社の犠牲だということが許せなかったのかもしれないわね。早く奥さんに話してあげなきゃ」

テレビは、三人の逮捕者の顔写真を映していた。捜査はこれから大稜建設トップや市長にまで及ぶかもしれないとアナウンサーが興奮気味に伝えている。

「今回の野口さんの過労自殺にはその談合告発行為が関係しているのかな。正義感の強い人だったようだからね、野口さんは……」

藤堂は、目を閉じ、何かを考えている様子だ。

藤堂先生、実は僕は高橋に突き落とされたのです。そのことを推理してくださいね。でも藤堂先生が高橋のことを正義感が強かったとおっしゃったのを聞いて、なんだか恨みがなくなりました。どうも死んでしまうといろいろなことに執着がなくなるようです。この世に恨みを残して死んだというのは、嘘ですね。肉体という最大の執着がなくなれば、他人に対する恨みなんか消えてしまうのでしょうか。

ひょっとしたら高橋は僕が正義感に突き動かされ談合の資料を集めていることに昔の自分を見たのかも知れません。昔、僕と同じことをやろうとして失敗した。結局、会社を良くすることも出来なかったし、全てが無駄な行為だったのでしょう。そこで僕に、そんなことは無駄だから止めろと、本気で親心から説得しようとしたのでしょう。ところが僕が一向に聞く耳を持たないものだから、可愛さ余って憎さ百倍ってことでしょうか。結果として、僕を突き落として殺してしまうことになってしまった。高橋は、悪に徹することで僕を死に追いやった罪の意識を忘れようとしているのだと思います。全ては会社のためにやったことだと、必死で自分に言い訳していることでしょう。

　警察の取調べで、直ぐに僕のことを話すかどうかは分かりません。でもいつかは自分の愚かさに気づいて、本当のことを話すでしょう。その時まで待つことにします。藤堂先生のおっしゃる通りの正義感が残っていたなら、自分の罪は償《つぐな》おうと思うはずですから……。

11

「佐代子、大変だよ。大稜建設の人が逮捕されたよ」

　和代が大声を上げた。

　佐代子がキッチンから居間に急いだ。

　和代の側《そば》では美奈と徹がゲームをしていた。

「ご覧よ」

　和代が指さした。

　テレビには高橋が連行されるところが映っていた。

「どうしたのママ？」

美奈が甘ったれた調子で訊いた。

「お父さんに悪いことをした人が捕まったんだよ」

和代が言った。美奈を膝の上に座らせた。

「でも悲しいわね。あの人の会社の仲間の人が捕まるのをこうしてテレビで見るなんて……」

佐代子がテレビから目を離さずに言った。

「そう言われりゃそうだわね。哲也さんの上司だったわけだものね」

和代が声を落とした。

「悪いことをした人が逮捕されたら、裁判はうまくいくの？」

徹がゲームを止めて、佐代子に聞いた。

「直接は関係ないかもしれないわね。でも悪いことした会社だってことが分かれば、裁判長も私たちに味方してくれるかもしれないわね」

佐代子が、徹の頭を撫でた。

「パパ、このニュース、見てるかな」

徹が、上を見て言った。

徹、美奈、お父さんも一緒に見ているよ。お父さんも悲しい。自分が働いた会社が警察に捜査され、知っている人が逮捕されるなんて、本当に辛いことだ。でも会社というものはね、社会の人から支持されなければ経営していくことは出来ないんだ。ちょっと徹や美奈には難しいけれど、要するに社会を友達だとするとね、友達を裏切ったり、だましたり、友達に嘘をついたりしたらいけないだろう。そういうことさ。友達は大事にしなくてはいけないよ。分かったかい。

徹が笑みを浮かべ、頷いた。美奈も真剣な顔で、声を出さずに「はい」と言った。

「ママ、おばあちゃん、パパがね、友達を大事にしろってさ」

徹が言った。

「美奈にも言ったよ」

美奈が和代の服の袖を引いた。

「そうかい。美奈ちゃんにもお父さんが言ったのかい？　友達を大事にしろって……」

和代は美奈の顔を覗き込んだ。

「うん」

美奈は頷いた。

「おかしなこと言って……、徹も美奈も」

佐代子が微笑んだ。

「本当だよ」

徹が抗議するように言った。

「嘘じゃないもん」

美奈が口を尖らせた。

「あっ、いけない」

佐代子が慌てて立ち上がった。何かが焦《こ》げる臭いがする。シチューの鍋《なべ》を火にかけっぱなしだったのだ。佐代子はキッチンに向かって駆けた。

「ほんと、駄目なお母さんだね」

和代が苦笑した。

佐代子はスプーンでシチューをすくい、味見をした。

「よかった。たいしたことなくて。美味《おい》しく出来たわ。さあ、ご飯にするわよ」

佐代子が声をかけると、徹と美奈が大きな声で返事をした。

みんな、僕はいつもそばにいるからね。いつまでも、いつまでも、僕はいつもそばにいるよ。

解説

江川紹子

二〇〇五年十二月、ゼネコン大手四社（鹿島、大成建設、大林組、清水建設）の首脳が、東京都内で密かに集まり、今後は談合を行わないという申し合わせを行った。いわゆる「談合決別宣言」である。

談合の歴史は長い。起源を辿ると、江戸時代まで遡《さかのぼ》るらしい。文明開化、そして敗戦という、日本社会のありようを大きく変える出来事を経てもなお、形を変えて続いてきた日本独特の商慣習。それが平成の時代に入ると、厳しい批判にさらされ、捜査機関による対応も厳しさを増していった。

一九八九年から九〇年にかけて、アメリカの対日貿易赤字を減らすために行われた日米構造協議では、日本の悪しき慣行であり排他的取り引きだとして「談合」がやり玉に挙がった。以後、公正取引委員会が積極的に刑事告発を行うようになる。九三年、東京地検特捜部がゼネコン汚職を摘発。九四年には、公取委が日本下水道事業団を巡る談合を独占禁止法違反で刑事告発した。これが、官製談合摘発第1号と言われる。二〇〇三年、官製談合防止法が施行。〇五年には橋梁《きょうりょう》メーカー二十六社が関わっていた大型談合事件が摘発され、旧日本道路公団の副総裁が逮捕された。この事件では、それまで必ずしも良好な関係ではなかった公正取引委員会と検察が初めて強力なタッグを組み、捜査を展開。東京地検特捜部を中心に地方の検察庁からも応援を呼び集め、検事六十人以上という態勢で臨んだ。後に検事総長となる但木敬一東京高検検事長（当時）は、「官製談合をなくさないと、民間も含めた談合体質が変えられないと考え、検察も積極的に捜査を進めた」と語っている（〇五年十月三十一日付読売新聞より）。

翌年一月四日に改正独占禁止法が施行され、罰則が厳しくなるだけでなく、公取委が裁判所の令状に基づいて捜索・差し押さえなどの強制調査を行えるようになった。さらに、市民団体が、内部告発を受け付けて公取委に告発を行う組織の立ち上げを発表するなど、談合を監視する包囲網が出来上がりつつあった。そういう中での大手ゼネコンの「談合決別宣言」だった。

この動きをスクープした〇五年十二月二十九日付朝日新聞の記事で「談合の世界に長年、身を置いてきた四社の古手担当者」として紹介されている者のコメントは、環境の変化に対する危機感に満ちている。

「時代は変わった。今回だけはどうにもならない。公取委に反旗を翻《ひるがえ》せば、見せしめとして確実に摘発される。そうなれば会社はつぶれる」

談合だけではない。その数年前からは、新聞にも「コンプライアンス」という言葉が盛んに載るようになり、企業の法令遵守、公正・適切な企業活動の必要性が盛んに説かれるようになっていた。この「古手担当者」が嘆くように、確かに時代は大きく変わりつつあったのだ。

その後も、東京、大阪、名古屋の地検特捜部や各県警が、競うようにして談合事件を立件していった。〇六年には、福島、和歌山、宮崎の各県の知事が、談合や談合絡みの収賄容疑で逮捕されるなど、自治体のトップや幹部が相次いで検挙され、新聞やテレビでも大々的に報道された。そして、同年十二月には官製談合防止法が改正され、関与した職員への罰則が盛り込まれた。

こうした事件捜査では、捜査機関の積極さが余ってか、無理な取り調べや利益誘導などで被疑者に自白を迫り、裁判で被告人が無罪を主張して裁判が長引くケースもあった。たとえば、東京地検特捜部が捜査を行った佐藤栄佐久《えいさく》・福島県元知事の場合、弟名義の土地を本来の価格より高く建設業者に買い上げてもらい、実勢価格と売却代金の差を賄賂《わいろ》として受け取っていたということで収賄罪に問われたのだが、捜査段階、一審、二審と進むうちに賄賂金額がどんどん減って、なんと東京高裁判決では0円になってしまった。佐藤氏はその後も無罪判決を求めて最高裁に上告中だ。また、〇七年に大阪地検特捜部が摘発した枚方《ひらかた》市の清掃工場を巡る談合・汚職事件では、談合にはまったく無関係だったのに逮捕された小堀隆恒《たかつね》副市長（逮捕当時）が、後に無罪判決を受けた。有罪判決を受けた中司宏《なかつかひろし》市長（同）も、無実を訴えてやはり最高裁に上告している。

もっとも、このような捜査の問題に光が当たるようになったのは、昨今のこと。二〇〇九年の大阪地検特捜部による郵便不正事件で厚労省の村木厚子局長（同）が逮捕・起訴され、主任検事が押収証拠の改竄《かいざん》までしていたことが分かって以降だ。それまでは、談合や汚職事件の摘発となれば、マスメディアはこぞって捜査機関の情報を信頼し、企業や政治家の市民に対する裏切りを非難し、「ウミを出せ」と談合一掃の進軍ラッパを吹いた。

とりわけ談合問題がマスメディアの話題となったのは、二〇〇六年から翌年にかけてのことだ。読売新聞のデータベースで「談合」をキーワードにして検索すると、ヒットする記事は二〇〇一年から〇五年にかけては、毎年約一千百件から多くても約一千六百件だったのに、〇六年には二千八百五十六件と急増。〇七年も二千四百九十六件あった。その後は〇八年に一千二百十九件と激減し、以降は千件を切る。

大手ゼネコンによる「談合決別宣言」の後も、談合が根絶されたわけではない。「宣言」以前に受注調整の話がまとまっていたプロジェクトについては、その後も談合の枠組みが維持された。例えば、〇七年一月に強制捜査が始まった名古屋市の市営地下鉄工事では、「宣言」に加わった大手を含むゼネコン五社が摘発され、自主申告をした中堅一社だけが告発や指名停止を免れた。中小企業による談合が発覚して警察が摘発したり、公取委が改善要求を行ったりということは、今も時々ある。ただ、その規模は、かつてに比べてかなり小粒だ。

『企業戦士』(『いつもそばにいるよ』から改題)が書かれた〇七年から〇八年にかけては、談合問題が最も盛んにメディアで取りざたされている時期だった。時々の社会を揺るがす経済事件、経済的事象に着目しながら、そういう現代社会に生きる人々にとっての、働くことの意味や生きがいを問う作品を書き続けてきた江上剛さんが、談合に着目し、物語の背景に置いたのは、けだし当然と言うべきだろう。

様々な事件報道を通じ、談合に対する人々の認識も「必要悪」から「不正」へと変わっていった。もっとも、その認識が浸透しきっているかというと、どうだろうか。

おおっぴらに談合を擁護するのは憚《はばか》られても、今なお「必要悪」である、と心の中では思っている人は少なくないような気がする。

二〇〇九年十月、「明るく正しい良き談合作り」をマニフェストに掲げた国民新党の亀井静香金融・郵政担当相（当時）に対し、公正取引委員会の幹部が「良い談合、悪い談合というものはありません。談合はダメです」と注意。それでも亀井氏は「良い談合はある。日本の生活文化の中で、適正な受発注が行われるわけで、それを考えてくれ」と反論した。

公取委が「良い談合」を認めないのは、公共工事の場合、業者に支払われるお金の源は税金であり、国民が支払ったお金だからだ。談合が行われることで、公正な競争が行われた場合より高い金額で入札されれば、業者の経営は安泰かもしれないが、国民や消費者が損をすることになる。これが、様々な法が談合を「悪」と決めつける根拠でもあり、マスメディアが社会悪として糾弾する大義名分にもなっている。

一方の亀井氏の言い分はどうか。公取委とのやりとりを伝える同月二十二日付朝日新聞は、過去の亀井氏の発言から、〈大企業が利益を独占するのを「悪い談合」、地方の中小企業が仕事を分け合うのを「良い談合」と考えているようだ〉と分析している。特に、産業が少ない地方では、お互いに仕事を回し合うことで雇用を守る助け合いの仕組みであり、それを全否定すれば地方に金が回らなくなる、という発想だ。

談合がなくなることで、競争が激化し、ダンピングが横行するために、品質の劣化を招いたり、人件費の低下で技術を持った職人がいなくなる、といった指摘もある。評論家宮崎学氏は、著書『談合文化論』の中で、グローバリゼーションの名の下で競争が奨励され、地域社会や同業者同士が自分たちを守るために寄り集まった「小さな社会」が壊されていった、と指摘。以下のように談合にエールを送っている。

〈いま日本では、よってたかって、この「小さな社会」としての仲間内の結びつきを壊すことに血道があげられているのである。このままでは社会そのものが成り立たなくなってしまう。まず「小さな社会」がつぶされていくと、弱い者が頼るところがなくなってしまう。しかたなく（国や大企業などの）「大きな社会」に頼るしかなくなる。そうして、「大きな社会」を牛耳る大きな資本と国家官僚のいいなりになってしまう。ところが、そうなってしまうと、社会の本来の活力が失われていく。そして「大きな社会」も壊れていくのである。いまの日本は、その過程にある。（中略）このままだと「大きな社会」も壊れる。（中略）そうならないうちに手を打たなければならない。

だから、私は、「競争をどんどんやらせろ。談合をやめろ」というおおかたの声に逆らって、反対に「競争をやめろ。談合をどんどんやれ」といいつづけているのだ。（中略）「小さな社会」において談合を通じた自己決定によって競争を制限し、自治秩序をつくっていかなければならないのだ。それが社会を再生させる途なのである〉

結論はいささか極端で強引な気はするが、社会の中で個が分断され、地域社会などの「小さな社会」がどんどん弱体化していったとの指摘は重要だ。小泉元首相が主導する「聖域なき構造改革」によって規制緩和が進むと、働く環境はさらに激変していった。従来の序列や秩序が壊され、競争が奨励された。そのため、新たな雇用が掘り起こされ、完全失業率は低下する効果はあった。その一方で、非正規雇用労働者が急増。二〇〇三年には、全雇用者のうち非正規雇用者が占める割合は三割を超えた。二〇〇六年七月にNHKが低賃金の非正規雇用労働者の状況を伝えるドキュメンタリー「ワーキングプア」を放送し、以後この言葉は「格差社会」と共に、様々な場面で使われるようになった。

一方、正規雇用者として企業に残った者は、残った者で大変だった。正規社員が減ったために、長時間の労働でカバーをして体を壊したり、多くの責任を背負って精神的に追い詰められていく者が続出。厚生労働省のまとめによれば、「過労死」等事案の労災申請は、二〇〇六年にピークを迎える。さらに、業務に起因することが明らかな精神障害（自殺者を含む）は、〇六年に激増した後、その後も増え続けている。

〇八年一月には、日本マクドナルド社の直営店店長が起こした未払い残業代の支払いを求める訴訟で、東京地裁が店長の主張を認める判決を出した。この店長は、正社員の部下がゼロの「一人店長」で、アルバイトの教育や売上金管理などの店長業務だけでなく、自ら調理や接客もこなし、朝六時から夜中の零時まで働く毎日だったのに、管理職として残業代が支払われていなかった。この判決を機に、そうした「名ばかり店長」「名ばかり管理職」の問題が一気に噴き出した。一年間に流布した言葉から世相を読み解く新語・流行語大賞では、「名ばかり管理職」が同年のトップテンの一つに選ばれた。

『企業戦士』は、そういう社会状況の中で生まれた物語だ。主人公の「僕」こと野口哲也は、物語が始まったと思ったら、もう死んでしまっている。享年三十九。ずい分と若い死だ。体は死んだのに、魂はこの世に止《とど》まって、妻の佐代子に寄り添いながら、自分の死の真相を探っていく。

佐代子は、夫の急死は過労自殺だと確信している。ところが、会社は労災認定に協力してくれない。会社の責任を追及する決意をした佐代子は、社内の協力者を探すが、なかなかうまくいかない。虚《むな》しく帰るバスの中で、他人が読んでいる新聞に紳士服店やファーストフードの店長ら「名ばかり管理職」が起こした裁判の記事に目が引き寄せられる。そして自問する。

――あの人は管理職ではなかったけれど、何を目標にあんなに働いていたのだろうか？

何のために人は働くのか。人が働くことの意義はどこにあるのか。人が生きていくうえで、仕事とはどういう意味合いを持っているのか……。江上さんの作品は、その時々の社会状況を映し出しながら、いつもそういう根源的な問いかけが、通奏低音のように流れている。だからこそ、時を経ても読み応えがあり、こうして次々に文庫化されているのだろう。

「僕」は、生きている時は、建設会社の社員だった。この時代の建設会社だから、当然のように談合をしている。しかも、会社は地元では大手の部類に入るようだから、談合を主導する立場だったのかもしれない。

だからだろう、「僕」も談合を全否定はしない。

〈利益だって、水増しするわけではない。むしろ建設業者の方が持ち出しのことが多い。（中略）そこまで役所と一体になって努力したものを、一般競争入札で安値を入れたどこの馬の骨とも分からない業者が仕事を獲《と》っていく。それも市とは全く関係の

ない建設業者だ。こんなことが許されていいのだろうか〉

しかし彼は、「よい談合」を語ったうえで、「それでも談合は駄目だ」と言う。〈僕のプライドが堕《お》ちてしまう。談合なんかしなくても十分に仕事を評価してもらった上で、発注してもらえるはずだ。

確かに今は安ければなんでもいいという風潮はある。しかしそれがいいと思っている人ばかりではない。いい仕事をしてくれる建設業者に正当な価格で仕事を発注したいと思っている人も多い。

ところが談合すると、そういういい人たちの声は無視されてしまう。談合の結果、いつも順番に仕事をしていては、僕たちは少しも成長しない〉

フェアなルールの下で、仕事の価値を正当に評価してもらいたい。それは働く者のごく自然な欲求だ。正当に評価されれば、自尊心も満たされ、向上心や意欲も高まる。そういう中で、人は生きがいを感じる。

ところが、正当な評価を受けられない状況にも、人は時々、あるいはしばしば直面する。ひどい上司の下に配属されてしまったり、同僚に実績を横取りされたり、旧態依然の人事や報酬のシステムが能力のある若手には不満だったり……。「名ばかり管理職」の問題のように、働いても働いても正当に評価されず、それどころか体調を崩すほどの過重労働では、生きがいどころか命さえ危ない。

「僕」にとっての障害は、長時間労働に加え、上司のパワーハラスメントと業界の談合だった。宴会で自分が履いていた靴下にしみこませたビールを飲ませようとするなど、上司高橋の立場を利用したいじめは常軌《じょうき》を逸《いっ》している。さらに、市政と癒着し、よそ者を排除することで従来の秩序を守るために、裏で金が蠢《うごめ》く談合。それによって自分の仕事が汚されていくのが、「僕」は許せなかった。この談合の実態も、「僕」が想像していた以上にひどいものだった。

自分の死の原因を探っていた「僕」は、談合を辞めさせるため、クリーンを売り物にして当選した市会議員に資料を提供しようとしていたこと、それが上司の高橋に発覚して争いになったことを思い出す。ところが、その市会議員はクリーンどころか、「僕」が勤めていた会社と裏取引をして、談合を認める代わりに金を要求するのだった。そして、市長からの「天の声」……。

先の宮崎氏のように「よい談合」を擁護する人でも、自治体のトップや議員などの政治家が「天の声」を出すなどして、見返りに裏金を受け取る、贈収賄型官製談合を庇《かば》う人はいない。あれほど談合を称揚《しょうよう》していた宮崎氏も、この贈収賄型に関しては、「似而非《えせ》談合、癒着としての談合」と手厳しい。

実は、談合をやっていた業者にとっても、政治家との癒着は渋々やっていたところがあるらしい。

例えば、小沢一郎民主党元代表の元秘書三人が政治資金規正法違反に問われた「陸《りく》山《ざん》会」事件の裁判に証人として出廷した中堅ゼネコン水谷建設の水谷功《いさお》元会長は、裏金を作って政治家などに渡すことはあったと認め、次のように証言している。

「私の会社の場合、いろいろな陳情をする相手に、盆と正月にお礼をしていました。それ以外は、ちょっと言いづらいですけど、成功報酬ということです」

裁判に呼ばれたのは、岩手県のダム建設の受注に関して、同社が小沢氏の秘書に多額の裏金を渡していたのではないか、という疑惑を問うためだった。同社の元社長が小沢氏の秘書に現金を渡した、と証言していたが、秘書側が受け取りを否定していたので、ことの真相を問いただすのが目的だった。ただ、水谷氏自身が金を渡したわけではないため、実際に小沢氏サイドに金が届いたのかは分からずじまいだ。それでも、水谷元会長の証言は、業界の裏の部分を語る興味深いものだった。

水谷元会長によれば、問題の工事は、大手ゼネコンK社が落札し、水谷建設は下請けのジョイントベンチャー（ＪＶ）でスポンサーと呼ばれる幹事会社となることで、談合の話はまとまっていた。ところが、小沢氏の秘書の一人が、別の企業を推している、という噂を営業担当の社長が聞きつけ、当時現職の会長だった水谷氏に相談。水谷氏は、その秘書に挨拶に行くよう社長に指示し、現金を渡すことにも同意した、という。

「当時、社運をかけて営業をしていた。スポンサーになれれば勝ち、なれなければ負け。K社さんと水谷の間では、水谷がスポンサーで受注できるよう話はできているので、（小沢事務所も）了解してくれというか、横やりを入れないでくれという趣旨だった。業界の判断に任せてもらえるよう、陳情してきなさいと言った」

要するに、せっかく業界の談合でまとまっている話を「天の声」で壊されるのは迷惑なので、黙っていて欲しいという要請だった。「天の声」によって推挙される業者にとってはありがたい「声」でも、はじき出される方はたまらない。恨みが残る。それを防ぐために、やむを得ずに多額の金銭を用意した、ということのようだ。

水谷氏が言うように、談合というのは、基本的には業界内部での話し合い。関西の談合を取り仕切り、「談合のドン」とも呼ばれたO社のY元相談役から、興味深い話を聞いたことがある。Y氏によれば、談合にはルールがあり、より条件を積み重ねていく業者が選定されることになっていた。営業担当は、その条件を獲得するために懸命に営業活動をする。ところが、その条件の積み重ねをひっくり返すのが「天の声」。「声」が出ると言われれば、Y氏ら裁定役が聞きに行くのだが、できるだけそうした談合は避けたかった、という。

「談合は、暗々裏の了解でやっとる話だからこそ、公正公平にやらないとね。そうでないと、真面目に営業している連中に恨みが残る。真面目に努力をしたら報われるというのがなければ、いずれぼろが出る。(捜査機関などへの)タレこみとか、なんだの、ということになる」

まさか「談合のドン」から、「公正」とか「真面目に努力したら報われる」という言葉を聞くとは思わなかった。でも、考えてみれば、そこで働いている一人ひとりは一生懸命会社のために頑張っているわけで、それが一定のルールの下で正当に評価されなければ、やりがいも失うし、組織への帰属意識も弱まる。表沙汰にされたら困る仕組みなだけに、不公平感を残さないことに腐心したというのは、なるほど、という気もする。

Yさんの話を思い出しながら、この物語に登場する北村という男の心情を考えた。人事部長だった彼は、会社の労働状態を改善しようと、彼なりの努力をした。にもかかわらず、関連会社に左遷された。それまで、夫の死の原因を突き止めたい佐代子に対し、冷たく接していた会社の対応を心苦しく思いながら何もしていなかった北村だが、この異動をきっかけに、佐代子に協力する決断をする。

「あまり会社で評価してくれていないなら一矢報いるのもいいかなと思ったのです。会社を変えるにはこれしかありません」

正当に評価されないことへの反発が、素朴な正義感を呼び覚まし、彼の背中を押した。

一方、「僕」が会社の談合を告発した動機は何だったのだろう。彼は、こう独白している。

〈僕の仕事を正当に評価してもらいたい。だから談合は許せないんだ。僕の仕事に対するプライドを保つためには談合を許すわけにはいかない〉

働く者の誇り——これは江上氏の作品群に流れるテーマの一つだ。おそらく、自身が銀行に勤務していた経験から、それを実感したのだろう。銀行員時代と作家になる経緯を、江上氏は毎日新聞の連載「時代を駆ける」(二〇〇九年四月二十七〜五月六日)で、こう語っている。

「業務監査統括室副室長兼社会的責任推進室長になって、総会屋や暴力団への融資を洗い出し、関係断絶に向けて動き出しました。金は与えない。購読紙は全部やめる。線引きが難しいので、新聞社系の週刊誌だってやめた。受けた圧力は苦情や脅しなんてもんじゃない」

恐怖を感じないわけがない。そんな江上さんを支えたのが、銀行への愛着とそこで働く自分の誇りではなかっただろうか。

銀行の改革はうまく行ったが、その後揺り戻しが来る。おかしいことはおかしいとはっきり言った江上さんは、支店長として体よく本店から出されてしまう。その後も、仕事は一生懸命し、実績も上げたが、やはりわだかまりがあった。それに気づいた妻に「このままだとぬれ落ち葉になるわよ」と言われ、文学青年だった頃を思い出して小説を書き始めた。そして、受け持ち管内の企業の経営立て直しのために奔走している中、銀行が増資のために顧客から金を集めるよう命じられた時、企業の苦しい実情を訴えた江上さんは、「金を集められない支店長は失格だ」と言われた。その直後に、退職を決意。この銀行で働き続けることに、もはや誇りを感じられなくなったのだろう。

地位や金銭的対価はもちろん大事だが、人々が働くエネルギーはそういったものだけで湧いてくるわけではない。自分の仕事が人々の役立っている、社会をよりよくすることに貢献している、そんな誇りが困難な状況に直面した時にも、人を支える。そういう確信が持てなくなった時、その場から去って新たな道を歩むのか、考えることを辞めて社畜として生きるのか、それとも「僕」の上司だった高橋のように、かつての正義感や誇りをかなぐり捨てて、組織の中での地位や権力を積極的に求めていくのか……。それは、人それぞれが選んでいくのだろう。

今回の作品で、もう一つ大きなテーマは家族だ。「僕」は死んだ後も佐代子に寄り添い、佐代子は夫の無念な死の真相を突き止めるために全力を尽くす。それだけではない。「僕」の同僚の若井も、ギリギリに追い詰められた時に、家族への思いが彼を支える。若井は、「僕」が談合について告発しようとしていることを上司の高橋に密告した。「僕」の死後、彼は営業課長に抜擢《ばってき》され、そして裏金を政治家に運ぶ役目を押し付けられる。一時は死を考えた若井も、悩んだ末に決断し、「僕」に語りかける。

「俺は決めたんだ。妻や娘に恥ずかしくない男になることをね。夫は、お父さんは立派な男だったと誉められたいから。少し気づくのが遅かったかもしれないが……」

そして若井は、その裏金を持って警察へ行く。

これを読んだ時、銀行員時代に総会屋などと対峙した江上さんを奮い立たせたのも、家族への思いだったのかな、と思った。人は、自分のためだけならば頑張れなくても、大事な人のためなら踏ん張れたりするような気がする。

それで思い出したことがある。大阪地検特捜部による郵便不正事件の捜査で、係長れ、逮捕・起訴された村木厚子厚労省雇用均等・児童家庭局長（逮捕当時）の言葉（当時）に障害者団体の証明書の偽造を命じたという、ありもしない嫌疑をかけらだ。

村木さんは、地検特捜部という強大な権力を持った組織を相手に、ただの一通も自白調書を作らせずに否認を貫いた。特捜事件では、多くの人が不本意な調書を作られ、サインをしてしまい、後日、裁判でそれを撤回するのに苦労している。体つきは華奢《きゃしゃ》で、物腰の柔らかい村木さんが、特捜部を相手に二十日間もの取り調べにどうしてそこまで頑張れたのか。私がそう尋ねた時、村木さんはこんな風に答えてくれた。

「多くの人が最初に『信じている』と言ってくださったことと、娘の存在が大きいですね。人間は生きていれば、災難に見舞われることってありますよね。本当は、ないにこしたことはありませんが、病気や事故など、自分には責任がないのに苦況に立たされるようなことが、将来娘たちに起きるかもしれません。そんな時、私のことを思い出して、『あの時、お母さんも頑張ったんだし、大丈夫、私も頑張れる』って思ってもらいたい。もし私がここで頑張らなくて、娘たちが『お母さんもダメだったし……』なんていうことになったら困ります。娘の存在が、私にとっては最大の心のつっかえ棒になりました」

娘の方も、必死に母を支えた。当時大学受験を控えた高校三年生の次女は、夏休みの間、大阪市内の短期賃貸マンションに住み、大阪の予備校の夏期講習を申し込んだ。そして、毎朝拘置所で母に面会してから、予備校に通った。

家族の存在は人の営みの原動力なのかもしれない。そう考えると、私のように配偶者も子どももいない人間は、このような窮地に陥った時には、たちまち相手に迎合し、真実を捨てて楽な道に走ってしまうかもしれない。でも、それは嫌だな。そうならないためには、何を支えにしたらいいのだろう。今の私にはまだ見つからない。江上さんが、もしそんなテーマで新たな作品を書いてくだされば、私は真っ先に読みたいと思っている。

本書は二〇〇九年一月、実業之日本社より単行本として刊行された『いつもそばにいるよ』を改題の上、文庫化したものです。

|著者|江上 剛　1954年、兵庫県生まれ。早稲田大学政治経済学部政治学科卒業後、第一勧業銀行（現・みずほ銀行）に入行。人事部、広報部や各支店長を歴任。銀行業務の傍ら、2002年には『非情銀行』で作家デビュー。その後、2003年に銀行を辞め、執筆に専念。他の著書に、『絆』『再起』『リベンジ・ホテル』『起死回生』『東京タワーが見えますか。』『家電の神様』（すべて講談社文庫）などがある。銀行出身の経験を活かしたリアルな企業小説が人気。

企業戦士《きぎようせんし》

江上《えがみ》 剛《ごう》

2011年9月15日第1刷発行
2019年3月20日第5刷発行

発行者――渡瀬昌彦
発行所――株式会社 講談社
東京都文京区音羽2-12-21　〒112-8001
電話 出版（03）5395-3510
　　 販売（03）5395-5817
　　 業務（03）5395-3615

Printed in Japan

講談社文庫
定価はカバーに
表示してあります

デザイン―菊地信義
本文データ制作―講談社デジタル製作
印刷―――豊国印刷株式会社
製本―――株式会社国宝社

ISBN978-4-06-277042-2

講談社文庫刊行の辞

二十一世紀の到来を目睫に望みながら、われわれはいま、人類史上かつて例を見ない巨大な転換期をむかえようとしている。

世界も、日本も、激動の予兆に対する期待とおののきを内に蔵して、未知の時代に歩み入ろうとしている。このときにあたり、創業の人野間清治の「ナショナル・エデュケイター」への志を現代に甦らせようと意図して、われわれはここに古今の文芸作品はいうまでもなく、ひろく人文・社会・自然の諸科学から東西の名著を網羅する、新しい綜合文庫の発刊を決意した。

激動の転換期はまた断絶の時代である。われわれは戦後二十五年間の出版文化のありかたへの深い反省をこめて、この断絶の時代にあえて人間的な持続を求めようとする。いたずらに浮薄な商業主義のあだ花を追い求めることなく、長期にわたって良書に生命をあたえようとつとめるところにしか、今後の出版文化の真の繁栄はあり得ないと信じるからである。

同時にわれわれはこの綜合文庫の刊行を通じて、人文・社会・自然の諸科学が、結局人間の学にほかならないことを立証しようと願っている。かつて知識とは、「汝自身を知る」ことにつきていた。現代社会の瑣末な情報の氾濫のなかから、力強い知識の源泉を掘り起し、技術文明のただなかに、生きた人間の姿を復活させること。それこそわれわれの切なる希求である。

われわれは権威に盲従せず、俗流に媚びることなく、渾然一体となって日本の「草の根」をかたちづくる若く新しい世代の人々に、心をこめてこの新しい綜合文庫をおくり届けたい。それは知識の泉であるとともに感受性のふるさとであり、もっとも有機的に組織され、社会に開かれた万人のための大学をめざしている。大方の支援と協力を衷心より切望してやまない。

一九七一年七月

野間省一

講談社文庫　目録

折原　一　帝王、死すべし
小川洋子　密やかな結晶
小川洋子　ブラフマンの埋葬
小川洋子　最果てアーケード
小川洋子　琥珀のまたたき
小野不由美　月の影　影の海（上）（下）〈十二国記〉
小野不由美　風の海　迷宮の岸〈十二国記〉
小野不由美　東の海神《わだつみ》　西の滄海〈十二国記〉
小野不由美　風の万里　黎明の空（上）（下）〈十二国記〉
小野不由美　図南の翼〈十二国記〉
小野不由美　黄昏の岸　暁の天〈十二国記〉
小野不由美　華胥《かしょ》の幽夢《ゆめ》〈十二国記〉
乙川優三郎　霧の橋
乙川優三郎　喜知次
乙川優三郎　屋烏《おくう》
乙川優三郎　蔓の端々
乙川優三郎　夜の小紋
恩田　陸　三月は深き紅の淵を
恩田　陸　麦の海に沈む果実

恩田　陸　黒と茶の幻想（上）（下）
恩田　陸　黄昏の百合の骨
恩田　陸　『恐怖の報酬』日記〈酩酊混乱紀行〉
恩田　陸　きのうの世界（上）（下）
奥田英朗　新装版　ウランバーナの森
奥田英朗　最悪
奥田英朗　邪魔（上）（下）
奥田英朗　マドンナ
奥田英朗　ガール
奥田英朗　サウスバウンド
奥田英朗　オリンピックの身代金（上）（下）
乙武洋匡　五体不満足〈完全版〉
乙武洋匡　だから、僕は学校へ行く！
乙武洋匡　だいじょうぶ3組
大崎善生　聖《さとし》の青春
大崎善生　将棋の子
大崎善生　ユーラシアの双子（上）（下）
小川恭一　江戸の旗本事典〈歴史・時代小説ファン必携〉
奥野修司　放射能に抗う〈福島の農業再生に懸ける男たち〉

奥野修司／徳山大樹　怖い中国食品、不気味なアメリカ食品
奥泉　光　プラトン学園
奥泉　光　シューマンの指
大葉ナナコ　怖くない育児〈出産で変わること、変わらないこと〉
岡田斗司夫　東大オタク学講座
小澤征良　蒼いみち
大村あつし　エブリ リトル シング〈クワガタと少年〉
折原みと　制服のころ、君に恋した。
折原みと　時《とき》の輝き
折原みと　天国の郵便ポスト
折原みと　おひとりさま、犬をかう
面高直子　ヨシアキは戦争で生まれ戦争で死んだ
岡田芳郎　世界一の映画館と日本一のフランス料理店を山形県酒田につくった男はなぜ忘れ去られたのか
大城立裕　小説　琉球処分（上）（下）
大城立裕　対馬丸
太田尚樹　満州裏史〈甘粕正彦と岸信介が背負ったもの〉
大島真寿美　ふじこさん
大泉康雄　あさま山荘銃撃戦の深層（上）（下）
大山淳子　猫弁〈天才百瀬とやっかいな依頼人たち〉

神崎京介　女薫の旅　情の限り
神崎京介　女薫の旅　欲の極み
神崎京介　女薫の旅　愛と偽り
神崎京介　女薫の旅　今は深く
神崎京介　女薫の旅　青い乱れ
神崎京介　女薫の旅　奥に裏に
神崎京介　女薫の旅　空に立つ
神崎京介　女薫の旅　八月の秘密
神崎京介　女薫の旅　十八の偏愛
神崎京介　女薫の旅　大人篇
神崎京介　女薫の旅　背徳の純心
神崎京介　I LOVE
神崎京介　天国と楽園
神崎京介　新・花と蛇
神崎京介　美人と張形〈四つ目屋繁盛記〉
加納朋子　ガラスの麒麟
加納朋子　ぐるぐる猿と歌う鳥
かなざわいっせい　ファイト！〈麗しの名馬、愛しの馬券〉
鴨志田穣　遺稿集

角岡伸彦　被差別部落の青春
角田光代　まどろむ夜のＵＦＯ
角田光代　夜かかる虹
角田光代　恋するように旅をして
角田光代　エコノミカル・パレス
角田光代　ちいさな幸福〈All Small Things〉
角田光代　あしたはアルプスを歩こう
角田光代　庭の桜、隣の犬
角田光代　人生ベストテン
角田光代　ロック母
角田光代　彼女のこんだて帖
角田光代　ひそやかな花園
角田光代他　私らしくあの場所へ
川端裕人　せちやん〈星を聴く人〉
川端裕人　星と半月の海
片川優子　佐藤さん
片川優子　ジョナさん
片川優子　明日の朝、観覧車で
神山裕右　カタコンベ

神山裕右　サスツルギの亡霊
加賀まりこ　純情ババァになりました。
門田隆将　甲子園への遺言〈伝説の打撃コーチ高畠導宏の生涯〉
門田隆将　甲子園の奇跡〈斎藤佑樹と早実百年物語〉
門田隆将　神宮の奇跡
柏木圭一郎　京都大原　名旅館の殺人
鏑木蓮　東京ダモイ
鏑木蓮　屈折光
鏑木蓮　時限
鏑木蓮　救命拒否
鏑木蓮　真友
鏑木蓮　甘い罠
鏑木蓮　京都西陣シェアハウス〈憎まれ天使・有村志穂〉
川上未映子　そら頭はでかいです、世界がすこんと入ります
川上未映子　わたくし率　イン　歯ー、または世界
川上未映子　ヘヴン
川上未映子　すべて真夜中の恋人たち
川上未映子　愛の夢とか
川上弘美　ハヅキさんのこと

講談社文庫　目録

講談社文庫　目録

京極夏彦　文庫版 百器徒然袋—雨
京極夏彦　文庫版 百器徒然袋—風
京極夏彦　文庫版 今昔続百鬼—雲
京極夏彦　文庫版 陰摩羅鬼《おんもらき》の瑕《きず》
京極夏彦　文庫版 邪魅《じゃみ》の雫
京極夏彦　文庫版 死ねばいいのに
京極夏彦　文庫版 ルー＝ガルー 〈忌避すべき狼〉
京極夏彦　文庫版 ルー＝ガルー2 〈インクブス×スクブス 相容れぬ夢魔〉
京極夏彦　分冊文庫版 姑獲鳥《うぶめ》の夏(上)(下)
京極夏彦　分冊文庫版 魍魎《もうりょう》の匣《はこ》(上)(中)(下)
京極夏彦　分冊文庫版 狂骨《きょうこつ》の夢《ゆめ》(上)(中)(下)
京極夏彦　分冊文庫版 鉄鼠《てっそ》の檻《おり》全四巻
京極夏彦　分冊文庫版 絡新婦《じょろうぐも》の理《ことわり》(一)(二)
京極夏彦　分冊文庫版 絡新婦《じょろうぐも》の理《ことわり》(三)(四)
京極夏彦　分冊文庫版 塗仏《ぬりぼとけ》の宴《うたげ》 宴の支度《したく》(上)(中)(下)
京極夏彦　分冊文庫版 塗仏《ぬりぼとけ》の宴《うたげ》 宴の始末《しまつ》(上)(中)(下)
京極夏彦　分冊文庫版 陰摩羅鬼《おんもらき》の瑕《きず》(上)(中)(下)
京極夏彦　分冊文庫版 邪魅《じゃみ》の雫(上)(中)(下)
京極夏彦　分冊文庫版 ルー＝ガルー 〈忌避すべき狼〉(上)(下)
京極夏彦　分冊文庫版 ルー＝ガルー2 〈インクブス×スクブス 相容れぬ夢魔〉(上)(下)
京極夏彦・原作 志水アキ・漫画　コミック版 姑獲鳥《うぶめ》の夏(上)(下)
京極夏彦・原作 志水アキ・漫画　コミック版 魍魎《もうりょう》の匣《はこ》(上)(下)
京極夏彦・原作 志水アキ・漫画　コミック版 狂骨の夢(上)(下)
北森　鴻　狐　罠
北森　鴻　花の下にて春死なむ
北森　鴻　狐　闇
北森　鴻　桜　宵
北森　鴻　親不孝通りディテクティブ
北森　鴻　螢　坂
北森　鴻　香菜里屋《カナリヤ》を知っていますか
北森　鴻　親不孝通りラプソディー
北村　薫　盤　上　の　敵
北村　薫　紙　魚　家　崩　壊 〈九つの謎〉
北村　薫　野球の国のアリス
岸　惠子　30年の物語
木内一裕　藁　の　楯
木内一裕　水　の　中　の　犬
木内一裕　アウト&アウト
木内一裕　キ　ッ　ド
木内一裕　デッドボール
木内一裕　神様の贈り物
木内一裕　喧　嘩　猿
木内一裕　バードドッグ
木内一裕　不　愉　快　犯
木内一裕　嘘ですけど、なにか？
北山猛邦　『クロック城』殺人事件
北山猛邦　『瑠璃城』殺人事件
北山猛邦　『アリス・ミラー城』殺人事件
北山猛邦　『ギロチン城』殺人事件
北山猛邦　私たちが星座を盗んだ理由
北山猛邦　猫柳十一弦の後悔 〈不可能犯罪定数〉
北山猛邦　猫柳十一弦の失敗 〈探偵助手五箇条〉
北　康利　白洲次郎 占領を背負った男(上)(下)
北　康利　福沢諭吉 国を支えて国を頼らず(上)(下)
北　康利　吉田茂 ポピュリズムに背を向けて(上)(下)
北原尚彦　死美人辻馬車
北尾トロ　テ　ッ　カ　場

樹林 伸　東京ゲンジ物語
貴志祐介　新世界より(上)(中)(下)
北川貴士　マグロはおもしろい〈美味のひみつ、生き様のなぞ〉
木下半太　暴走家族は回り続ける
木下半太　爆《は》ぜるゲームメイカー
木下半太　サバイバー
北原みのり　毒婦。〈木嶋佳苗100日裁判傍聴記〉
北原みのり　木嶋佳苗100日裁判傍聴記〈佐藤優対談収録完全版〉
北 夏輝　恋都の狐さん
北 夏輝　美都《みと》で恋めぐり
北 夏輝　狐さんの恋結び
岸本佐知子 編訳　変《ヘン》愛《アイ》小説集
岸本佐知子 編　変愛小説集 日本作家編
木原浩勝　文庫版 現世《うつしよ》怪談(一) 主人の帰り
木原浩勝　文庫版 現世怪談(二) 白刃の盾
木原浩勝　増補改訂版 もう一つの「バルス」〈宮崎駿と『天空の城ラピュタ』の時代〉
喜国雅彦・国樹由香　メフィストの漫画
金田一春彦・安西愛子 編　日本の唱歌 全三冊
黒岩重吾　新装版 古代史への旅

栗本 薫　木蓮荘綺譚〈伊集院大介の不思議な旅〉
栗本 薫　新装版 絃《いと》の聖域
栗本 薫　新装版 ぼくらの時代
栗本 薫　新装版 優しい密室
栗本 薫　新装版 鬼面の研究
黒井千次　カーテンコール
黒井千次　日の砦
倉橋由美子　よもつひらさか往還
黒柳徹子　窓ぎわのトットちゃん 新組版
工藤美代子　今朝の骨肉、夕べのみそ汁
倉知 淳　新装版 星降り山荘の殺人
倉知 淳　シュークリーム・パニック
鯨 統一郎　タイムスリップ森鷗外
鯨 統一郎　タイムスリップ戦国時代
鯨 統一郎　タイムスリップ忠臣蔵
鯨 統一郎　タイムスリップ紫式部
倉阪鬼一郎　大江戸秘脚便
倉阪鬼一郎　娘飛脚を救え〈大江戸秘脚便〉
倉阪鬼一郎　開運十社巡り〈大江戸秘脚便〉

倉阪鬼一郎　決戦、武甲山〈大江戸秘脚便〉
倉阪鬼一郎　八丁堀の忍
草野たき　ハチミツドロップス
黒田研二　ウェディング・ドレス
黒田研二　ペルソナ探偵
黒田研二　ナナフシの恋〈〜Mimetic Girl〜〉
黒木 亮　冬の喝采(上)(下)
黒野 耐《たえる》　「たられば」の日本戦争史〈もし真珠湾攻撃がなかったら〉
楠木誠一郎　火除け地蔵〈立ち退き長屋顛末記〉
楠木誠一郎　聞き耳地蔵〈立ち退き長屋顛末記〉
群像 編　12星座小説集
玖村まゆみ　完盗オンサイト
草凪 優　ささやきたい。ほんとうのわたし。
草凪 優　わたしの突然。あの日の出来事。
草凪 優　芯までとけて。最高の私。
黒岩比佐子　パンとペン〈社会主義者・堺利彦と「売文社」の闘い〉
桑原水菜　弥次喜多化かし道中
朽木 祥　風の靴
黒木 渚　壁の鹿

香月日輪　ファンム・アレース①
香月日輪　ファンム・アレース②
香月日輪　ファンム・アレース③
香月日輪　ファンム・アレース④
香月日輪　ファンム・アレース⑤(上)(下)
近衛龍春　長宗我部盛親(上)(下)
小山薫堂　フィルム
香坂　直　走れ、セナ！
小林正典　英国太平記
小　鶴　カンガルーのマーチ
木原音瀬　箱の中
木原音瀬　美しいこと
木原音瀬　秘密
神立尚紀　祖父たちの零戦〈Zero Fighters of Our Grandfathers〉
神立尚紀／大島隆之　零戦〈搭乗員たちが見つめた太平洋戦争〉
古賀茂明　日本中枢の崩壊
近藤史恵　薔薇《ばら》を拒む
近藤史恵　砂漠の悪魔
近藤史恵　私の命はあなたの命より軽い

小泉　凡　怪談四代記〈八雲のいたずら〉
小島正樹　武家屋敷の殺人
小島正樹　硝子の探偵と消えた白バイ
小松エメル　夢の燈《ほ》影《かげ》〈新選組無名録〉
近藤須雅子　プチ整形の真実
小島　環　小旋風《つむじかぜ》の夢《む》絃《げん》
小島　環／原作 あなしん／脚本 おかざきさとこ　小説 春待つ僕ら
呉　勝浩　道徳の時間
呉　勝浩　ロスト
呉　勝浩　蜃気楼の犬
こだま　夫のちんぽが入らない
講談社校閲部　間違えやすい日本語実例集〈熟練校閲者が教える〉
佐藤さとる　だれも知らない小さな国〈コロボックル物語①〉
佐藤さとる　豆つぶほどの小さないぬ〈コロボックル物語②〉
佐藤さとる　星からおちた小さなひと〈コロボックル物語③〉
佐藤さとる　ふしぎな目をした男の子〈コロボックル物語④〉
佐藤さとる　小さな国のつづきの話〈コロボックル物語⑤〉
佐藤さとる　コロボックルむかしむかし〈コロボックル物語⑥〉
佐藤さとる　天狗童子

佐藤さとる／絵／村上勉　わんぱく天国
佐藤愛子　新装版 戦いすんで日が暮れて
佐木隆三　慟哭〈小説・林郁夫裁判〉
沢田サタ編　新装版 泥まみれの死〈沢田教一ベトナム戦争写真集〉
佐高　信　石原莞爾その虚飾
佐高　信　わたしを変えた百冊の本
佐高　信　新装版 逆命利君
さだまさし　遙かなるクリスマス
佐藤雅美　影帳　半次捕物控
佐藤雅美　揚羽の蝶(上)(下)〈半次捕物控〉
佐藤雅美　命みょうが〈半次捕物控〉
佐藤雅美　疑惑〈半次捕物控〉
佐藤雅美　泣く子と小三郎〈半次捕物控〉
佐藤雅美　髻《もとどり》塚《づか》不首尾《しゅび》一件始末《いっけんしまつ》〈半次捕物控〉
佐藤雅美　天才絵師と幻の生首〈半次捕物控〉
佐藤雅美　御当家七代お祟り申す〈半次捕物控〉
佐藤雅美　一石二鳥の敵討ち〈半次捕物控〉
佐藤雅美　恵比寿屋喜兵衛手控え
佐藤雅美　物書同心居眠り紋蔵

2018年12月15日現在